女神的极品经纪人

罗森　小悴 / 作品

图书在版编目（CIP）数据

女神的极品经纪人 / 罗森, 小悴著. 一 南京：江苏凤凰文艺出版社, 2015
ISBN 978-7-5399-8260-1

Ⅰ. ①女… Ⅱ. ①罗… ②小… Ⅲ. ①长篇小说 - 中国 - 当代 Ⅳ. ①I247.5

中国版本图书馆CIP数据核字（2015）第076176号

书　　名　女神的极品经纪人

著　　者　罗　森　小　悴
责任编辑　王雁雁　王宏波　童蕴桃
出版发行　凤凰出版传媒股份有限公司
　　　　　江苏凤凰文艺出版社
出版社地址　南京市中央路165号，邮编：210009
出版社网址　http://www.jswenyi.com
经　　销　凤凰出版传媒股份有限公司
印　　刷　南京新洲印刷有限公司
开　　本　890×1240毫米　1/32
印　　张　9.75
字　　数　260千字
版　　次　2015年7月第1版　2015年7月第1次印刷
标准书号　ISBN 978-7-5399-8260-1
定　　价　28.00元

这——么深奥？！

这儿真的是《女神的极品经纪人》？不是菠萝菠萝蜜心经？一定是我打开的方式不对……

蓝澜爱别离，金雪求不得，干儿子总经理五阴炽盛。

林妈妈和老爷子是病苦。

多谢高人解读！

佛法说人间有八苦
生、老、病、死
爱别离、怨憎会、求不得、五阴炽盛
而所有的快乐
都是来不及成熟的苦

姐姐和黄丽怨憎会。

书里也能有弹幕？服！

看过全书回来的表示作者其实没那么正经……全书最正经的就是前言和目录了……放心看放心看，不会看不懂的……

只要集中脑力使劲吐槽，就可以在书里发弹幕哟~

我不信！咦？

目　录
CONTENTS

PART 3 暗涌

PART 4 浮躁

PART 5 夜会

我发现了一个秘密：章节名字好多都是林夕大大的歌词！作者必是林夕铁粉。握手！

楔子

我本来的梦想，是在娱乐圈做一个超级偶像歌手，为什么？因为从小我就认为，当我在舞台上潇洒地歌唱，迷离的眼神足以倾倒众生，然后我单枪匹马，风靡世界，包揽歌神影帝，成为银河巨星，取得亿万人艳羡的成就。在这滚滚红尘之中，写就属于自己的传奇。

但是，在所谓的“梦想公司”——钟老爷子这里，我干了三年一直麻烦不断，自己没有火起来，打理我生活的女助手反倒大红大紫转行去了好莱坞。好吧，那我就退一步，做一个经纪人，谁知这一转型却是否极泰来，不仅事业亨通，就连公司最当红的女艺人也对我青眼有加，几乎以倒追的姿态，成为我的正牌女友。

然而，正当我事业爱情双丰收，即将走上人生巅峰的时候，钟老爷子他竟然中风了！

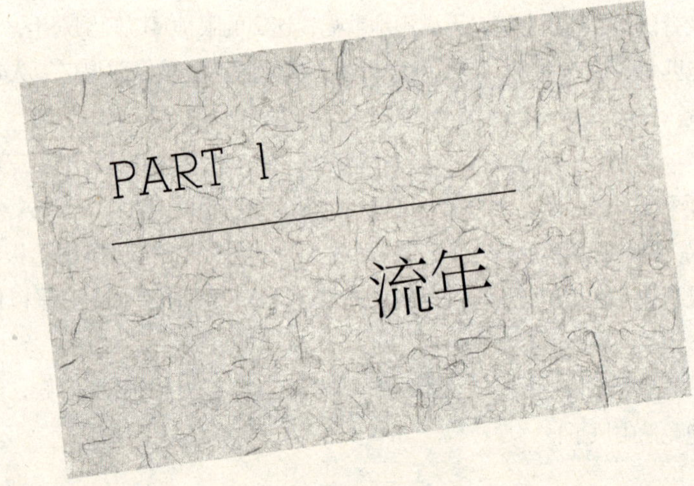

PART 1

流年

Chapter 01 如果那两个字没有颤抖

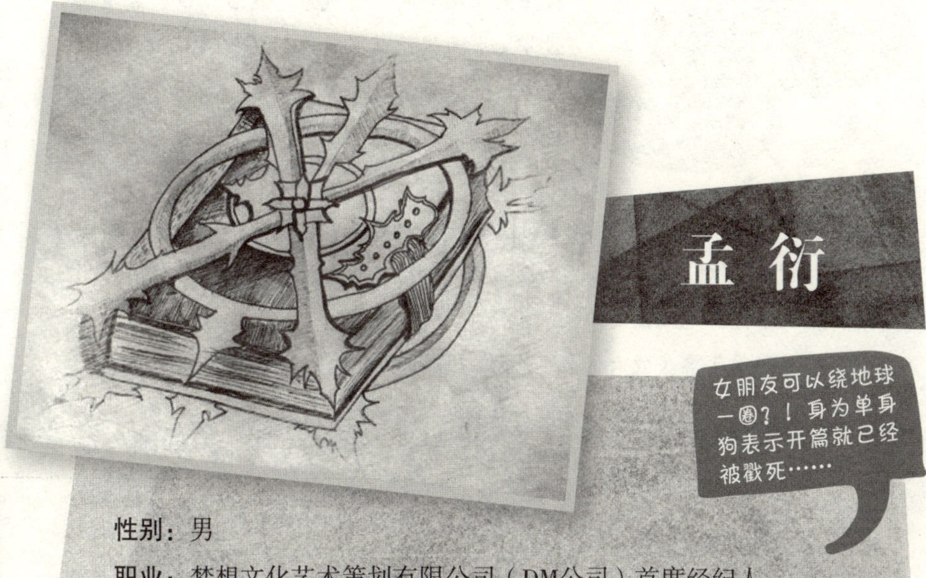

性别：男

职业：梦想文化艺术策划有限公司（DM公司）首席经纪人

经历：交过的女朋友连起来可以绕地球一圈。曾立志成为偶像歌手，有过一段不堪回首的“候补偶像”经历。后经DM公司董事长钟老点化，转行成为艺人经纪人，此后事业亨通，得到公司首席花旦蓝澜的垂青。眼看就要走上“出任CEO，迎娶白富美”的人生巅峰，钟老的突然中风，以及秦守的横空出世，却令他的命运急转直下……

技能：将身边所有妹子变成自己女朋友。该技能无需蓄力，无需冷却，方便快捷，即开即用。

属性：亦正亦邪/各种自恋/心思缜密/贱萌/花心/魔导士

2014年的夏天，娱乐圈给大家带来的惊喜着实不少,不仅各种收视率破新高的选秀和真人秀节目层出不穷，更有各种令人兴奋的名人大事件。

先是几位著名导演、实力影星穿插头条，大家约好了一般，宁肯自己身陷囹圄，也不愿成就汪老师在新闻界的夙愿。随后几位“霸道总裁”又成为娱乐焦点，一时间各类花边新闻此起彼伏，连菜场大妈都在关注。最出乎孟衍意料的，是一位与他颇有私交的好友被他人拉下水去，据说又是大麻……圈内消息，明年以他为男一的一系列偶像电影极有可能陷入困境。

不过世事难料，尤其娱乐圈最讲营销策略。电话中，好友就对孟衍讲：这桩事件，危机公关的效果不错，加上导演巧妙策划，完全可以化危为机，搞不好明年票房破六亿也不好说。因祸得福这种事，真是讲不清楚。凡事一旦牵扯太多人的利益，要倒掉也会很难。

而网络平台上，不仅有来自杭州的电商巨擘在美国上市，成就财富神话，当地另一家靠网络草根明星直播起家的公司也在香港上市，市值突破六十亿，完成华丽蜕变。

与此同时，另一个娱乐圈的神话漩涡也正在逐渐展开，而这个漩涡的中心，就是此刻正在仁爱路上开车的孟衍。

高大的行道树，从路两旁交伸出绿荫，阳光从绿叶间洒下，纾解了夏天的闷热，伴随车窗外的微风，令人感到惬意。

我的车是一辆香槟色的沃尔沃，不是我吹，虽然我今年才二十九岁，但已经是市内最大艺人公司的王牌经纪人了，因为本来要从事歌手这个行业，我的外表还算英俊，当然不能过多地描写，否则就太自恋……

“……你什么时候买房？我们的婚期越来越近了，现在女人结婚不能没房的，房价又那么贵，你不早点动手，这一年又白干了。”

副驾驶传来娇嗔的声音，打断了我的思绪。

“别闹了！我们什么时候确定婚期了？等等……我们确定要结婚了吗？我什么时候答应的？”

“有啊，你不记得啦？前晚在薇阁，你多喝了几杯后，一脸信誓旦旦，说下个月底前买房结婚的。”

“你自己都说了，我那时是多喝了几杯，而喝酒之后说的话，哪能算数啊……咦？只有几杯吗？我怎么记得是你灌了我好几支红酒？你不是想灌醉我套口供吧？而且，那晚在薇阁套房里只有我们两个吗？怎么好像还……”

手里握着方向盘，我将目光侧过一边，望向身旁对着化妆镜的女友蓝澜，大波浪的长发染成带有一抹柑橘色的柔亮浅棕，散发着丝缎般的光泽，简直像从洗发水广告里走出来似的——事实上她的确拍过几支，是当下最新的代言广告。直到上个月为止，还能在地铁和公交车站的灯箱广告上看到。

蓝澜的唇珠丰润，嘴形十分立体好看，非常适合大红之类的浓艳唇彩，烈焰红唇被白皙的肌肤一衬，显得格外精神。她一袭PRADA套装，走的是剪裁利落的素净典雅风，衬托出她的迷人身姿。DM公司目前最红的当家花旦，她绝对当之无愧。

“再说了，上个月老总裁中风入院，公司安排由他国外的远房亲戚接手，听说是个很年轻的实业家，最擅长压低成本与裁员，公司上下正乱成一团，这节骨眼上，哪适合谈结婚啊？”

“我也听说了。”蓝澜转头过来，“新老总是个年轻的杰出海归，在海外经营电子产业有成，个人资产就过二十亿，住豪宅、开名车，是高富帅中的高富帅，不晓得他到底有多帅呢？”

“他长多帅和你有什么关系？难道他又帅又有钱，你就要改和他结婚了吗？”

“怎么会呢？我们都已经快要结婚了，我又怎么会看上别人呢？只有老公你才是我一生的挚爱啊。”蓝澜贴靠了上来，双手环勾住我的脖子，

“再说，人家才不是那种嫌贫爱富、贪慕虚荣的女孩呢。相夫教子、平平淡淡，这才是一个女人的幸福。”

“……真的才好！你前几任男友，估计对你的这些话会很有意见。”

我对她说的这些话，基本上是一点也不信。入行多年，我早已看惯了娱乐圈的多变，最熟知世事无常这道理。身旁这大美女娇媚动人，到我麾下后，很快就发展到男女朋友，似乎对我非常着迷，整天嚷着要结婚，可我还是不敢确定她的真实心意是怎样的。

在这圈子里，男男女女，都是使足了劲粉墨登场，把人生当成一幕幕大戏，以为可以看透某人，最后却发现从来也没有真正了解过……

总之，关于爱情这件事，谁先认真谁就输了……

刚这么想着，环抱住我脖子的蓝澜就像蛇一样缠了过来，在我耳边呵气如兰，好似要有什么耳语。

“哇，不是吧？……喂！我正在开车啊！”

嘴里这样说，我却忍不住一手把住方向盘，另外一只手却伸了过去环抱着她。

蓦地，口袋里手机响起，蓝澜这才停下来，帮我将手机取出，皱眉道：“你怎么还用这只破手机啊？别人都在用iPhone 6了，就你还用这几年前的破手机，有什么好舍不得换的？我周围没人用这么旧的手机的，改天我送你只PLUS吧。”

为了对我的手机表示抗议，蓝澜拉下右边的车窗装作要丢出去的样子。

“嘿嘿，刚刚你还说不嫌贫爱富的，别这么快就露底了啊！旧手机有很多好处的，你不懂而已，看手机就可以看出一个人是不是够专一，像你老换手机，是不是想什么时候把我也换了？”我一把夺过手机。作为公司的王牌经纪人，每个月几万块收入很稳定，艺人的提成更是不菲，钱是够花了，但对手机来说我一直不太喜欢换新产品。

“老公，看我堵住你的嘴！”蓝澜从副驾驶的位置，直接扑上来抱住我的脖子一顿法式湿吻，很多时候我都不知道她脑子里到底在想什么，这样开车多危险。

正吻间，前头一辆尼桑忽然切换车道要卡进来，我急转方向盘猛踩刹车，好不容易避免了擦撞，惊魂未定间后面又被猛地大力撞击，玻璃破碎，显然是被追尾了。

“哎哟……”

没系安全带，蓝澜头在玻璃上碰了一下，虽没出血，但红了一大块。我还来不及细看，后面就有人猛拍车子大声叫嚣着，我回头一看，发现追尾上来的是一辆黑色的宝马。

“好痛，谁啊……”

“不知道，不过我最讨厌开名车又不长眼撞人的东西了，今天我就要替广大的工薪阶层向他讨笔账。你在这里坐着，我很快就回来！”

说着我就卷起袖子下了车准备和人理论，可刚转身就撞到一堵墙上，几乎将我整个反弹回来。

我稳住脚步，定睛一看，发现站在眼前的，原是个身高接近两米的彪形大汉。此人不仅一脸横肉，霸气外露，紧身T恤包裹着的上身还呈现出明显的“倒置等腰梯形”状，我觉得这种人可以徒手击败一只棕熊。

既然是这种情况，我也愿意为“创建文明城市”略尽绵力，吵吵闹闹什么的，并不是有素质的表现。正待分说，我竟被他揪着衣领，他像拎小鸡似的将我拔离地面。

那壮汉面颊上的肌肉微微颤动，用低沉的声音说了句什么，言罢也不理会我，握紧拳头直抵着我的喉管，嚣张地压迫着。

他说的似乎是方言，或者外语，在我听来并不确切。不过没关系，虽然情势窘迫，我仍可以设法应对。

“你、你在说什么东西啊？反正我一句都听不懂，现在文明社会哈，你讲不好普通话就别开车啊，不然我们找交警来解决……喂，110吗？我这里是宝桥路与杭州北路交口，有交通事故发生，对方一脸凶相，扬言杀人放火……啧啧，吓死个人……可能是什么逃犯也不一定，请快点派人来处理……”

讲完报警电话，我冲他笑了笑，壮汉并没有松手的意思，只顾拎着我的衣领，令我的脚尖勉强着地。

过了好一会，宝马的后座车门打开，一个穿着黑色西装，三十多岁，俊美中带着一丝冷峻的男人走了下来。

这家伙长得还真是帅阿，不得不说确有满满一身的贵族气息。黑色的长发随风飘扬，眼眸灿如冰晶，像精细雪瓷般的白皙脸庞，因为脸颊上略略有些稚嫩，反而显得英气勃发，再配上那招牌似的华丽笑容，即使身处群众间，仍会让人第一眼便注意到这颗明星，令那些青春少女为之尖叫。

“你们还没谈完吗？我还要赶时间的，到底谁该赔谁，赶快三两句说完了让路，别浪费我的时间！”

“哇，太好了，终于有个普通话二甲的来救场，先生，可以请你让你的司机停个手吗？大家有话可以好好说。”

“他除了是我的司机，也是我的助理，专门为我处理一些琐碎的麻烦人与麻烦事，就是像阁下这样的……我并不是有心要侮辱你，不过，平常像你这样的人，想要有机会和我说话，起码要预约排上三个月，我们……并不是一个层次的人。”

“你说这话未免太侮辱人了！就为了你这一句，我要跟你单挑，你让你司机先放开我，我们两个公平单挑，我挑你们两个也可以，不过你要先让他放开手。”

虽然被揪住衣领，但气势上不能输人，我一本正经地说着，那个西装笔挺的男人只是看了我一眼，摇摇头。

“三个月都还嫌短了，这个世界最大的悲哀，就是我居然不得不和你这层次的人站在同一片土地上……二十一世纪了，还只懂得用打架解决问题，你打赢我的司机再说吧。”

“喂喂喂，小白脸你别这么嚣张啊，我……”

“喀碰！”

沃尔沃的车门打开，是蓝澜从车上下来确认情况，看见我被一个金刚巨汉扯着衣领，这个女人竟然毫不在意，而是细细地打量了一下我前面那个穿着入时、长相帅气的西装男，然后又回头看看他后面那一辆宝马。

“啊！怎么了，你没事吧，孟衍。”

蓝澜很明显地眼前一亮，转头看了我一眼后，低呼了一声，这一声让那个黑衣西装男注意到她，眼前同样一亮，也不客气，直接开口：“我刚刚以为我见到了这世上最大的悲哀，现在才发现我错了，这么漂亮的小姐，却配了这么差劲的男人，这才是世上最大的悲哀，套句前阵子流行的俗话，像你这样的美女，应该坐在宝马车里笑才对，配这样的破车与穷男，这是世界的错误。”

夸张的言语，让蓝澜忍不住笑了，美人的笑靥如花，阳光下更加可人，只是此时我无暇欣赏，瞪着那个不把我放眼里的西装男。

“死小白脸别这么嚣张！”

金刚巨汉把我压在前车盖上动弹不得，我无奈地挣扎起来。这个角度，右边的脸贴着冰冷的前车盖，令我看到一袭长裙的蓝澜迎风而立，那小白脸竟上前与她交谈起来。

“小姐，你叫什么名字？”

“蓝澜，蓝天的蓝，波澜的澜。”

“蓝澜，一听就知道是特别的女孩。”

“呵呵，你呢？”

蓝澜水性杨花的本性我最了解，但这一次我不禁有点火大，有当着男朋友的面和其他男人打情骂俏的吗？这死女人，回去后我得好好教育教育她。

“秦守。”

那个小白脸一边说着名字，一边竟然上前去拉蓝澜的手，而蓝澜这女人竟然也不抗拒任由他抓着，不知道脑子里想着什么。“秦守”这个名字，我隐约好像在哪里听过，让我有一丝疑惑。此刻我无暇分辨，只觉他名字与

“禽兽”发音相似，眼下的行为也没什么分别。

忍无可忍，却又挣脱不开，于是我情急之下抓过巨汉的手，一口咬了过去，挣脱之后，冲到秦守面前一把拉过蓝澜的手。

“你可以继续色眯眯地打量我的女朋友，我保证，你在半分钟后，就会后悔自己的所作所为！”

“哦……凭什么？你无力的叫嚣吗？”小白脸道，“我秦守最看不起的，就是你这种毫无行为能力、只会耍嘴皮的人渣，你信不信，不到十天，我就可以把走你的妞！”

两个男人目光对瞪的同时，几个背着小书包、穿着白色制服的小学生忽然出现在那巨汉的脚边，仰视着魁伟的身躯，其中一个小女孩手里拿着炸鸡排和冬瓜茶，怯怯地问了一声：“叔叔，你是绿巨人吗？”

那壮汉被我咬在手上，原本十分吃痛，想要发作，又碍于秦守未作发令，正在窝火的关口，被这忽然出现的小女孩问了一声，他青筋一暴，虎躯一震，开口就对小女孩一阵恶狠狠的怒喝。小女孩哪里见过这咆哮天尊一般的阵仗，“哇”的一声就当场哭了出来，炸鸡排和冬瓜茶散落一地，其他的小学生一哄而散。

真是没素质！也该他们倒霉，不到半分钟，这些小学生又回来了，还跟着一堆手里拿着棍棒板砖、怒气冲冲的大人，从路的另一端飞快跑出来，十几个人先是扶起了小女孩，跟着就对巨汉怒目而视。

还是群众有正义感，我整了整衣领，迎着灿烂的阳光，大声道：“大家别怕，大人欺负小孩，我们都给他拍下来，大家一起作证。”

说罢我又指了指秦守，耐心向群众介绍：“这人刚才说，反正穷人爱钱，让肌肉男随便打，打死一个少一个，医药费他包，他有的就是钱。赶紧拍下来！就是这张脸！互联网时代，人人都是监督员！”

人越聚越多，从十几人，一下变成了几十人，小白脸看情况不对，脸色大变，想要出来说点什么，我抢先一步指着他大吼道：“有钱了不起吗？欺负穷人很好玩吗？”

“你！”

秦守手指着我，怒瞪过去，但在群众目光压力下，他也不得不挤出笑容，道：“误会，这都是误会，我其实是……”

“趁他病要他命”是我的人生哲学，没让他把话说完，我趁乱上去就是一拳，看似出拳，其实是拿手机尾端挥砸在他的下巴上，小白脸惨叫一声，鲜血飞溅，捂着下巴就倒了下去，壮汉保镖急忙冲上来护主，一把推开我，跟着举起拳头就要打下，可没等他动手，周围情绪早已沸腾的群众，直接大叫着冲上来。我顺势躲到群众中，然后在人群中大喊：“打人啦！打人啦！”

激愤的群众涌上来，手机的拍照声响成一片，小白脸与他的助理被围在中心，最初还听得到高声叫喊，可很快就被愤怒的群众吼声盖过，我跟着喊了几句话后，拉着惊魂未定的蓝澜钻回自己车上。

“……事情怎么会变成这样？”

蓝澜轻抚着胸口，推挤过程中，她的妆和头发有些乱了，高跟鞋也掉了一只。

“……没事，本地特色而已，回去以后你陪我去买手机吧。”

我把那只尾端已碎裂、还沾着血的手机放到仪表板上，淡淡道：“现在你知道旧手机有什么好处了。”

引擎开动，轿车缓缓从人群中开出，扬长而去。

DM公司全名“梦想文化艺术策划有限公司”，董事长钟老爷子中风前是个意志坚定的强人。公司特色是动不动召开艺人大会，开展所谓的洗脑运动，其实和传销模式也没什么区别，无非是大喊“我要努力”、“为公司献身光荣”、“牺牲自我，成就事业”之类的。

作为市里最大的演艺公司，我们有歌手、演员、舞蹈艺人、模特等全职艺人一共三十六个。为了显得洋气一点，公司名决定用英文称呼：DREAM，在圈内，大家都称之为DM。在莫名其妙地被风投投了几轮后，

DM就上市了。

我自然也水涨船高，钟老爷子甚至有意让我成为公司接班人。这是大家都清楚的事情。但是突然的中风，让老爷子变成了一个连话都说不清楚的白痴，和美剧《绝命毒师》中的墨西哥黑帮领袖Hector的情况一样。错了，应该是更惨，那黑帮老爷子至少有一个手指可以动，用来按铃，而我们老爷子中风后全身除了舌头比较灵活，还能动以外，其他部位完全动不了。

我后来才知道，几天前的那场车祸只是我陷入大事件前的一个插曲。原来和我追尾、被我“搞定”的日本海归青年就是我未来的老板、董事长的干儿子。生命中的巧合总是在各种冥冥中注定好的，这就是所谓的“出来混，迟早要还的”。

周末我与蓝澜睡到下午，正考虑是否继续补眠，她忽然起身挑选衣服，似乎准备出门。

“要去哪？今晚你应该是没工作的。”我说道，“我是你的经纪人，总不会你要工作，而我却什么都不知道吧？”

“不是工作，是介绍工作的。”蓝澜笑道，“有个国外的老朋友回来，约我晚餐，说要介绍个日本客户给我……你知道的，就是这类的饭局。”

“国外的朋友？哪位啊？”

“名字有点怪，姓萧……”蓝澜摇摇头，“算了，不是什么重要的事，我去去就回来。”

“什么样的饭局？有钱收的那种？我和你说过，在我手下做艺人，我不管这类事，但做我女朋友，我不会让你去参加这种饭局。”

“你想得太多了，游戏规则我怎么会不懂？”蓝澜精选了一套礼服裙装，娇笑着坐进我怀里，手指在我的胸前如灵蛇般上下滑动，“现在，你才是人家的最大利益！人家所有的梦想，都要靠你来实现，你别忘了，我们两个正准备要结婚呢，你该多给人家一点信任啊！”

这女人说得非常诚恳，一瞬间我几乎就信了，但马上又回过神来。

“演艺圈待久了，我只觉得，这世上最不值得相信的两种人，其中之一就是你们艺人，永远说一套做一套！讲什么从不吸毒，背地里什么毒都吸遍，男盗女娼，被抓了就哭丧个脸求拥抱、求道歉……”我没有好气地说，“这种生物，有什么可值得相信的？”

蓝澜脸上仍挂着笑，一点也没有生气，面对这尴尬的问题，她只是淡定问道：“有道理，那另一种不能相信的，又是什么人呢？”

主角自黑
哈哈哈！

“………经纪人！”

送蓝澜到公司之后，我就觉得氛围有点不对。本来董事长中风一个多月了，整个公司都弥漫着一种悲观和慵懒的气息。很多人都是这样，公司危难之间，什么讲义气，什么奋斗努力，老板都快死了，大家不会考虑如何前进，而是赶紧找下家，或者关心公司未来接班人的动向。之前我被议论得非常多，在公司豪华的过道走过，总是有很多女艺人对我微笑打招呼，或者是暗送秋波。虽然蓝澜和我的事情大家都心知肚明，但还总是有一些狂蜂浪蝶不死心。

拐弯处，我被孙胖子神秘地一把拉过去。他直截了当地告诉我，我继承DM公司的事情一点希望都没有了，董事长的干儿子已经坐在他干爹的办公室里，据说现在正在看公司的人事档案。新官上任，肯定要借打压老人树立威信，不用说我这个曾经的准继承人在劫难逃了。

这事情并不新鲜，我也早有准备。混公司不是小孩子过家家，不是说认个干爹，名义上继承了公司就会有所作为的。先不说我在公司小弟众多，好歹我还是董事局成员，所占股份也不少，要想动我也没这么容易。

一整个上午，那干儿子都在办公室里没有出来，但前后叫了好几个公司的骨干进去谈话。中午的时候，又把几个当家女艺人也叫了进去。看那些女艺人从办公室里出来之后，一个个神清气爽，不用多说肯定是被收买了。我也担心蓝澜这个女人要是被叫到办公室后，会不会出卖我，但是直到下午高层会议，他也没叫蓝澜去他的办公室。

每周一的下午，公司会举行高层例会，原本总是老爷子自己亲自主持，当然今天的主持人换成了他的干儿子——和我追尾后，被我拿手机砸了脸的秦守。

“富二代？海归男？日商携保镖欺凌幼女，遭百余群众砸车围殴！”

重重一声响，带着彩色封面的周刊，被狠狠摔在桌上，秦守怒不可遏，对着会议桌上公司各阶主管的面，拍桌怒道：“这就是现在的媒体素质！抓着一点事就不放，报一些自以为是的东西，根本不知道什么是事实，事实是他们说的这样吗？不是！压根就不是！”

听着新任总经理的咆哮，DM的各阶主管们，或是低下头，或是面面相觑。只要看过那本今天新出的周刊，谁都知道这位新老总几天前闹出的丑事：在回国第一天，前来公司接任的路上，他的日本司机闹出问题，连累他一起被群众围殴。在医院里鼻青脸肿地待了几天，好不容易今天出来，进公司完成接任，马上就发了上任后的第一把火。

幸好，意识到自己有些失态，秦守很快换上一副稳重的面孔，用老总的身份说话：“各位，DM公司是我干爹一手创立的，能从一介小公司发展到今天上市的规模，是靠在座各位的支持与共同努力，我代表他老人家向各位说声谢谢……”

秦守半弯腰鞠了一个躬，在场的主管识趣地拍手鼓掌后，新任老总继续道：“以前干爹他老人家向我提过，他对DM公司有一些新想法，预备在接下来的时间里慢慢实施，并且要我回国帮助他推行改革，我当时正在日本，处理自己手边的工作，没想到他老人家忽然病倒，昏迷前急电召我回国。我放下自己的事业，以第一时间赶回国内，很遗憾没有与他说上话，目前他老人家仍在昏迷，而依照他的意思，在他清醒之前，我将暂代他带领DM公司，继续他的梦想与事业。”

没什么人说话，在一阵互相对看后，响起的是又一片掌声，所有穿着套装的高管，齐齐拍手欢迎新总经理的上任。但在各个主管中，那个表情特别僵硬，虽然也在拍手，可硬挤出来的笑脸，像僵尸一样难看的就是我。我没想到这个白痴就这么不避讳地在会议上提起自己被群殴的事情。脸皮够厚的。

才刚刚这样想着，耳边就响起那满是恶意的不幸之声：“孟经纪，你是公司的老人了，经验又丰富，关于刚刚说的那个新计划，你有什么看法吗？我很想听听你的想法。”

被叫了名字，我急急忙忙站起，抬起头，恰好迎上秦守的目光，只要不是呆子就能看出，那里面没什么善意，一点也没有。

“总经理，关于公司的那个新计划，那个计划呢……”

我边说着，边往旁边瞥看，希望能有够意思的同事，向我打个招呼，传个讯息，但秦守的声音已先一步响起。

“不用浪费我的时间，我是个很忙的人，分分秒秒都容不得浪费，也容不下那些浪费我时间与金钱的人，既然你刚刚没在听，我就直接告诉你吧。”

秦守扯了扯西装的领带，道：“我入主DM公司后的第一件事，就是要把公司本来的征才计划扩大举办，不再是老掉牙的应征、甄选，现在是一个新时代，就该要有新思维，最当红的节目既然是选秀，我们的新人征才为什么不能用选秀形式？为什么要只限于我们公司？我决定启动一个名为‘女神’的计划，不光是我们DM公司，还要联合主流媒体、网络媒体，共同举办。”

“呃，总经理，这个计划会不会有点……”

“我们DM公司的娱乐事业，最早是从网络起家，取得了一定的成绩，可近年来业绩成长停滞，已经到了必须革新的时候，我认为，这次就是个很好的机会。我们与主流媒体合办一场大型的选秀活动，捧红一些有实力的新人，最好也找一些当红的明星、模特来参加，炒热这个活动，众星云集，最后选出我们的女神。这是一个造神计划，而我们则在这个造神活动中，把我们的影响力辐射到全国媒体。届时，公司的股价也会上涨。名声就是金钱！”

秦守把我干晾在那里，看也不看一下，目光环视在座的主管，道：“这个计划如果成功，能为公司带来的收益，估计合计三亿七千万。各位面前的第二个档案夹，就是这次女神计划的报告书，而为了让这次的大计顺利成功，我们将提供高额奖金，能赢得大赛冠军的女神，将获得奖金——一千万！”

掷地有声的三个字，表现了一种决心，也让在场的主管们都动起了各自的心思，他们再次鼓起掌来。热切的掌声，在会议室内回响着。

这样的项目要能做成才怪了，外行真让人无语。我摇了摇头，觉得没趣，想要坐下，但一直没再看我的秦守，却一下子瞪了过来。

“孟经纪刚才摇了头，是觉得公司的计划有什么不妥吗？”

“没有，只是我下巴忽然有点痒而已。”

底下一片哄然大笑，我很希望能够这样把事情混过去，但看秦守愤怒的眼神，我也知道自己闪不掉，便说道：“是，我是有些意见想说，这几年公司的状况还不错，大家也赚了些钱，可那也是老董事长带着大家，一步一步稳稳走出来的，公司去年的营收净利大概是八千多万，现在光办一个选秀，奖金就砸一千万，其他的开销不晓得还有多少，经营公司并不是孤注一掷，我们还没到那个地步……这么做，会不会太冒险了一点？”

“冒险？你是指我的计划，会把公司带入什么险境吗？”

“我没有这个意思，但总经理新上任，以前又不在这一行吃饭，对公司或许有些地方不太清楚……”

“够了！”

秦守一举手，表情不悦道：“对于有雄心、决心闯事业的人，钱从来不是问题，我在海外也有自己的事业，这次为了女神计划，为了我们的DM公司，我将以个人名义出资五千万，作为女神计划的营运款。不管怎么样，

DM公司不会承受任何损失，这样，还有什么人担心吗？”

果然有钱就是好办事，秦守这次把话说完，底下的掌声更响亮，部门高管们望向他的眼神简直在发亮，一闪一闪都是金钱的光芒，就连我都不知还有什么可说的，坐了下去。

“孟经纪，你等一下。”

秦守执意追着我不放，望着我道：“孟经纪是DM公司的创始元老之一，虽然年轻，但这些年来你一直追随董事长打天下，DM公司今日的成绩，与你过去的拼命有很大关系。”

“……谢谢。”

“不用谢，因为我不是在夸你。”

秦守毫不留情地抢白：“DM公司之所以有今天，业绩裹足不前，这也是你的重大过错。我看过你的档案资料了，你会的东西来来去去就是那几套，欠缺新思维，你带出的艺人也表现平平，在过去的两年里头，你毫无成绩可言，虽然你有着辉煌的过去，但说得实际一点，你已经落伍了，你已经……不行了。”

话挑明说到这种程度，会议室内一时无声，所有人看着这一幕，看着咄咄逼人的新任总经理，也看着受指责的我，都有些不了解——明明应该是第一次见面的两个人，为什么弄得一副苦大仇深的样子？

“说我落伍，这个我恐怕得要承认，毕竟我只是一个普通人，接触到的时尚资讯有限……”

无视总经理的瞪视，我好整以暇地坐了下来，还自顾自地点了支烟，既然对方摆明是冲着来，再客气也没用，不如就直接不客气了。

“我一个普通人怎能和总经理您相比？您才刚回国，立刻就上了周刊头条，说不定下周就变本加厉，上了报纸新闻头条，如果这是新潮，那我想不承认落伍也不行啊！”

“你！”

直戳痛处的话，令秦守瞬间脸色大变，而很不巧的，还真有几个高管

忍不住笑了出来。孙胖子和我关系比较好，笑得尤其大声，被秦守怒瞪一眼，低下头去。秦守接着一掌扫出，将那本杂志扫落地面。

“……落伍我认，但要说我已经不行了，总经理你可能连公司资料都没看过，我的专属艺人蓝澜，是全公司人气的前三名，前十名之内的，也还有几个是我一手带出来的，只是单飞或转给别人带了。要说我无能，我觉得……这话并不太恰当吧？”

“哼，能力这种东西，不是嘴上说说就行的，你要是真有自信，这次的女神大赛就是证明机会，你敢参加吗？”

“为什么不？总经理你刚刚不是说，不管什么人都可以去参加吗？明星与模特都行，那不是新人也无所谓吧？”

我摊了摊手，道：“参加公司的活动，是每一个员工的义务吧？总经理费那么多努力，办了这个选秀比赛，如果我不带人参加，那不是太失职了吗？”

“如果只是志在参加，你最好不要来丢人现眼，我们DM公司的参赛者，必须是最好的。”

“‘最好’这个形容词我很中意，如果公司的女艺人里，有什么人配得上这词，那肯定是我的人。”

“既然你那么有信心，敢不敢当着公司同仁的面来赌一局？就赌比赛的成绩，如果你这样的废物能带人赢到前三名，我就承认眼光错误，收拾行李回日本，但如果你做不到的话……”

秦守盯着我，一字一字道：“你就自动辞职，滚出公司，还要交回过去DM公司分派给你的所有股票！谁输了谁就消失，你敢赌这一局吗？”

“好，我给你买回日本的飞机票！”

我和公司新任总经理冲突的事情瞬间传遍了整个公司。

DM公司是八卦胜地，我和总经理的矛盾被各种添油加醋地做了渲染，最离谱的版本是当年我在日本旅游的时候与他早年的暗恋对象发生感情。那些原本对我秋波暗送的女同事更是一个个要多端庄有多端庄，跟我除了工作有关的事情外一个字也不肯多说。

DM公司上市之后，资金空前的充足，为提升公司艺人的素质，聘请了法国著名杂志《摩登》的时尚顾问Mike做我们艺人的形象师。而我假公济私，利用职务之便，让这个顶级时尚顾问做了蓝澜的专属顾问，所以Mike在DM公司的个人工作室也就成了蓝澜的化妆间了。我还记得第一次带蓝澜进这个工作室，望着梳妆台上一百多把剪刀、化妆刷和其他各种专业工具，她兴奋得尖叫起来。

我暗暗想：蓝澜，我们的机会来了，如果把握住这次的机会，我们就发达了，别说什么海南结婚，你想去罗马、去北海道梦幻教堂结婚都没有问题了！

一把转开门，我急急忙忙地冲进Mike的化妆间，看见盛装的蓝澜坐在化妆台前，化妆师正在为她梳头，见到我进来，她转头与化妆师说了一声，化妆师笑着离开，把这边留给我们。

“怎么了？看你急的那样儿！”

“公司新总经理上台，脑子被门夹多了，要砸一千万奖金，办一个什么女神大赛……”

“啊，一千万？”蓝澜瞪大美丽的眼睛，惊道，“这么多钱，公司财务不会吃紧吗？会议上你没说话？”

“说了，可是那小白脸脑子发热，当自己是秦皇汉武，什么都听不进，连自己掏钱都肯干，砸下五千万要办这比赛。”

“啊，一出手就五千万？好有钱啊。”

“是啊，有钱的傻瓜土豪一个，以后叫他酋长算了，他可能是那天被我打傻了！你知道吗？这家伙就是前几天和我们撞车，然后被人打的那一个，连小女孩都欺负，真是人渣，说是董事长的远房亲戚，也不晓得是从哪冒出来的，开口闭口就只会讲董事长和他提过什么什么，好像公司什么发展都先与他商量过一样。”

我一边说，一边看了眼蓝澜，她的神色平静，怔怔地出神，似乎在想什么事情。说实话，我对她的感觉很奇妙，这个女人第一次接触的时候感觉非常清纯，她在不经意间流露出的冷静和敏锐，时常令我暗自吃惊。此外她从不提自己的家人，时不时在浮华热闹时忽然安静发呆，令我觉得这具美丽的身体中，蕴藏着某种安静的势。

有的时候我都怀疑自己是不是动了真情，以前从来没有和哪个女孩子在一起这么久过，说她是我实质的第一任女朋友也不为过。

“不过，没关系，有人肯主动当猴，我们也乐得看猴戏。这个女神大赛并没有规定非得要新人参加，我们可以直接去报名，以你的国色天香和出色演技，再加上我的企划能力，还有公司上上下下的人都与我们熟，怎么也要多给一点情面，这奖项就是我们的囊中物了。我有信心，赢了这大奖之后，为你量身打造方案，利用那傻瓜的资金，把你进一步推向影视圈，你会比现在红得多，成为影视歌三栖巨星！”我继续滔滔不绝。

“好棒啊！到那时候，我们就结婚吧。”蓝澜回过神来，开心地叫道。我并不认为她这样想，说结婚这个事情，半年来她总是反反复复经常提及，似乎这样的说法，能够给她一种安全感。这个女人既精滑又缺乏安全感。

“哈哈哈，这个是理所当然的吧……咦，你在做什么？”

我讶异地看着眼前的大美女按着我在椅子上坐下，十指纤纤，灵巧而熟练地解着我衬衫的纽扣……

“你在玩什么啊？这里是Mike的化妆间，不是我家或你家，要是不小心被人看见，很容易闹成丑闻的，你可是未来的——大明星呢！”

我有些困惑地看着似笑非笑的美女，心里忽然觉得不妥，手挣动了一下，正想要从椅子上站起来。

让我没有想到的是，就在这个时候化妆间的门“嘭”的一声被打开，几个穿成保安模样的人冲进来，不由分说，先对着衣衫狼狈的我连拍几张照，跟着就把我连人带椅压趴在地，完全制服住。

“搞、搞什么？！”

我挣扎无果，三个大汉把我强压在地上，用力奇猛，仿佛只要挣动得剧烈一点，手臂就会给硬生生折断，无奈之下，我用尽力气抬起头寻找着蓝澜，想知道这究竟是怎么一回事！

我先是看到了蓝澜的高跟鞋，跟着看到一双从外头走进来的黑色皮鞋，鞋子的质量很好，纯小牛皮手工裁缝，是真正有钱人才穿得起的款式，而整个DM公司上下，现在会穿这种鞋的，怕就只有一个人。

顺着裤脚往上看，最终看见了一张冷笑的脸孔，秦守慢慢地踱进来，用一种居高临下的倨傲表情看着被压趴下去的我。

秦守的出现，没有让我太过意外，两边敌对是板上钉钉的事实，这种场面早晚会发生，让我想不通的只是——为何会在此时、在这样的情况下发生？又为何刚才还贴在自己耳边软语温存的女友，一看见新总经理出现，就直接贴了上去，小鸟依人地靠在他肩上，任他搂抱。

秦守冷笑道：“我替蓝澜小姐和你说明几个事实，从现在起，你不再是蓝澜小姐的经纪人，你的职务被公司解除，公司会另行指派新的经纪人给她，为她打理演艺活动，还有参加女神大赛的相关事宜。”

“我、我和她签过合约，不是你说解就……啊！”

被保安把手臂反折，我痛呼了一声，但心里紧紧地抽动着，似乎要被放空血一般。这个女人本就风流多情，但是为什么我，我这么在乎呢？

搂着美人的秦守不屑地说道：“你与蓝澜小姐签的所有合约，都是你代表公司与她签的约，现在你被公司解职，不再代表公司了……或者，孟先生，上法庭也是讲证据的，你说你签过合约，合约在哪里呢？”

我听得咬牙切齿，合约一向都是由公司保管，现在公司易主，什么合约都落在对方手里，自己口说无凭，当然也不可能走什么法律途径。和秦守是不可能谈得出什么的，我吃力地转动脖子，将目光转向蓝澜，想看看这个口口声声说要和自己结婚的女人，到底有什么话说。

“哎呀，你别用这种眼神看我嘛，这并不是你或我的错，说到底，我也曾经喜欢过你啊，这年头男男女女，就是求一个好聚好散，你如果这么放不下，会破坏你在我心中的好印象，让我对你评价更低的！”

蓝澜眨了眨眼睛，表情看来纯洁而无辜，如果只看这神情，谁都会相信她就是个受害者，而我所做的只有死死地盯着她，目光中，不甘、疑惑、质问不断地散发过去。她终于还是变了一个表情，摊了摊手，叹了一口气。

“好吧，说实话，对，这全都是你的错。你实在应该买部好车的，我觉得总经理说得对，像我这样的女人，就应该要坐在宝马车里笑，而不是每天坐在你的破车里头，被你这样接着去上班，过什么平民百姓的幸福，我不是为了当平民百姓而出生的。”

蓝澜居高临下，俯视着我这个前任男友和她口口声声所谓的未婚夫，表情一直很淡漠，像在说着别人的事，但在说到“不是为了当平民百姓而出生”时，那理所当然的口气，让我感触颇多。

我一直认为这个女人内心深处是脆弱的，偶尔的时候也有尝试过，回家的时候买朵玫瑰花，或者是小蛋糕之类的给她惊喜。我自己告诉自己不要喜欢她，从来也认为有一天她会离我而去，但我没想到在踹掉我之前，她已经上了人家的车。

“……你前几天好像才说过，相夫教子才是女人的幸福，你才认识他多久？最多才几天，你就为他出卖我！”

“正确来说，才不到二十四小时，虽然时间很短，但他给了我你一辈子也给不出的东西。”

“你在开玩笑！”

“你还是不懂，有些东西比相处的时间长短更重要，我们在一起也不过半年不到，怎么你就当成是永恒了？”

蓝澜斜斜倚靠在秦守的肩上，女子妩媚动人，男子英俊挺拔，看上去的确般配，却让我觉得无比可笑。这可笑的感觉，不是源于眼前这两人，而是对己身的自嘲，这使我隔了好半晌，才从牙缝中挤出问话："……钱？房子？车？他给了你什么？你是收了什么价把自己卖了？"

"正确来说，你说的三种都有。"

秦守迈了半步，斜睨脚下的人，道："一张支票，一间市中心的豪宅，一辆抵你五年工资的跑车，这些都只是开始，最重要的是，我能提供她一个你给不了的机会，我会全力捧她成为女神，之后她的前途将无可限量……至于你，请你千万不要忘记，刚才在公司各阶主管面前，我们有过约定，还签了有法律效力的文件，如果你不能在比赛中胜出，到时候，你名下的股票就要全数归还……"

我挣动了一下，却被保安一肘打在背上，痛得我全身紧缩，秦守蹲了下来，附在我耳边轻声道："我对你说过，不到十天，我就能把走你的妞，现在你信是不信？我这辈子和人赌，从来就没输过。你注定只是一个失败的人渣！"

一句话说完，秦守站了起来，走了出去。

Chapter 02　我遇见谁，会有怎样的对白

市立医院的病房门口，一个女孩正焦急地来回踱步。

白毛衣、牛仔裤，脑后利落地扎了个马尾，戴着笨重的厚框大黑眼镜，未施脂粉的脸上，透着邻家女孩般的清新。明明二十多岁已经是成年人了，看起来却有着小女孩似的、很难凭直觉判断年纪的纯真感，就算被当成中学生似乎都不奇怪。这种类型，或许就是近来很流行的“透明感自然系”吧?

女孩在病房门口走动，直到走廊另一头传来急促的脚步声，引起她的注意力，一抬头，看见那边走过来的人影，她连忙朝那边跑了过去。

“姐！”

“芳婷！妈妈怎么了？”

林红快步跑过来，她一接到白芳婷的电话，就从办公室里赶过来。精干的黑色套装，长度比膝上再略短点的窄口裙，浑身上下都散发着OL的气息；盘在脑后、露出雪白颈背的干练发型，因剧烈奔跑而迸出一缕缕散发，心里的紧张、担忧，占满了极富知性美的端丽面庞。

白芳婷匆匆迎了上去，一见到林红，道：“我接到医院的通知就赶过来了，医院说，妈妈这次发病，情形很严重，我听医生说，很有可能要换肾……”

“换、换肾……”林红闻言，有短暂的失神，但还是很快便握紧拳头，毅然道，“不管怎么样，妈的病一定得治，她辛辛苦苦把我拉扯长大，我一定要救她。”

“可是……姐，我听人说，换肾要很多钱，起码也要二三十万，还不

包括术后治疗与药物，我们……”白芳婷急得都快要哭出来，紧紧握住林红的手，“我们哪来这么多钱啊？现在住的房子租约也快到期，房东还说要涨租，我们从哪去弄钱来给妈妈治病？”

“不要慌！我还在这里，从以前到现在，有我在就会有办法。”林红振作起来，拍了拍白芳婷，勉强挤出一个笑脸，为这个干妹妹打气，但心里却也是一凉，“是啊，为什么偏偏是现在……如果能再晚几年，我再多个几年工作累积，手上有多一点的钱，那就可以给妈治病了……”

见了林红，白芳婷的情绪就稳定下来，这时病房的门推开，身穿白大褂的年轻医生走了出来，见到两人，他向林红看了两眼，道：“你们是病人家属？你是林太太的女儿？”

“是，医生，我妈妈的病怎么样了？我希望她能得到最好的治疗呀！”

“……林小姐，你最好有点心理准备，病人的情况很不乐观，必须尽快动手术，如果你同意，我们会立刻开始寻找肾源，进行配型。”

医生的话，让林红与白芳婷心里一沉，跟着，她们随医生进了办公室听简介，一直到她们离开，刚刚听见的东西仍沉重压在她们心口。

“姐……怎么办？”白芳婷站在医院门口，风吹动马尾长发，“那个陈医生说，妈妈这次必须得换肾，如果不换，最多只能再撑六个月，手术大概要三十万，这还是在国内肾源配对能成功的前提下，如果要出国，整个费用还会再加上去，姐……我们从哪里弄来三十万？”

“我……我可以向公司里同事借点钱，家里亲戚或许也能帮一些。”

林红口中这么说，心里却没底，自己新入公司没多久，还是一个新鲜人，和同事也没熟到哪去，一下说要借钱，几千几百或许没问题，可几万、十几万，这根本就是不可能的事。

至于找亲戚借钱，这纯粹也就是说着好听的，父亲早死，穷病之家少亲戚，早就没了什么往来，没可能借到钱，如果有这可能——她们一家就不用那么辛苦，母亲也不会积劳成疾了。

“我……”林红脑里很乱，勉强挤出话来，说得也很慢，“除了白天在中介公司上班，晚上也再去兼职好了，上礼拜我本来对孟经理说，这个月做完就不再去了，现在……就得继续做下去了。”

“姐……”白芳婷握住林红的手，“我知道你辛苦，我也想帮你，让我来帮忙吧。”

“不行！你还有半年就大学毕业了，专心把书念好，这才是你该做的，如果你没把毕业证拿到，别说是妈，连我都会死不瞑目的，这件事你别管，我自己来处理就好，除了念书、写毕业论文，你什么也别多想。”

“姐，我可以先休学，书什么时候念都可以，可妈妈……她可能就只有这半年了啊！”白芳婷认真道，“我不会忘记的，在我最孤立无援的时候，是妈妈收养了我，这些年来，也是妈妈和你一直供我吃住，供我读书，没有你们，我早不知道死在哪里了，你们是我仅有的家人，我……我不能看你们有事的，有你们，我未来的幸福才有意义。”

“芳婷……”林红感动地握着妹妹的手，心里虽然感觉暖，但还是果断道，“不行，你还是好好把书念完，姐不是看轻你，你既没有赚钱的本事，也没有借钱的人脉，就算你休学来帮忙，也帮不上什么的，还是专心念书，这边就让姐来想办法。”

白芳婷张口还想说什么，但在林红一贯的强势面前，她什么也没法说，只垂下了头，有些不甘心地握了握拳头。

蓦地，一阵狂风吹来，林红、白芳婷本能反应，伸手护住脸、眼，这时地上的一些纸屑被吹了起来，一张本来夹在报纸中的传单，被风吹起，一下飘向白芳婷，林红伸手一抓，没有抓住，传单吹到白芳婷脸上，她抓住一看，愣了一下：“姐，这好像……好像能解我们的燃眉之急耶！”

“……一千万？”

林红看着传单，霎时有种晕眩的感觉，传单上，一个穿着黑西装、英俊帅气、威武霸道的年轻男人，伸手朝外指着，底下写着一排红色大字：“一千万大奖！DM公司联合上市秀场平台寻找女神！今天的你，就是明天的女神！”

两天后，林红与白芳婷来到DM公司的大楼，本来对于参加选秀这种事，理性的林红还有些顾忌，不是很愿意来。

“芳婷，你别傻了，演艺圈很黑的，像这样的选秀，肯定一早就内定好了，还没选之前，冠亚季军全部分配妥当，连安慰奖都有主了，参赛还不如去买彩票。退一万步说这比赛没黑箱操作，一千万的奖金，会来参赛的肯定都是大腕，哪轮到我们出头？”

“不一定啊，姐，我以前在励志书里读过一句话，没有不能成功的事，只看你敢不敢做那样的梦……只要我们相信自己能成，一直努力，一定会成的！”

“……你应该分清楚励志书和童话书之间的差别！”

说是这么说，林红终究还是被白芳婷说服，一起到DM公司报名。理由也很简单，这两天里，林红尝试了一切的方法，到处去弄钱，可什么方法都试了，结果是到处碰壁，勉强凑了两万，却与三十万的目标还差太远，无计可施之下，只能到这边来试试运气了。

“姐，这个女神的选秀，声势搞得好大啊！这几天我到处都见着他们的广告，报上有、电视上头有、广播里头有，连微博上都有人不断转发，我们学校里好多女生都在说，只要当了女神，以后一定能当明星，赚很多很多的钱，然后嫁高富帅，一辈子都幸福。”

白芳婷很开心地说着，林红看了姐妹一眼，不想多说什么，她原本相信，女人应该靠自己，要有自己的尊严，自立自强，但这两天——连串碰壁确实也让她觉得，有钱是有多重要！那些困难的问题，全都不是问题了。

不来不知道，进了DM公司，白芳婷、林红才发现来报名的女人着实不少，满坑满谷的，队伍排得好长，看上去都穿着入时，打扮得体，一个漂亮过一个，年纪虽说是各种年龄段都有，可主要还是十八到二十八岁的样子，最为青春貌美的这一段。简单看了一轮之后，姐妹俩心里都透着凉气，白芳婷拿着报名单遮住脸，侧头对着林红道：“姐，这些女生好漂亮啊，我

姑娘安心，你有自带的主角光环，必定会赢的！(●_●)♥

们……选不过的，不如我们回去，另外想办法吧？”

“开玩笑！哪有到了这里，反而回去的道理？”林红决然道，“既然来了，就要拼一次，不能临阵退缩。走，我们一起去把报名表递了。”

“我们会不会第一关就被刷掉啊？”

姑娘，我敬你是条汉子！这不成功便成仁的范儿……_(:3 」∠)_

“我敢把话放在这里，我对自己有信心，如果第一关就被刷掉，那我直接找间厕所上吊给你看。”

经过一楼大堂时，那边正在举行记者发布会，DM公司的新任总经理秦守，也就是选秀海报上的那个霸气英俊男，身穿一袭黑西装，走路有风，正在台上对着麦克风说话，富有磁性的嗓音响遍全场。底下的记者，听他介绍这次女神大赛的举办初衷与方式，不住拿笔猛记。一堆镁光灯更错落闪烁，渲染出一场媒体盛宴。

白芳婷远远看着那边的盛况，道：“姐，那个男的好帅啊，好像杂志里的王子，我将来老公有他那样帅的话，每天就幸福死了。”

林红瞥了一眼，道：“演艺公司的老板，通常都是中年的秃头胖子，脑满肠肥的，这么帅的是很少见，听说是从日本海归的成功人士……不过再成功，终究还是当老板的，别看他现在人五人六，小心他没事找你到办公室，把你潜规则啊。”

“不、不会吧？看他长得那么帅，不像是会潜规则员工的人啊！”

“变态狂与性饥渴都不会写在脸上的……还有艾滋病也不会。”林红希望多给妹妹一点警告，把话说重了点。

排了很长的队伍，两人终于把报名表递了上去。收表的工作人员是个肥大婶，边收边看着两人，特别是看到素素净净的白芳婷，明显摇了摇头，低声道：“白浪费钱，选不上的……”

大婶你偶像剧看太少了，不知道这种选美大赛赢的都是报名时最不起眼的咩？（˘•ω•˘）

话虽轻，可还是传到姐妹俩耳里，林红脸色一变，被白芳婷拉住才没有上前。为了平息这股闷气，林红道：“我去一下厕所，你在这里等我一下，别走开。”

林红走后，白芳婷左思右想，再看看参赛者的高素质，心里越来越怕，又久等林红不回，紧张之余，陡然想起一事。

“……红姐好像说，如果第一关就落选，她就去找厕所上吊，她为什么现在去厕所？会不会……哎呀！不好了！”

有个叫源堂·法雷尔的哲学家说过：人应该走自己的路，不要让人来给你定规矩，什么因果报应，什么原罪天生，全都是没有的事，你信有，那就会发生，你不信，什么天理报应都与你无关。我也一直以此作为信条，结果因果报应，还是发生了，现在我身上就是最好的证明。

刚刚手贱去百度了一下源堂·法雷尔……Σ(°△°|||)︴

从进入DM公司以来，我和老爷子的目标有着出奇的共同之处，大家为之努力，水涨船高，一路下来也颇有收获。如今老爷子忽然中风，醒来之后就变成了墨西哥黑帮残废Hector Salamanca了。而我，也被女友出卖，不仅惨遭暴打，还被拍去衣衫不整、丑态百出的照片，全国各大主流媒体的边角八卦上都挂了上去。不知道是不是因果报应，但霉运却像刚刚开始一般。

一连过了一个星期，我托着肿胀的脸去公司找那些曾经和我签约过的女艺人商谈参加女神大赛的事情。路上，只要是女性看到我都掩面飞奔，男性则是讥讽嘲笑。毫无义气的孙胖子更是义正词严地告诉我，他现在效忠秦总经理。

“这次真是衰到爆了，人生有起有伏，衰成这样以后，总该有点后福吧？”

在洗手间里面，我拿着手机，站在洗手台前，一面看着镜中脸有瘀伤，却仍不失帅气的俊朗外表，一面和手机的另一端通话。

“对，我知道，自己现在的状况是不太理想，但也没你说的那么绝望，被女人甩掉有什么？我以前还不知道甩过多少女人咧，就当是有借有还吧，早晚她会把这些债再还给我的。什么？你说我吹牛？我会证明给你看的！喂，你有种就不要在那边笑，出来单挑，看我是不是吹牛！

“……我吃饱太闲？开玩笑！我肯定是有事才打给你，不然没事找你好玩吗？这次我要大干一场，在女神大赛中好好露脸，我想把以前的几个搭档再聚集起来……对，我当然知道是要代价的，但现在哪顾得上这个啊。我问你，你有他们的消息吗？老陈、青蛙、香港仔，还有最重要的是冰冰，你有没有办法联系上她……废话，我当然知道她说过见到我就要砍，可现在不是没办法吗？只要她愿意帮忙，要砍就随她砍吧。”

情急之下，我想到三年前我还在公司里做着我小鲜肉美梦的时候遇到的一个奇怪少女。那次相遇，到今天我还觉得惊心动魄。

三年前，我抱着老爷子大腿苦苦哀求，终于获得去美国演出的机会。条件是如果失败，就滚回国内给他弄二十个姑娘签约到公司。老爷子总是利用我的美男色去钓一些义务劳动的女孩子进DM公司打白工。

作为一个正常的男人，在国内看了各种电视剧印象最深刻的莫过于美利坚的脱衣舞娘了。到美国后，除了公司例行安排的演出表演通告之外，我在私人时间就直奔纽约最大的脱衣舞娘俱乐部。

天！美国脱衣舞娘俱乐部门口为什么会有一个COSPLAY美少女战士

小小兔，而且正一本正经地和门口的外国胖子交涉，似乎对胖子不让她进去非常生气，而这就是我第一次见到冰冰。

对于冰冰的印象，似乎永远是萝莉的外表、极度危险的心。这个谜一样的少女曾经在我对她有所企图的时候，面无表情地告诉我：“我是男人，你对我抛媚眼没任何作用……还有如果你再做任何没有意义或者恶心的事情，我亲手直接把你拗断了。”

粗暴，野蛮，没有留任何一丝余地的恶毒语言，瞬间就把我给镇压了。我顿时打消了任何幻想。后来我才知道，她确实是少女的身体、男人的心，性向为女。可以理解是同性恋，但确实也不是同性恋，因为她认为自己是男人，斩钉截铁。

“……是是是，我的选手是还没找到，可准备工作可以先进行啊，不必什么事情都按部就班……什么？你说我找不到选手？凭什么这么说？我好歹也是王牌经纪人啊，在业界，谁不知道我直觉最准，只要是我感觉会红的，结果就没有不大红的……啥？克礼丝？那个是意外，那洋妞参加大胃王节目吃到过期食物中毒，最后退出演艺圈，没红又不是我的错，我也是受害者啊！1985年的罐头，天晓得节目组哪弄来的！”

“例外的不讲了，过去被我捧红的人可不少，有的已经是大明星了呢，我随便到酒吧绕一圈，主动跟我套近乎、想我捧红她的美少女，从酒吧厕所里可以排出去到街尾，你凭什么觉得我找不到人？什么？你已经看过那些照片了？在哪？冰冰的微博！那你有没有……什么？你马上点了赞，还立刻转发五百次？唔……谢谢再联络。”

挂掉电话，我忍着想把手机砸进马桶的冲动，对着镜中面有疲态的自己叹了口气。这时厕所门打开，两个公司员工走了进来，看到站在镜前的我，马上露出诡异笑容，窃窃私语，可当我转过头来，怒瞪一眼，那两个人又匆匆掉头，跑出厕所去。

“……什么世道，乱七八糟的……”

心烦意乱，我挑了最里头的那间厕所，拉上门坐下，打算好好想想，却怎么都没法集中思绪。

几天前的那一跤，确实栽得很重。秦守那小白脸和蓝澜设局完全在我意料之外，看起来有点蠢的秦守出手却是无比犀利，丝毫不手软。

在现今的世道，就算是一个男人的全裸照，也早已不是什么惊世骇俗的东西，可在我被解职的同时，这照片又被到处传散，再加上那天在会议室里的赌约，已经在这几天里被传遍整间DM公司。此刻所有人都晓得发生在我身上的事是什么，也见识到新任总经理的手段，只要不是脑子有病，就不会在这个时候站错边。

演艺界是一个最势利、最爱跟红顶白的世界。我没出事之前，走到哪里都有人捧，现在一下被解职，立刻变成了鬼见愁，所有与我相熟、过往争着来与我交好的人，全都闪得远远，好像跟我靠得太近，就会惹祸上身一样。

理所当然的，我失势的消息传开后，找人就变得很困难了。DM公司里未签约的新人，原先是排着队希望能被我签下，现在闪得一个都不剩。我试着拦下一些新人，费尽唇舌，说服她们让我签下去参加女神大赛，可全部碰壁，逼得我把主意动到其他演艺公司那边。

不成想，有了网络之后，这世上的流言传得贼快——我被解职的消息，还有鼻青脸肿的半裸照，几乎传遍业界，现在只要不是脑残，就没人会站到我这边来。我被彻底封杀了！眼看报名截止的时间越来越近，我却连参赛选手都找不到，一切真可以说是走到绝路了……

“开什么玩笑，我才不会就这么完蛋咧，什么大风大浪我都遇过了，别想让我在这里爬不起来……”

坐在马桶上，我紧握着拳头，内心狂喊：老天，请赐给我一个参赛女选手吧！

话才刚说完，就听见洗手间的门被打开，我皱了皱眉头，挺不愿意在这节骨眼上又看见人，可进来的人却非常怪，就听见一间接着一间的厕所门被推开，那人不太像是来上厕所，好像是来找什么的，再不然，就是某个无聊的变态了。

我张口欲呼，但转念一想，放弃了这个打算，我现在的处境算不上安全，小白脸已经摆明在玩阴的，搞不好会再找人来暗算我，我逃不掉也告不了，挨了打都是白挨，还是小心一点，别给人家机会。

有了这想法，人身安全就比什么都重要，不想让人发现在厕所里的人是我，半声也不敢出，而那人连推了四扇厕所门后，就到了我这一间来。从底下的缝隙，我看到对方穿着牛仔裤，脚底是一双布鞋，看起来并不是保镖。

门被推了一下，但因为内部上锁，没有推开，推门的人又敲了两下，我维持沉默，半声也不吭，而推门的人似乎也急了，用拳头用力敲门，咚咚直响，像是要把门敲破，把我吓了一跳。这股凶猛的架势，说是职业杀手我都信，一时间我紧张地握着拳头，好像下一刻就会有人撞开门，用一支黑漆漆的枪管指着我的脑袋。

蓦地，撞门的声音静寂下来，我觉得奇怪，想说不知道对方是打算放弃，还是预备要撞门。忽然，我发现我正被人瞪着，视线源头不是正上方，而是下方的门缝，正有人从那边挤过来，直直看向我。

瞬间的惊吓，差点让我从马桶上跳起来。然而我很快就发现，从门缝底下望过来的那双眼睛、那张面孔，是一个很清秀，清秀到近乎平实普通的女子，年纪一时无法判定，不过那副笨重的黑框大眼镜，斜斜挤挂在脸上，红红的眼睛，好像刚哭过，此刻的眼神中又是惊愕、又是羞惭，瞬间的神情变化，顿时让人印象深刻。

“对……对不起，我是来找我朋友的，我以为她在这里上吊……不好意思打扰你了，我……我去别的厕所找她……”

在厕所里上吊？什么状况？

作为一个女生，居然进男厕所……(¬_¬)

我没有听懂，霎时脑里一片乱，但这声音让我瞬间判断出来，二十三四岁，应该是大学刚毕业的年纪，而一种许久未有的直觉反应，更让我好像感觉到什么。

推开门出去，见到那牛仔裤女孩正打开洗手间的门，踉踉跄跄地出去，走之前朝这边回看一眼，见到我提着裤子追出来，脸色一下变得雪白，立刻冲出去。

“喂！你别走啊，把话说清楚，什么上吊？”

想也不想，我直直追了出去，牛仔裤女孩好像被吓得太厉害，跑得飞快，一下就冲得老远。我瞠目结舌：“乖乖，跑这么快，田径队出身的？”

最后的机会正在消失，无论如何也得追上！对方跑得太快，我不敢被她甩远，拔足急奔，追在后面。

“喂！给我站住，别不讲清楚就跑！”

“变、变态啊！有色狼……变态别追我！”

在我的人生中，从来不缺乏追逐美女，但像这样一次追逐，甚至连对方的样子都没有看清楚就一直在后面猛追，还是第一次。

古往今来，男人的胸口吹着一样的风，追逐女性更是一种本能，这种本能的驱使原因其实是来自于一种物质——荷尔蒙。荷尔蒙的驱使我化成了力量，开始了这次漫长的追逐。

牛仔裤少女像是被吓坏了，没命地跑，我狂追在后，追得上气不接下气。我们从走廊追到楼梯间，又从楼梯间追至走道，就这么你追我跑，很快从五楼冲到一楼，途中撞到一些人，他们都投来讶异的目光，吃惊地看着这一追一逃的男女。女的猛尖叫，男的从大叫慢慢变成了吼叫。然后，开始有人看不过去，追在我的后面跑。

“你站住！不要再跑了！我有话要说！”

“我不听！我不听！你别一直追我啦……我、我跑得好累了……”

“你……你有种就停下来，别让我追……”

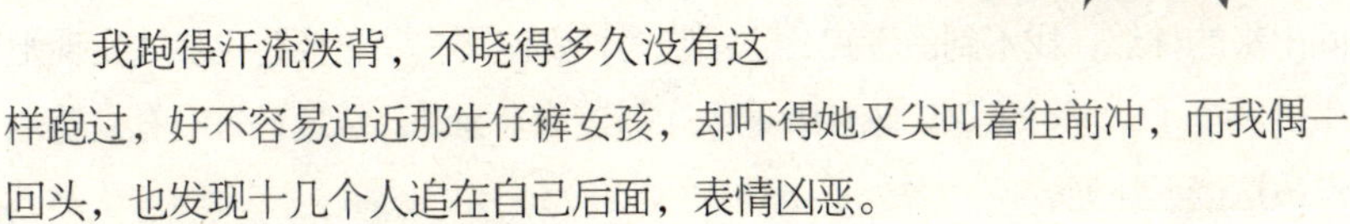

我跑得汗流浃背，不晓得多久没有这样跑过，好不容易追近那牛仔裤女孩，却吓得她又尖叫着往前冲，而我偶一回头，也发现十几个人追在自己后面，表情凶恶。

“有变态追我！救命啊——”

“你别叫！我也正在被人追！”

终于追逐到了一楼，牛仔裤女孩推门出去，动作一顿，我也冲上去，抓到她的肩头，扯着衣服，大喊一声：“你听我说！我要签你！”

跑那么久，我就只是为喊这句话，可话没说完，我就给后面追来的人扑倒在地。牛仔裤女孩也跑到一边，衣服被撕破、惊恐过度的她立刻哭了起来。我更是给七八个人压着不能动，情形就与那天被保安压着狂揍一样，只是多了一堆——镁光灯？

惊愕地抬头，看着那一堆拿着相机、摄像机，朝我猛拍的记者，一脸吃惊的美丽OL，还有站在他们身后，表情同样错愕，却气到脸色铁青的新任总经理——秦守。

“不好意思，刚刚闹出了些意外，很抱歉给诸位留下不好的印象，那些全部都是误会，事实完全不是你们想象的样子，请千万不要误解我，其实我本身是一个从不乱来、非常正经的人。”

竭力解释、希望能取得对方信任的我，努力让自己看起来一本正经，像是可以依赖的人。我本来的长相就很俊美，只是最近时运走下坡，看来比较萎靡颓丧，现在稍微整理一下，刻意摆出一副容光焕发的精神样，登时神

采奕奕，与早先从厕所里狂追出来大吼大叫的模样判若两人，连偶尔经过这边的女路人，都忍不住朝我这个身穿白色西装的青年帅哥多看两眼，投以好奇而具好感的目光。

在我对面的人，是林红与白芳婷这对姐妹。就在不久之前，上完洗手间出来的林红，找不到白芳婷，也不晓得妹妹跑哪去了，要打手机才发现她手机没电了，正自焦急，忽然听见大厅那边传来骚动，急急过去一看，差点没被这情形吓死。

白芳婷站在大厅一角，身上衣衫不整，肩膀露出，眼中有惊惶的泪珠，泫然欲泣，要不是因为身上衣服碎裂得也不严重，光看那眼神，还真会以为她被坏人怎么样了。

而干出这件事的“坏人”，给见义勇为的群众压趴在地上。光是这样，顶多就是出个丑而已，偏偏大厅里正在举行记者会，那几十名嗜血的记者似乎认为，比起台上英俊的总经理在高谈阔论，这边的疑似“强奸事件”，更有上头条的潜力。

没有什么人打招呼，所有记者一下子骚动了起来，纷纷扔下还没说完话的总经理，跑到这个怪异的变态狂旁边，不由分说，镁光灯连拍，把这一幕记录下来。从后面追上来的总经理秦守，见着这荒唐的一幕，除了目瞪口呆外，只气得脸色铁青，要不是顾及形象，早就破口大骂了。

“小姐！你、你听我说，不要害怕，我一定……了你，我很在行的，我……”

我模糊不清的话语，把白芳婷吓坏了。看着妹妹表情的林红义愤填膺，也不管那边还有一堆记者正在猛拍，一马当先冲到我面前，裹着黑丝袜的修长美腿，连带五寸高的尖细鞋跟，一下踏在狂叫不休的我头上。这一脚如女王般霸气，将我踩得没了声息，而无数的镁光灯，也就随即狂闪。

林红不想成为目光焦点，这又不是什么很光彩的事，她更不愿为了这个上媒体。反正报名已经报完了，她拉着白芳婷，急急忙忙就冲出去，甩开那些记者后，才有机会问白芳婷究竟发生什么事了。

“姐你走了那么久都不回来，我以为你……你说如果被刷掉，就要去厕所上吊的，我急了，到处找你，找了好几间女厕所，都没找着你，最后只好去男厕找，才找第一间，就遇到那个变态，被他盯上，一路追了下来。”

“我上吊？你、你的智商呢？！那只是我的玩笑话，你还当真了！我只是去喘口气，休息一下，想些事情而已啊！你找不到我，为什么不打手机给我呢？”

话刚出口，林红便懊悔地想到，她的手机没电，白芳婷打了也接不到，一切误会就是这样发生的。

“我打了……还打了好几次，可是你一通也没回……”

“我的手机没电了……好好好，是我不对，以后我说话会小心的。我们走吧，还要再去医院呢。”

两人才一举步，前头忽然就有一个人影出来拦路，林红最初还以为是那些穷追不舍的记者，但当把脸看仔细，两人又都吓了一跳，因为这就是刚才的那个变态狂。

“你还敢来！我们报警抓你！芳婷，打电话！”

林红紧盯着他，白芳婷则拿出手机，紧张地要拨打110，但这个穿着白西装、白衬衫的变态俊男，却微笑着出声阻止。完全冷静、镇定下来的他，与刚才的狂乱判若两人，说话有条有理，很有一股让人信服的魅力。

“你们误会了，我是DM公司的经纪人，说是当红经纪人也没错啦，被我捧起大红的女明星很多，你们条件很好……”

他说着，除了白芳婷，也另外看了看林红，点头道：“两位的条件都很好，真的，我希望能签下你们，担任你们的专属经纪人，安排你们参加女神大赛，然后在大赛中胜出……你们想当明星吗？恭喜你们，遇上我就对了！

呃，刚才的事情是误会，我可不是变态。”

这个解释还算可以，两人在他的邀请下，约了几天后在附近的咖啡厅见面。

我从来就没有什么好的形象，这是从我最开始做歌手的时候就奠定的基础。当年微信还未横空出世，而我还在热衷于通过微博聚集人气。作为一个偶像型歌手，我非常明白想要红就需要曝光量，但这个曝光量又绝对不能是以艳照门或者实质性的丑闻来实现。虽然说娱乐圈最怕的就是没有消息，坏消息也可以让人红。

像我当时那种没有靠山，半红不紫的新人只能选择自黑。于是，有了让我瞬间粉丝数增加了一百万的九连拍，从那天开始，我在娱乐圈的形象就一直是贱人。这几年因为转行偃旗息鼓，大家都开始遗忘我了。娱乐圈本身就是老人迅速陨落的地方。

“追逐少女事件”第一天下午发生，第二天就见了报纸，由于“化妆间裸照门”、“发布会变态门”两起事件时隔不到一个星期，让我占据了所有互联网门户的头版。没想到离开舞台这么久，我竟以这种方式出名了，这着实让我郁闷了一把。

郁闷归郁闷，总不能放弃希望。

面对如约而来的姐妹俩，总要神采奕奕。

几天后，我们如约见面。

“不好意思，没让你们久等吧！”

点了咖啡与水果茶后坐下，听我再一次简介，还亮出工作证后，她们这才不得不相信，眼前这个有两种不同面貌的男人，就是DM公司培养出的经纪人，而且似乎还是一个很有本事、很有实绩的王牌经纪人。

“女神大赛开赛在即，如果想要夺冠，要立刻开始训练与规划，没剩多少时间了……”

我从公事包中取出两份合约，放在桌上，正色道：“签了它，我立刻帮你们安排训练，后面的事情还很多，能早一分钟开始，就多一分胜算，别犹豫了。”

对我本身来说，这也等同是自己的最后机会，业内人找不到，业外人又不易找到条件好的，眼前这二位完全是老天对我们恩赐，姐姐自信美丽，妹妹看起来虽然平凡了点，却也不是没得救，更别说，初见的那一眼，她带给我的感觉与直觉是那么的强烈，我的直觉向来不会错，拉她们两个去参赛，绝对是当前最好的选择——当然，要先拿下她们的专属契约！

男人的直觉！

“谢谢你的好心，不过这件事很大，我不想太快做决定，过两天再回复你吧！芳婷，我们走！”

不如所料，精明的林红听完我们话之后站了起来，拉着白芳婷一起离开，目光中对我仍是戒心十足。看出了这一点，我也不阻拦，而是尽显绅士风度，优雅地替两位小姐拉开门，临走还一人奉上一张我的名片。

“打上头的电话可以找到我，希望你们能早点下决定，我们的时间真是不多，还有很多人在虎视眈眈呢。”

双方就此别过，我耸了耸肩，并没有因为这个小挫折而难过，更何况，我并不觉得自己失败了。那对姐妹中，林红的态度确实很硬，但白芳婷就比较不同了，她接过名片时，目光闪烁，还朝我这边连看了好几眼，估计有戏，就只等来电话了。

孟衍开始等电话的同时，另外一边DM公司顶楼的豪华大办公室内，秦

守正在那里气到摔报纸。这一次媒体的办事速度更快，不用等周刊，直接晚报就把消息登出来了，甚至不是娱乐版，直接上了社会版头条。

“演艺界又出丑闻，变态经纪人当众猥亵！”

不只标题耸动，还配了一张孟衍被当场按趴，猛朝前头女子伸手的照片，百分百就一变态色情狂的样子。如果只有这样，秦守倒该高兴，只要把这报纸和之前的半裸照一起传开，肯定让孟衍完蛋。但这次报纸对孟衍的名字轻轻带过，开口闭口，都只说他是DM公司的经纪人，整篇看下来，倒像DM公司专门是产变态色情狂的！

更可恶的是，不但苦心准备的记者会被搞砸，那些嗜血的记者，更是在拍完照片后，不去追那个溜掉的变态当事人，反而回过头来，包围住他猛问。

“秦总，你新入主DM公司，底下员工就爆发丑闻，请问你对此有何感想？”

哈哈哈哈！问得漂亮！给这位记者点赞！(-`ω´-)

“你和你的日籍保镖一起，在公路上欺负小学生，这事你还没有公开道歉，请问刚刚那名变态员工，也是你从日本带来的吗？”

“你带来的员工问题不断，你对此有什么解释呢？”

连串问题，气得秦守差点吐血，勉强维持风度回到办公室，不到三小时，就接到刚出刊的晚报，还有电话。

“铃铃铃铃——”

接起电话，秦守愤怒的表情登时一变。

“是，刘董……对，晚报我刚看了，这事我也没想到，本来记者会上我准备了很多资料，又要宣传女神大赛，又要发表公司年度计划，再让我们准备力捧的几个女明星登场，炒热气氛。造势之后，公司的股价一定会大涨……对，我理解，你和那几位先别激动……我知道这样一来股价很可能会跌，对你们损失很大，我真的很抱歉，但投资本来就是有风险的，我也是受害者啊！那个人已经被我炒掉，我保证以后再不会有这种事了……是，那我挂电话了。”

挂了电话，秦守一拳打在桌面的晚报上，只想把照片上的孟衍打成碎块。

漆黑的天幕下，我坐在自己家里，看着手机上闪动的短信提示，打开一看，登时露出了笑容。

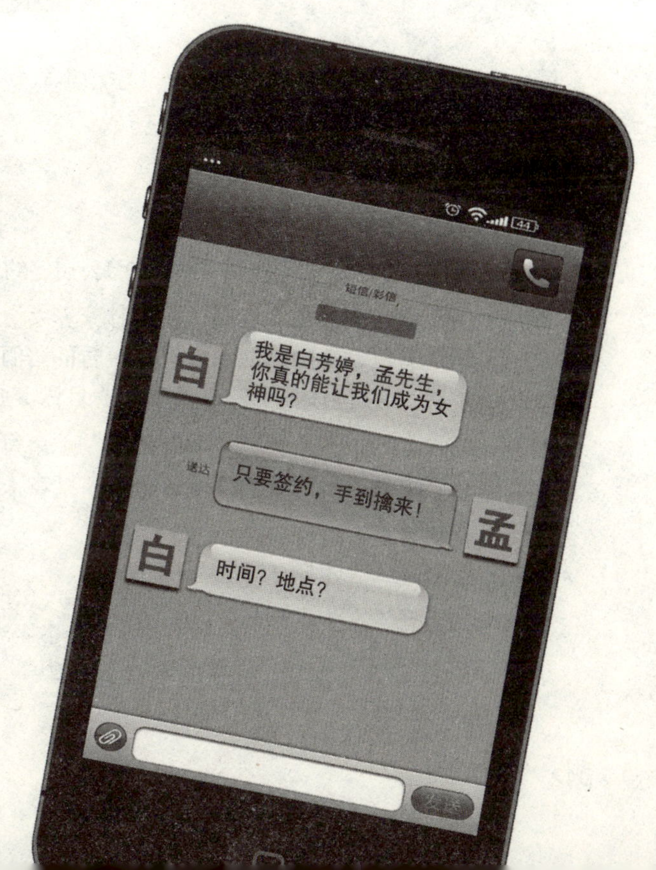

Chapter 03 下一站，天后？

白芳婷

性别： 女

职业： 大学生→孟衍旗下签约艺人→DM公司签约艺人

经历： 幼年自街头被林红抱回，成为林家养女。与养母、姐姐林红感情笃深，曾随林红一起有过短暂的陪酒生涯。为筹养母手术费，与姐姐林红以一千万奖金为目标参加“女神大赛”。

技能： 好人有好报（别名“傻人有傻福”）。每做一件好事，总会在其他地方得到帮助或避过灾难，其本人对自己所持技能毫无知觉。

属性： 乖乖女/善良孝顺/蠢萌/无自信/路人

“浮萍居”酒吧内，我和白芳婷对面而坐，再一次仔细地看着这女孩。长相清秀，笑起来算得上甜美可人，虽腼腆了些，说话却是客客气气，透着清新的书卷气，让人很有好感……可惜只是这样，要走红……还远远不够！真伤脑筋，难道……我的直觉出错了？

“……所以，你参加比赛，是想赢得奖金去替你养母，也就是那位林红小姐的母亲做手术？”我喝了口咖啡，笑道，“为了毫无血缘关系的人大费周章筹钱，真是少见呢！”

“我是被妈妈收养的。在我很小的时候，最孤立无助的时候，她收养了我，一路供我生活、供我念书，我能有今天，全是靠她和姐姐。”白芳婷笑了笑，喝了口杯中的水果茶，“在她们最需要帮助的时候，我绝不会袖手旁观！”

“世界上需要帮忙的人很多，各家有各自的苦难经，我不是来救世的，没那么多感动。今天你来找我，相信也不是要用你的故事打动我，而是首先希望能够赢得大赛，当女神、拿奖金，而我敢打包票，这将是你今生最正确的一次判断。”

我拿出早已准备好的合约，递了过去：“我以王牌经纪人的身份和你约定，签下这份合约，让我当你的专属经纪人，为你量身打造演艺之路，只要我们联手，必能把你捧上女神之位。”

白芳婷接过合约，仔细读了几遍，神情非常专注，口唇微微抖动。我看了暗暗觉得好笑，这种制式合约在业界形之有年，对于新人，诸多局限掣肘，话说“没有错卖，只有错买”，就是这个道理。不过新人往往也不知道其中奥秘，面对着人生第一份合约，通常都是一副若有所思的样子。

“……好了，一切就拜托你了，我的经纪人。”

白芳婷签下合约，一式两份，将其中一份交给我：“孟先生，你说你是王牌，你一定捧红过很多大明星吧？既然如此，为什么你会从DM公司离职了呢？我打过电话，他们说你已经不在那里上班了。”

“这个啊……新上任的总经理硬要我做不愿意做的事，我不会因为钱

或是被上司压迫，就做我不愿做的事，所以我辞职了，打算靠我自己，发现并栽培真正的女神，而最后我所找到的对象，就是你！”

说得很笃定、很正派，在讲到最后“就是你”三字时，我帅气的眼神闪闪发光，那副样子估计很像梁朝伟。

“原来如此，你好厉害！有本事，有坚持，我很喜欢坚持梦想不放弃的人呢！孟经纪人，你真了不起。”

白芳婷喝着水果茶，投向我的目光中，多了一份敬重。我挥手笑了笑，心里有点小自责和尴尬，毕竟骗这么单纯的小姑娘实在没有什么荣誉可言，但也没必要把我的悲惨遭遇告诉她，便说道：“没什么，不过就是有些自己的坚持和选择而已，对了，既然签好约了，喝杯酒庆祝一下吧！”

“不了。”白芳婷摇手拒绝，脸上仍是挂满了真诚的微笑，“我以前受过教训，喝得好醉，醒来以后好难受，后来就滴酒不沾，这酒我不能喝，孟先生如果想喝，可以叫一杯啊。”

“我？”我笑了笑，道，“也不用了！以前我很喜欢喝酒，应酬又多，常常喝得烂醉，醒来都搞不清楚自己到底在哪里，总惹麻烦。最后一次被这种麻烦害到以后，我就戒酒了，到现在……都快三年了。”

“你也不喝酒？我还以为你约我来这里，是想灌我酒呢。”白芳婷拍拍胸口，奇道，“但如果你不喝酒，为什么你要约酒吧啊？这不是好奇怪吗？来了又不喝酒。”

“哈哈，这个你就不知道了，酒吧有很多的好处，首先灯光暗，从外头进来的人，不容易马上就找着人。再来是必有后门，我们坐着的这个位置，靠近厨房，随时都可以从厨房的后门溜出去……”

“你在外头欠人家很多钱，财务状况不好吗？不然为什么做事总想着逃跑？”

“那当然不是，我们做经纪人的，要事事为自己的艺人着想，现在你还没红，感觉不深，等你以后大红了，一堆狗仔追着你，连你吃饭睡觉上厕所都要跟，到时候你就知道后门的可贵了。”

我一本正经地接着说：“而且，我们所坐的这一排位置，恰好在摄像头拍摄的范围，有什么事情都被拍得清清楚楚，这也有很大的好处。”

“什么好处？”

“比如说……”

我才要开口，一个怒气冲冲的声音，就从身后响起。

“芳婷！”

从酒吧正门直冲过来的林红，认准了方向，直线朝这边冲过来，看到白芳婷与我面对面而坐，白芳婷面前还摆着合约，又急又气。

“你怎么就是不肯听我的话呢？我和你说过，这家伙一点不像好人，你怎么能信他？就算要参加大赛，我们也不需要经纪人，即使需要，也不必和这种人签约啊！”

“……可是，姐，我觉得孟先生不是坏人，他对这一行熟，知道该怎么做，能够教会我们……很多东西，可以在最短时间内进入状况。与其在那边继续坐等，我想尽快动起来，做一点真正有意义的事。”

白芳婷神情认真，振振有词。林红眼见无法说服妹妹，火爆脾气驱使之下，一把抓起桌上白芳婷的合约，想要撕掉。我及时从旁补上一句：“合约一式双份，就算你把她的撕了，我这边还有。”

被这句话提醒，林红瞪向我，还有被我拿在手里的合约公文袋。这回我倒是很大方，直接把合约抛放在桌上，笑道：“请便。”

林红闻言，一把将合约公文袋拿起，从桌上拿了一个打火机，正要将之点燃，我笑着指了指她背后墙上的摄像头，说：“要烧的时候，记得对镜头笑一个，就这么烧了，证据确凿，我也方便去法院起诉。烧吧，我在这里看着……白小姐，现在你知道，摄像头多的地方有什么好处了吧？”

想做的事情整个被堵死，林红无计可施，气恼地在白芳婷身旁坐了下来，瞪着另一边的我，道："你到底想怎么样？"

"我想怎么样？"我耸耸肩，"我这边的状况很简单，我想栽培个符合我期待的选手成为女神，白小姐很符合我的要求，所以我想签下她，为她量身打造，如果你不放心，可以一起来啊！你的素质很好，要是你愿意，我不介意多签一个。"

"你想签我？"

林红显得讶异，但看了看旁边的白芳婷，她毅然道："想要我跟你签约，你就做梦吧！不过，芳婷想跟着你，不管做什么我都会在她身边，你要是有什么不好的企图，我绝对不会放过你！"

"呃，相信白小姐已经年满十八岁，具有民事行为能力，而你只是她的姐姐，这样子看起来，你像是她妈……"

无视林红的怒瞪，我闪出一个帅到迷死人的笑容。

"怎样都好，我们所剩的时间不多，考虑到你们的状况，想要拿第一简直需要奇迹，所以要做的事情多得像山一样，不要浪费时间……最基本的，你们知道女神的比赛规则了吗？"

白芳婷与林红一起点了点头，又很快一起摇了摇头，我严肃道："照规章上面写的来看，赛事分两阶段，第一阶段是网络公选，DM的官网上，有一个所有参赛者的榜单，供网友们投票，参赛者得到的票数越多，分数就越高，最后第一阶段结束时，挑选成绩最高的前六十四名，进入第二轮的淘汰赛。"

林红心思细密，马上说："投票是怎么算的？一个人一票吗？身份登记严格吗？不然不是很容易有人作票？"

"……你还真是什么都不知道啊！"我露出一个诡异的笑容道，"据说投票可以凭充值购买，每个账号可以购买的票数不限，也不限只能投给一人。"

"那……岂不是……"林红惊愕道，"岂不是很不公平？像我们这样的普通人，如何获得那么多的选票去跟人家竞争呢？”

“呵。”我轻笑一声，正色道，“竞争追逐，适者生存，这个本来就是娱乐圈的铁律。既然没有强力的后盾支撑，你们要想脱颖而出，唯一的办法就是加倍努力。”

林红听罢欲言又止，双眼中带着义愤的神色。

我却很平静，继续说道：“从商业运作来说，主办方毕竟不是慈善机构，举办大赛的目的是盈利。投票的总收益扣税之后，DM公司占四成，天翼星空占四成，你们可以分到两成。如果运气好，大赛结束之后，你们就算当不成女神，也一样能得到数十万的分成……怎么了？不说话了？”

林红与白芳婷互看一眼，都不晓得该说什么，这种比赛的模式，与她们预想中有很大不同，更和以前选什么班花、校花之类的活动不一样，但两成的收益，也确实给了她们一个大激励。

白芳婷很有活力地笑了：“嗯，我们姐妹有干劲了。”

“别兴奋得太早，怎么拉到足够多的票数，这才是胜负关键……准备好了吗？来，来，我先带你们去参观一下工作环境。”

我为她们提供的工作环境，便是位于DM公司大楼内的视频直播间。

很多年以前，“美女直播”这个行业横空出世，成就了不只一家公司。网络直播是什么？就是美女在视频前唱歌，清谈，展示各自才艺博得粉丝青睐。虽然我不太欣赏这样的方式，但姑娘们总算是在辛苦付出，互动的氛围也被控制在文明合法的框架以内。只能说，存在就是合理吧。

不过不得不承认，在网络上举办这样一场女神大赛本身是一个非常不错的吸金方式。只是站在秦守的对立面，我在会议上肯定不会说好的。而和女神大赛这次合作，声势之大前所未有，网络上除了传统直播秀场平台开通赛区，连国内第一的酷猫音乐也做了独家音乐类赞助，参赛人数更是每

HELLO，酷猫~~~

天以几何级数上升。当然最有优势的还是那些原本就在平台上做主播的女艺人，长年对粉丝的积累和关系维护成了她们一搏的最大筹码。

带着白芳婷、林红来到DM公司的大厅，我开始了我的女神大赛之旅。看着那盏极尽华丽的巨型南非水晶吊灯，想着一夜之间秦守带来的惨变，真是觉得恍若隔世。

白芳婷忽然好奇问道："咦？你不是刚刚被解职了吗？怎么还进得来？"

"虽然被解职了，但我怎么说也还是股东啊，以前我在这里做得最红火的时候，是不折不扣的金牌经纪人，老总给了我百分之五的股份当奖励，就算被解职了，我是股东的事实也不会变。再说，我与这边还有业务往来呢。"

我清了清嗓子："为了配合女神大赛，DM公司这边特别装修了一堆工作间，计算机音响一应俱全，一个月三千五，我刚刚替你们两个各租了一间，比赛期间，你们可以在这里上班。"

林红说："为什么要在这里？直播室只要有网络，不是哪都可以？我们可以在家里工作啊，何必要特别到这里来？"

带着笨重大黑眼镜的白芳婷，闻言用力点头："是啊是啊，一个月三千五，好贵的，我们两个人各一间的话，就七千了，就不能在家上班，省掉这笔钱吗？再不然的话，两个人共租一间就可以了，我和姐用一间，不用多花三千五。"

"你们真是完全搞不清楚状况啊，这是一场比赛，不是过家家，虽然为时只有几个月，可在这段时间里，要想赢就要拿出专注和专业度出来。"我正色道，"参加女神大赛的，据说有不少名模、车模，DM公司还邀请影视明星加入来造势，能不能成也不知道，我看是很悬，真正的影视红星不会来，机会成本不划算。所以你们第一阶段的主要对手，就是和你们一样，有着一定条件，却没名气的美女们。"

两姐妹的神色变得严峻起来，我继续说："想要杀出重围，首先要深耕经营，现在这间网络虚拟直播室，是你们自己的专属视频直播室，你们可以在这里和粉丝接触，唱歌、跳舞、闲聊拉家常都行，如果你们够本事，甚至可以像心理医生治病一样，替粉丝搞愈疗访谈。总之，最终目标只有一个，就是累积你们的粉丝，增加你们的人气与名气……然后获得粉丝的投票。”

白芳婷若有所思地皱了皱眉，我挥挥手道：“要达成这个目的，每分每秒都不能懈怠，都必须要拿出最好的状态来表现。在你们自己家里开视频，跟在专门装潢、特殊灯光与造景的工作间里开，效果能一样吗？灯光、音效……你们没有彩排的机会，每一次都是决战，都要做到最好，如果拿不出这样的心态，现在就可以直接回家睡觉了。”

被我吓了一吓，两姐妹都紧张起来，虽然还没进入工作间，却都有了那种如在决战前夕的紧绷感。这时，大厅里的一座电视墙前面，忽然传来骚动，在大厅里很多走动的员工，都停下脚步，望向电视墙的屏幕，看里头正播放着的最新的娱乐新闻，而这则娱乐新闻更具有炸弹般的效果。

“影视歌三栖天后金雪，延迟好莱坞拍片计划，下午自美返国，宣布参加梦想女神大赛！”

这个简单的宣告，化成了一个震动各方的霹雳，在屏幕前引起一片骚动，许多DM公司的员工满面兴奋之色，在那边雀跃不已。白芳婷和林红也非常意外，虽说刚刚我讲过，DM公司力邀影视明星来参赛，但大家也心里有数，真正能被邀请过来的，恐怕也只是一些刚出道的新人，或是一些半红不红，三四线的女星、模特，因为一千万虽然很多，可又不是参加就保证拿得到，与其浪费时间搞这种事，还要冒着可能落选失败的丢脸后果，那些真正的红星才不会来参加。

不过，这个结论现在似乎被推翻了，因为金雪并不是普通的红星，更不是三四线的半红明星，而是当前炙手可热、极少数能走得出国门、影视歌三方面都有好评、有广大支持者、以王者之姿傲视演艺界的当红天后，片约搞不好能排到两三年后。DM公司这些年来虽然发展得不错，却只怕连想都不敢想能邀请到金雪，更别说想到她会主动宣布要推掉片约回来参加比赛了。

这件事的本身，就是一个足以轰震演艺界的大新闻，DM公司砸大笔广告费宣传都比不上这一震，估计总经理秦守连做梦都要笑醒，因为以事件本身的不可思议程度而言，差不多就等于哪天早上一觉醒来，忽然发现国足捧起世界杯一样。

当然这些情况都是旁人看在眼里的现实，而我知道真正的原因，正是在我身上。金雪正是当年我身边一个小助理，莫名其妙在好莱坞混得大红大紫。然后，我因为个人原因，自己提前回国了，再然后老爷子逼着我兑现出国前承诺下的债，将稀里糊涂的我拽上经纪人之路。

电视屏幕上出现的，不是这位天后本人，只是她经纪公司的发言人，表示金雪目前还在飞机上，等晚上回到国内，就会召开记者会，对本次的参赛作个说明，跟着，新闻上就开始对DM公司女神大赛作报道。我看着这则新闻，摇了摇头："啧，DM公司这下赚大了，几家主流新闻媒体都在播这条新闻，这效果如果用钱砸，花得可不少，一个金雪，抵过上千万广告费！"

白芳婷看着屏幕，兴奋地握着手："好棒，我们有机会和金雪一起比赛耶，到时候如果碰到了，我们可以请她帮忙签名吗？"

"呆瓜！"林红轻敲了白芳婷脑袋一记，"她也是我们的对手，有了这种大人物来参赛，别人哪还有机会啊？还是实际一点，想办法赚那两成的投票分成吧。"

"呃，其实也不一定就是这样……"

我正想说点什么，白芳婷已经抢先："也不一定啊，有句话叫'有赌未为输'，还没最后揭晓之前，胜负只有天知道，我始终相信，只要敢去相信、敢去做梦，就有机会！"

老实说，我很久没有听到这么有正能量的台词了。

简单鼓励之后，我把两姐妹带到租好的工作间。看看环境，虽然是一个不到十平方米的小隔间，但墙板有隔音效果，顶上有五颜六色的灯光变幻，墙上有特别的布景。工作间还有不同的主题，或是热带丛林，或是华丽欧风皇宫，或是古代宫廷，还有武侠世界，着实是用了心的。

“工作间我替你们租好了，三千五一月，包工作间与工作服，工作服在服装间里，不管是新娘空姐、侠女舞女，或是性感巫婆，里头全部都找得到。记得每天早点去，手快有，手慢无。”

我又看了一眼林红：“什么事情都是一样，等你们红了，钱多了，最好就准备自己的专用服装，这样就不必和人共用，减少风险。”

林红皱眉：“风险？那些衣服没人洗？很脏的？不然会有什么风险？”

“如果只是皮肤病什么的，那倒是简单，这些工作服每天有专门的洗衣房清洗与杀菌，我也不用替你们担心什么，但问题就是没有那么简单，刚开始还好，可比赛到了后面，竞争激烈的时候，说不定就会有人借用衣服来出什么暗招。”

我正色接着说：“我以前带过一个艺人，也是穿这种公共工作服上台唱歌，到了台上，才发现衣里有根针，都刺进肉去，可是台下那么多听众，难道要惨叫给人看，然后上第二天头条吗？那家伙忍着痛，劲歌热舞，硬是把表演完成……当然，我没要求你们做这种事，但你们最好理解，这里就是个竞争激烈的世界，有光鲜亮丽，也有很黑的地方，没做好心理准备就进来，遍体鳞伤的时候，没人会同情你的。”

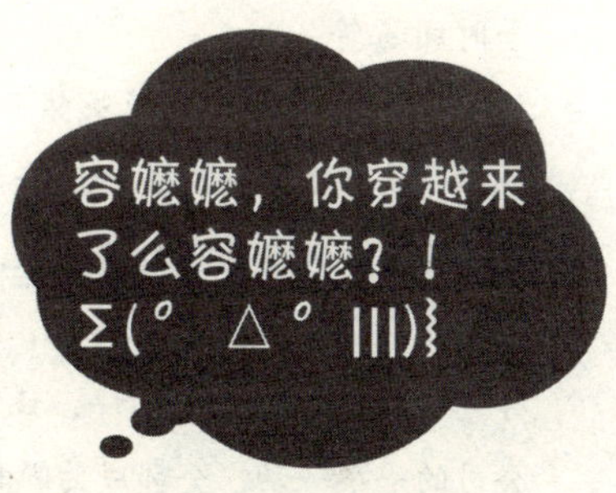

白芳婷吐了吐舌头，看了林红一眼，心里着实紧张。不过，既然到了这一步，也没有后退的可能，两个女孩都下了决心，好好拼一把。为此，白芳婷向学校请了长假，而林红那边请不到假，索性直接翘班了。

“现在的第一要务，就是要给妈筹手术费，这工作帮不到我什么，先搁下，后面等比赛完了，再找新工作吧。”

林红说得轻描淡写，但实际上却没那么简单，这工作她当初投入了很多心血，也寄托着在这大城市买房成家的梦想，现在忽然就割舍，绝不是没有感觉的，不过，赚手术费是第一要务，别的什么也顾不上了。

女神大赛正式拉开了序幕，和普通的选秀大赛比，“梦想女神”的选秀带了不少特殊色彩。首先，不是一人一票，而是有人搞诡计找人刷票，也就是钱多的赢，这让许多媒体质疑“选女神等同花魁”？除此之外，这比赛也不是报名截止后开始，是每个人报名完毕，立刻可以开始，然后在比赛进行同时，还继续接受新人报名，形成随时有新人可以插入比赛的诡异状况。

如此的选秀大赛，真是前所未有，不过，即使规则上大开方便之门，可只要脑子没坏，就不会有参赛者干这样的傻事。比赛决胜是看投票的数量，而累积投票需要时间，后加入的人，肯定比先加入的人吃亏，除非……是背后摆了金山银山，准备好砸钱推人上位，这才不用在乎时间劣势。

也因此，女神大赛虽然套着梦想之名，一开始就招来各方媒体的大肆批评，认为这是假选美、选秀之名，赤裸裸地大搞拜金、捞金之实，完全就是封建时代掷金选花魁的重现，影响极其恶劣……

批评声浪铺天盖地而来，DM公司一律“欢迎各界批评指教”，比赛照样进行，也因为这些批评，让比赛更加热火朝天，各方媒体宣传不断，DM公司的一举一动，全部成为瞩目焦点。

“……恶名胜无名，我从不怕被人批评，有人骂才有能量，一个成功的商人，可以把任何能量都转变成实际收益。”

坐在总经理的豪华大椅上，秦守道：“我与前一任的做法不一样，在我看来，经营公司没有那么多理想或白日梦的，总归就一句，能赚钱的公司才是好公司。”

斜斜侧坐在他办公桌上，聆听他说话的人，正是蓝澜。

这个备受瞩目、得DM公司全力栽培的女星，如今看来，已与之前有着明显的不同：雪白修长的粉颈上戴着昂贵的国际大牌钻石项链，而且还是厂商赞助的特别订制款——除非可以任意出入VIP室的顶级客人，否则，就算捧着现金到专柜也买不到。

“你的成绩相当亮眼，只要保持住现在这样，稳稳挤入前十六强，不是什么问题，后面也就简单了。”

“全都靠总经理的栽培。”

蓝澜眼神一如既往的妩媚，摇晃着手中的水晶杯，与秦守的杯子互碰了一下，发出清脆的声响，两人跟着把杯中的红酒一饮而尽。

秦守道：“不用谢，主要是凭你自己的条件与努力，你如果长得丑，又是笨蛋一个，公司就算愿意捧你，也捧不起来。”

话虽如此，但事实上仍有许多秦守使了力的地方，在女神大赛的官网上，首页有“热门推荐、官方推荐”，以跑马灯的形式，滚动女选手的头像，大部分的人未必有耐心逐页去翻，都是在那一行推荐栏目中看到漂亮头像，就直接点进去，对于刚起步的新人来说，能不能上“首页推荐”，就是生与死的分别，即使是像蓝澜这样已经有固定粉丝的老手，上不上“首推”也是能否日进斗金的关键。

蓝澜已经是连续多日在“首推”，成了大热门中的大热门，不少人因此注意到，DM公司的这位当家花旦，其实比他们记忆中的还更漂亮，艳光四射。

“总经理真是有魄力，干起什么事，都是大刀阔斧的。”蓝澜眼波流转，抿着红唇笑道，“普通人办这类比赛，多少都会有些顾忌，要维持中立公正，不会那么力捧自家人的……”

“所以我注定不会成为普通人，我生在这个世上，就是为了要成功，除此之外，我不接受任何其他的结果，而成功者从来就是不照别人的规矩办事。”秦守道，“我是改革派，没有那么多的作茧自缚，只要是对公司好的事，我就会去做；只要是有能力的人，我就敢用，不管她是什么人，也不管什么公不公正……我启用你，就因为我相信你是那块料，在公司的现有艺人中，若说有谁能成为女神，那必然是你。”

“那我可真要谢谢总经理了。”

蓝澜笑靥如花，艳魅芳容，似一朵盛放的红玫瑰，就这么笑着站了起来，摇曳着在秦守的大腿上坐下，献上幽幽一吻，继而柔声问道：“你捧我起来，为的就只是女神比赛，不为别的？”

“那你呢？你甩了那个没用的穷男友，跟我在一起，又是为了什么？只为了我长得帅，能捧你？”

秦守表情冷峻，没有半分温柔乡里的感觉：“你以前的那个男人，现在怎么样了？听说他租了两个工作间，已经找到人了吗？”

“这我就不知道了，我与他又没什么联系，我这个人对于已经过去的人和事，从不留恋，更不会回头看什么。”蓝澜眼波流转，“还是说……总经理担心和孟衍的赌约会有什么问题，需要我替你去查查？”

“笑话！他就一个没钱没能耐的小人物，有什么本事和我作对？还怕他翻了天不成？我不在乎他能搞出什么来，这场女神盛宴，有多点风雨更好，现在真正的问题是金雪。”

说到这个名字，秦守不禁露出喜色，道：“这个意外太大了，我不知道她为什么会来参加，以她的知名度和走红程度，肯定不会是因为奖金，她的参赛，是我们最好的活广告，但也是比赛的最大变量，你要有点警惕，不然到手的鸭子飞了，公司就白捧起你了。”

蓝澜闻言不语，被金雪这颗超重磅炸弹炸晕的，她就是头一号。最初听到这个消息的瞬间，她手里的杯子砸落在地，整个人都不好了，唯一的感觉就是金雪太犯规了，这简直就是乡村小学的棒球比赛，结果跑来一位美国大联盟的职棒选手，这种比赛哪算得上势均力敌？

“……来了这么一号大明星，总经理还支持我吗？你会不会直接……”

“金雪来参加女神大赛，对这比赛的宣传有很大好处，但她成为女神这件事，对公司就没什么利益可言了。为了长远考虑，女神的奖座还是留在我们自己家最有好处，所以无论是谁来参赛，我都会捧你成为女神。”

秦守道：“只要能进入第二阶段的淘汰赛，比赛就好掌握了，所以你无论如何也不能在那之前就败出阵去，否则……当心现在所享有的一切，到时化为乌有。”

对于正在进行的大赛，秦守不敢掉以轻心，更审慎评估着金雪参赛一事，可能带来的各种效应。

烦烦烦，我最近非常烦躁。因为几天的时间已经过去，现实如此残酷，那两姐妹完全无法进入状况。网络直播这个行业，我比较清楚，相貌固然非常重要，但表演的气质更是关键。而人气好只是吸引主播间在所有艺人推荐位的排序上有关，真正的投票，完全靠粉丝的贡献消费才可以做到，而粉丝不是傻子，不会随随便便把钱丢出来。

“林红，你的条件非常好，但是我告诉你，你继续这样端着架子傻唱歌，唱到变成哑巴也不会有人给你钱的。”

“那你什么意思？怎么样他们才肯给我投票？”

“要学会表演，说难听一些，无论你扮纯，扮可怜，扮天真，扮善良，总之，你的目标是让电脑那端的人感觉到你的存在，鲜活的存在！还要跟他们聊天，理解他们生活中的一些问题，和他们交朋友，懂了吗？”

“好吧，我试试！”

林红悟性很高，在我的指导下，她很快就从一众还弄不清楚状况的参赛者中脱颖而出，她本身的亮丽外型，还有房产中介出身的经验，让她长于应对进退，在直播室里妙语如珠，很快便有了名气，开始累积红票的数量。

“……现在的女人都不简单啊……”

看着在工作间里唱歌的林红，我产生了这样的感慨。大部分初入行的新人，都会有些扭扭捏捏，可这个林红……她不只是努力肯拼，面对直播室里一些挑衅，她也能用巧妙的言语化解，既不让对方下不来台，也维护了她的体面，更没破坏直播室里的气氛，这交际手腕可不简单。

相反的，我签约的那只呆瓜，就显得不是那么出色了……

相较于林红的迅速上手，人气与票数累积快速上升，白芳婷就显得很在状况外。

以一个有志从事演艺工作的女人而言，白芳婷显得很……放不开。她不是长得丑，也不是不会跳舞，我后来才知道，她和林红一起学过好几年的舞蹈，目的是健身塑形，两人还是搭档，所以林红能跳，白芳婷也一样能跳，甚至也会唱歌，这些比起普通什么也不会、没底子的新人，应该是很占优势，她是具备硬实力脱颖而出的。

但白芳婷却没法表现出来，这女孩虽然开朗、乐观，可对于表演这件事，笨拙到惨不忍睹的程度，林红为她挑选了小露香肩的V字礼服，结果她上工时，面对视频，表现得扭扭捏捏，不时拉这拉那，遮遮掩掩，就像是一块包裹着华丽礼服的木头，脸部表情也僵硬到不行，别说是直播室里的顾客，就连在后面远观的我都觉得看不下去，气到脸抽筋。

“老师，我到底该怎么办？”白芳婷的双手呈祈祷状，很紧张地盯着我看。

“……不要叫我老师，我只是你的经纪人！你可以不用担心合约坑人的问题了，现在摆明是我被坑，把你那份合约拿出来，我们直接撕了它，以后就可以各走各路，各过各的日子了。”

“啊！老师，你不能放弃我啊！我很需要你的。”

白芳婷仰着头，凝视我的眼神，让我火气顿时没了。我摇了摇头，道：“算了，即使不走捷径，也还是有别的路可以走，希望那些大路更适合你吧。”

直播室是一对多的存在，进来的支持者以男性为主，站在市场的角度，愿意小露走性感风的女选手，容易吸引眼球，但也不是每个都这样，还是有些把自己包裹得严严实实、走其他路线、依然获得佳绩的案例，我期望白芳婷也能成为其中之一，但结果却证明我太过天真了。

穿上保守的礼服，白芳婷看来素净而典雅，可摘下那个笨重大眼镜的她，因为没有隐形眼镜，变得眯眯眼，看来着实怪异。而且面对一些观众无伤大雅的小玩笑，白芳婷的反应却令我大失所望。

“他稍微跟你开下玩笑你就不知所措？他笑你你就伤自尊？不然你开

骂也好啊，哪怕泼辣一些都没关系，有特色才能吸引眼球，但你不能就傻在那里，看地板几分钟，什么都不做啊！”

我拍着自己的额头，叹道：“现在你呆到观众都不想跟你说话了，你说……我们后面要怎么办？我还是买块豆腐一头拍死自己好了……”

Chapter 04 用一朵花开的时间

白芳婷的状况，让我非常头痛，因为时间紧迫，根本没有时间给她慢慢进步，比赛已经开始，现在的每一分落后，都会拉开与同期竞争者的差距，让落后的事实变得板上钉钉，终至无力回天。

我心里很急，这股压力也形诸脸上，让白芳婷感觉得到。对此她表现得非常愧疚，像一个做错了事的小学生，低着头道：“我……我不是故意的，就真的是不知道该怎么办，他们在那边问我一些不知该如何回答的话题，我……我真的……不晓得该怎么办……”

“怎么办？就想办法啊！怎么做都行，最关键的是要去做，不是在这里干瞪眼、傻眼。”

我搔着自己的头发，恼火道：“如果你今天是一个普通的女孩，碰上人家刁难，你有权无视、有权逃避，或是喜欢哭上半天也可以，但你已经是艺人……”

“艺人有什么不同吗？难道当了艺人，就可以被别人随便欺负了？”

白芳婷很不服气地问我，我站起身来，把旁边那扇窗推开，厉声道：“你现下已经在比赛，而且分数还很落后，我与你谈，是为了让你能够获胜，如果你想讨论女权或是基本公理，请你现在就直接从这里跳下去，不要浪费我的时间。”

严厉的态度，令白芳婷不敢作声，她也没被吓到，坐直身体，认真道：“那请问，我应该要怎么做？”

“艺人的意思，就是演艺，只要在人前，你的哭笑喜怒、每一个动作，都是表演，都要有意义，你要把握每个机会，去登上自己的舞台，甚至创造舞台，让你能够成为别人眼中闪亮的明星……你在该表演的时候什么都不做，只会站在那里耍白痴，难道以为表演默剧，就能让你变成女神吗？”

我抓着头发，懊恼道：“你就不能换个角度来想吗？工作的时候，就当是戴了一个假面具，表现出来的一切，不是真正的你，就当什么都是演戏，这样不行吗？”

“也、也许可以，我可以试试看，但……我不知道怎么假装，被人看着，我就觉得很紧张，可以真的戴一个面具上去吗？”

“那样鬼才来看啊！要你假装，你还真给我戴一个上去，你以为是儿童乐园吗？”

我极其懊恼，盘算着该怎么处理问题，请心理医生过来似乎太夸张，且估计也没哪个医生能干这种事，要是我懂得催眠的话，直接给她下个催眠，什么事情就都搞定了。

“……等等，催眠？”

一个念头在脑中闪现，正在考虑的时候，手机声响，一通电话打了进来，我拿起手机一看，脸上登现喜色。给我电话的正是我狐朋狗友中的铁杆，为数不多在我倒霉时没有落井下石、还帮我兼职私家侦探的青蛙。他电话过来只有一个原因，我委托他帮我找冰冰的事情有了眉目。冰冰这个女人虽然我平时一直躲着她，但她有一样特殊的本事，而这本事正是我这次大赛的关键。

“喂！青蛙，你终于出现了……对，怎么样？……好好好，时间和地点给我……嗯，我知道了……好，没死的话我就找你喝酒。”

挂了电话，我转过头，对白芳婷道：“准备一下，我带你去一个地方，行与不行，就看这回了。”

“什么地方？”

“奇迹之地。”

拖着白芳婷上了我的沃尔沃，预备前往目的地。此时林红也从直播间里下麦，急急忙忙追了出来。因为过于匆忙，她甚至没来得及换掉身上的小礼服，就这么穿着礼服，带着妆，也跟着上了车。

“喂！你想把我家芳婷拐到什么地方去？我说过，不管你们去什么地方，我都要跟着看的。”

“姐，你放心，这边没事的，孟衍先生是个好人，他是真的在帮我们，现在也是专程带我去解决问题的。”

“解决什么问题？你好得很，没什么问题要解决。”林红急切道，“你不要太勉强自己，我这几天做得还不错，成绩挺好，就算拿不到冠军，也可以拼拼投票分成，顺利的话，手术费就有希望了，所以这边我来就好，你可以直接回学校去读书，这里的事，有我就够了。”

在车上，白芳婷的手紧揪着，对这些话似乎并不认同，可在她说话之前，前方驾驶座上的我已经先开口。

“呵，还以为你们有多少决心，原来也就这程度？”

“你这话是什么意思？”

林红问了一声，我仅是笑道：“我在业界这么多年，给你一个我的经验吧，你想射月亮的话，射不中还可能射中老鹰；你只想射老鹰的话，射不中就什么东西也没有了……女神，只有打从一开始就坚持的人，才有可能做得到。这是一个顶峰的位置，成功的只有一个，剩下的，只要没能成为女神，从第二名到最后一名，都是一样的失败者。”

“我不想听你讲什么大道理，总之我认为，与其拼那千分之一的机会拿奖金，还不如把握那些投票的分成，只要能赚到三十万，我……”

“你以为三十万是那么好赚的吗？这不是小孩子过家家，想要赚到你妈妈的手术费，你就给我乖乖听话！”

“你！”

林红被这话气得快跳起来，但我却已经停车，招呼两人下车。

“到了，下来吧。”

刚才一路上，林红都在专心与白芳婷说话，没怎么往旁边看，忽然之间就到了目的地。下了车一看，姐妹俩稍微有些吃惊，因为我停车的地方，并不是什么店铺，却是一座独栋的花园洋房，前方有大铁门、围栏，里面是一座漂亮的花园，盛开着五颜六色的花朵，后面则是一座红瓦白墙的三层楼欧式洋房，怎么看都是一派豪宅气象。

白芳婷道：“好漂亮，你带我们来这里是……”

“找人帮忙啊！”我看着那两扇大铁门，很感叹地道，“人在江湖啊，有什么困难，就是朋友彼此帮忙……所以朋友真是很重要啊。”

说话间，有人过来开了门。让白芳婷、林红奇怪的是，通常像这种花园洋房，都有专门的佣人，可过来开门的那个人，居然是一位面容英俊、衣着考究的欧洲大叔。双排扣呢子西装，内衬一件格子马甲，卷曲的褐色头发一丝不苟，发尾扎成一束精致的辫子，再配一副金边眼镜，透出眸子的颜色好像幽蓝的湖水……这幅画面，好似置身十七世纪的欧洲古堡。

除了那个开门的洋管家，一路上也没别人，而那位帅气的管家，一路上居然一言不发，整座豪宅中，似乎再没有半个人。但我对这里很熟悉，领着两人上了二楼，来到一间书房模样的大门前。

站在门口，我感触良多，看着那扇桃木门，手握在门把上，却迟迟下不了决心推门进去，还是林红看了不耐烦，直接替我把门推开。

书房里头，除了两旁堆满了书，正中间还有一张厚重的欧式木桌，桌子的另一侧有张真皮大椅，背对着我们，上头应该是正坐着什么人，只是整个人坐在椅子里，我这边也看不到。

“你来了……”

沉静的书房中，忽然传出的声音把白芳婷、林红都吓了一跳，那是一个很年轻的女子的嗓音，听来大概十几二十岁，似乎还颇为俊俏。虽然开了腔，椅子上的那个人也没转过来，似乎没有露脸的打算，反倒是我，听了这声音之后，很不好意思地抓抓头。

“很久不见了，冰冰，听说你现在发展得不错，前阵子还得了奖，恭喜啊。”

“是很久了，你来找我干什么？”

“想借用你的长才，我这里有两个新人，要参加女神比赛，想请你教她们化妆，当然啦，如果你能亲自出手替她们化，那就更理想了。”

“果然还是那么慧眼独具，找我是没有找错人，那现在就只有一个难题要解决了。”

“什么难题？”

“那个难题就是……”

大椅子一下转了过来——

“孟衍！你凭什么还有胆子出现在我面前？又凭什么认为你今天还可以平平安安走出这里？”

椅子转过来的一瞬间，林红和白芳婷都被吓到了，因为她们看到的，是个非常漂亮细致的小女生，穿着格子呢裙，衬衫自己有领结，女高中生打扮，最多不超过十八，一头乌溜溜的滑润黑发犹如丝缎，梳成了形式简单却又最具梦幻效果的公主头，仅在脑后以粉绸缎带打了个蝴蝶结。

水嫩匀致的肌肤细如白瓷，浓睫弯翘，像两排睫毛刷似的，偏又一点都不假，若真有人能在眼上长出睫毛刷来，就该是她这个样儿；大得异乎寻常的眼睛，像最顶级的纯手工制SD娃娃突然活过来似的，漂亮到不真实。

林红和白芳婷不是没看过漂亮女人，却从来没见过这么细致、宛若瓷偶般的真人，一时之间，都有些自惭形秽。

不过，这位小美女的口气不好，语带威胁，听上去显然与我也不是普通朋友那么简单。我来这边寻求帮助，与其说是找朋友帮忙，其实更像是自投罗网，这倒也罢了，偏偏我自投罗网之余，也没事先打声招呼，说明此行有风险，这一下可真是害死人了。

“别激动，别激动啊！”我连连摇手，“当初的事，我也没想到后果会那么严重，要早知道，我就不会那样做了，我不是存心害你的啊。”

“哼！就因为你，我被家人赶出来，断绝亲子关系，但在我最需要帮助的时候，你在哪里？你居然跑了！开始是电话打不通，后来你连手机都换了，人也找不到！”

“呃，这个……其实事情不是你理解的那样，真不是啊……”

“那晚的事，我到现在还清楚记得，你那晚对我说的话，我没有一句忘记过，结果原来都是骗我的！我当时那么相信你，结果那晚之后，你就避不见面，我、我真后悔自己瞎了眼。”

“我也很无奈啊，当时我在住院，好痛，现在回想起来都还很痛咧。”

“你还在撒谎！”

冰冰拿起桌上的镇纸，猛的一下丢扔出来，我闪躲不急，当场被击中眉心，七荤八素翻倒在地。

突如其来的袭击，将我砸得又痛又晕。我一边倒在地上观察盘旋而过的漫天星河，一边仍要思考接下来的应对。

余光看见林红拉着白芳婷退到一边，听她低声道：“你看，我说得没错吧？你的这个经纪人，就是专门坑蒙拐骗的败类！”

“也不一定……呃，我是说，这里头可能有误会，孟先生人其实不错的，对我也很关心尽力，我不觉得他会是那种骗色的人啊。”

“还说不是！刚才的话你听见了吗？摆明就是他骗人家女生的色，到手了之后又不负责，避不见面，他根本就是渣男，是最差劲的那种！这估计还是几年前的事了，她现在是高中，几年前……这根本就是犯罪！”

“但那女孩怎么好像很怪啊？我觉得事情好像不是那么简单……”

白芳婷小声回答着，另一边冰冰又不知从哪儿取出一根硕大的棒球棍，冲刺着向我跑来。

我挣扎着想要起身，口中奋力讨饶：“冰冰，当初的事是我不对，我承认，那时我太年轻，也太冲动了，但我真不是有意要对不起你，现在一码

懂了！这是一部男主以挨打换取情节推进的小说……Σ(°△°|||)︴

事归一码，你能不能先考虑一下我的请求？”

“我和你之间，没有什么可说的！”

说话间，冰冰已至身前，以一个十分优雅的动作，当头一棒击落下来——

“你……你……你听我解释……啊！……啊！”

杀猪般的惨叫，一浪高过一浪。

白芳婷想要冲出来，却被林红一把拉住，警告道：“小心你过去被误伤！”

白芳婷被林红一把拉住，一脸的不甘心：

“孟衍被打成猪头，我不能只站在这里啊……”

“得了吧，你是峨眉掌门？你能救得了他？”

白芳婷虽然不是峨眉嫡传，却很有侠义精神，总算在孟衍发出第七声惨叫之后制止了冰冰。她小心地按住冰冰持棒的手，手心抵着冰冰的手腕，轻声而坚定地说：“请你不要再打他了，我不管你是什么人，但我们和那家伙不熟的，你们之间有什么恩怨，都与我们没有关系，如、如果你乱来的话……”

“你们要找我化妆吗？”

冰冰问的一句，让白芳婷和林红都有些反应不过来，做这个要求的人，已经被海扁成猪头，只看目前的情形，就没人认为请求还会被受理，没想到人家算账归算账，请求还是接受的。

“我这几年很少在国内，主要都在洛杉矶帮人……化妆，我和地上这个猪头有些交情，也欠他一些人情，账要算，人情也要还，你们……想要化什么样的妆？”

“化妆也有分别的？”

林红觉得很傻眼，对方的话与动作都让她摸不着头脑，不但不轰人，还主动说要帮忙化妆，要化妆也就算了，还问化什么妆，这实在是很怪。

“哪有这么问的？你如果真是个优秀的化妆师，那就应该知道，化妆是要配合人、配合服装的，浓妆、淡妆、发型……这些都要看情况来设计，一句话根本说不清楚，难道我现在给一个要求，你就能满足我所有的化妆需要吗？”

林红表示质疑，冰冰居然不做反驳，只是点了点头，道：“你说得不错，所以你并不需要我，我相信你也不是他带来的……另外一位呢？你想怎么化妆？”

看冰冰的目光降到她身上，白芳婷愣了一下，道：“我……我对化妆不太懂的，以前电视上都说自然就是美……”

说这些话的时候，冰冰也朝着白芳婷仔细打量，看着她的大眼镜，还有直直长长的头发，与一身朴素的打扮，连脚上穿的都是布鞋，这确实是一块素材，一块没有沾染油彩的画布。

“自然确实是种美，但你既然来了，总有自己的想法，不会只是来追求自然美的。”

“那……如果可以，我希望能变成不同的人！”

“哦？”

似乎被白芳婷的话给吸引，冰冰仰靠在椅上，精美细致的面孔，露出感兴趣的表情：“什么不同的人？”

“我……我很笨的，不懂得应对进退，也不知道怎么去面对人，有些东西我明明知道该怎么做的，可实际面对了，我就不知道为什么整个人傻掉，像个笨蛋一样，我不喜欢这样的自己……所以，我希望能够让自己改变，变成一个不一样的人。”

白芳婷说完，吐了吐舌头，可能自己都觉得这么说有些异想天开，化妆再怎么化，也就是外表有些变化，比本来更好看点、更细致些，但说改变性格，这又怎么可能呢？

然而，冰冰却点了点头：“你们两个人的想法我都明白了，就照你们希望的那样来安排。”

说着，冰冰拿起桌上一个铃铛摇了摇，一个身穿黑西装、臂上挂着白毛巾、手里捧着托盘与银壶、英式管家模样的人，走了进来，为冰冰放上了瓷茶杯，倒了一杯奶茶。而冰冰尊贵的模样，像是一国公主，白芳婷和林红闻着奶茶的香气，心里都错愕不解，不晓得这少女那么大的做派，究竟是什么来头。

接着，管家从冰冰手边接过了一张字条，来到林红的身边，对她说了声“请”，林红皱眉道：“什么意思？要让我去哪？我哪都不去的。”

管家道：“冰冰少爷为您安排好了专任的化妆师，会给您最好的设计与用品，请跟我来。”

“少爷？她是少爷？”林红朝冰冰那边又看了一眼，满脸疑惑。管家却微笑道：“是的，这位是我们家少爷，你所在的这里，也是少爷名下的财产。”说完，又一次躬身摆手。

“请！”

看这个管家笑容可掬，态度有礼，林红觉得应该不会有什么问题，但还是不放心，走之前对白芳婷道：“你自己小心，有什么事情就大声叫或打手机。”

“嗯。”

白芳婷应了一声，待林红走了之后，她有些不安地看着冰冰，不晓得这个瓷娃娃般美丽精致的“女孩”，后面打算做些什么。

“你跟我来！”

冰冰领着白芳婷走出书房。出了书房的时候，整间屋子又恢复似空无一人的状态，白芳婷感到着实奇怪，觉得自己好像脱离了现实，进到什么小说或童话的诡异世界。这大屋里所遇到的每一件事，都透着不现实的味道，恍若置身梦中。

特别是，这个叫冰冰的神秘“女孩”，领着她走在回旋楼梯上，从二楼到一楼，又走向黑黑的地下室，那感觉……真的很像脱离现有世界，进入另一个世界，而当双方都不开口，只看背影，白芳婷真没法想象，怎么一个女孩可以漂亮成这样？如果直接去参选女神，肯定分数超高，但……又为何管家会称她为“少爷”呢？

“我……可以问你一个问题吗？”

“你想问什么？”

“你……是男生还是女生啊？”

冰冰陷入了沉默，几秒后，回了一句：“你觉得呢？在你看来，我是男的还是女的？”

“这个……看起来百分百是女的，可你的管家为什么喊你少爷啊？”

白芳婷一句话说完，有点怕说错话得罪人了，仔细注意着前头人的反应，但冰冰没有什么特殊反应，只是淡淡道：“现在你连自己是什么人都搞不懂，等你能弄清楚自己的答案，再来问我这个问题吧。”

说着，冰冰按了墙上一个钮，灯光骤亮，而在两人之前，是一堵厚厚的大门，过于厚重的感觉，像里头封锁了什么，打开门进去，就会看到什么别的世界一样。

“进来吧，只要你刚刚说的话是真心话，有足够强烈的决心，出去之后，你会脱胎换骨，变成另一个人的。”

说话声中，地下室里的大门打开，白芳婷看见内里的东西，惊呼一声，一下伸手捂着嘴巴，什么话都说不出口。

当天傍晚，林红早早回到工作间，盛装打扮的她，回想起刚才的经历，还觉得有些不可思议。那个管家模样的人，把她带到一楼，上了车子，带着一张字条，就这么开车到了目的地，一间超豪华的会员制美容沙龙，一看就知道是有钱人专用的那种。

管家和里头的人打了招呼，把那张字条交给一个经理模样的女人，然后就走了，让林红在里头，接受几名化妆师的联合梳妆，离开时，既化了妆，也做好了头发，另外还配上一件新的礼服，让她觉得自己就像是要去参加舞会的灰姑娘。

“林红小姐，我们已经接受了委托，从现在起到女神大赛结束为止，您可以每日来此，由我们的团队为您设计形象，让您以最完美的状态，出现在比赛之中。”

“看你们的排场，这里的消费绝对不低，从现在到比赛结束，你们的服务要多少钱？应该不是几千块能摆平，起码也要几万，甚至十几万吧？这笔钱我可给不出啊。”

“您完全不用担心钱方面的事，所有的费用都已经有人付了，您只要接受我们的服务就可以了。”

这个告知，让林红着实惊喜，平民百姓出身的她，能够享受这样的贵妇级服务，实在是很过瘾，如果不是因为还记挂着母亲的病与医药费而开心不起来，真要兴奋到尖叫了。

或许是因为专业团队的美容化妆，确实有着神奇的效果，这晚的工作林红格外起劲，短短时间内，所收到的票数创了新高，人气甚至旺到上了首页“热门榜”，这对她着实是个鼓励。因为对所有参赛的选手来说，能上首页的“人气榜”，就是一种肯定，也是一个能让更多人看见的机会。

林红好不容易上了首页的“人气榜”，正当她打算好好大干一场，她才上“人气榜”的头像，还没在那里待上半分钟，忽然就被人家给挤下来了，要不是因为还顾忌有视频观众在看，林红当下就想一巴掌拍在桌上。

定睛看去，取己而代之的，是一个过去没见过的陌生面孔。

“仙度瑞拉……灰姑娘？这女人是谁啊？”

通常能上“人气榜”的，也就是那些熟面孔，很少有新人能上位，林红有心竞争，对那些脸早就看熟，这回居然是被一个新面孔给抢了，心下不念，不自觉地动起了手指，想看看这个新对手的资料，希望有个了解。

不看不知道，真是一看吓一跳，这个叫仙度瑞拉的女选手，居然是今天下午才来报名的超新人，在报名后的第一天，她的点击量、人气指数、投票数，都爆发性地直线蹿升，以惊人的速度急起直追，半天的时间，几乎创下了网站的单日新纪录，更直接蹿上了首页“热门榜”。

“这样都可以？太荒唐了！”

林红为之咋舌，她关了别的网页，专心在自己的工作上，累积票数，就这么一直忙到半夜两点，才关闭了计算机，离线下班。

“……都这么晚了，对了，不知道芳婷那边怎么样了？”

回工作间开工以后，林红就一直处于忙碌中，顾不到别的事，现在想起已经老半天没看见白芳婷，顾不得还没卸妆，急急忙忙就开门跑出去，敲着隔壁的门。

“芳婷，你回来没有？你在吗？”

连敲了几下门，门一下被打开，林红看到的，是一张略带青肿的脸，乍看到还真吓了一跳，不过很快就认了出来，笑道：“怎么了？色男，你居然还真能活着回来啊？把我们带到莫名其妙的地方，自己又莫名其妙被人打，你所谓的专业化妆，该不会……就是你脸上这些？果然真是好妆。”

“想收获当然要有付出，我不变成这样，你哪来的免费化妆套餐可用？”我哂笑道，“饮水思源啊。”

“我谢谁也不会谢你的，你当初到底是做了什么事？骗财还是劫色？为什么人家一看到你就喊打？啊！你该不会两种一起来吧？”

“喂，再乱说我告你毁谤啊，我以前是纸醉金迷过……但那都是以前的事了，再说那也与这件事无关，冰冰是我以前带过的人，她家里当时找我带她入行，我和她……算了，很复杂的，现在先不说。”

我摇了摇手，让开了路，林红进到工作间里，看到计算机屏幕是黑的，白芳婷坐在工作间一角的小沙发上，手里捧着一杯咖啡，热气冒在她的眼镜上，一片雾蒙蒙，她一动也不动，正在发呆。

“芳婷！”

林红轻唤了一声，白芳婷没有反应，又连唤了两三声，她才一下清醒过来，看着林红，叫了一声“姐”，那表情看来非常古怪，像是刚经历过什么重大的心理冲击。林红吃了一惊，忙道：“芳婷，你怎么了？你……为什么脸色这么坏？那坏蛋对你怎么了吗？还是下午那些人对你怎么了？你告诉我。”

“姐，我……”

白芳婷欲言又止，这笨女人难道要说出来冰冰帮她大变身的事情？我急忙从旁边冒出一句打断：“她没事，就是化了妆以后，漂亮些了。”

“芳婷，是这样吗？这个坏蛋说的是真的吗？”

林红急问，看见白芳婷脸上有刚卸妆的痕迹，像是刚卸妆下班，看起来好像说得没错。而白芳婷看了看林红，又望向旁边笑吟吟的我，最后点头道：“嗯，是这样子，我……有点不适应……”

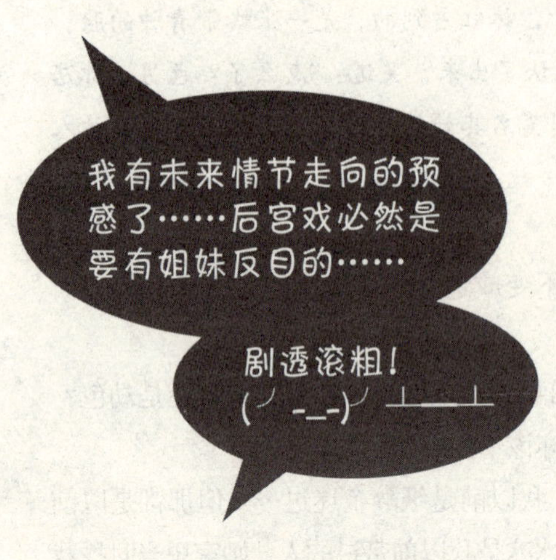

“不适应就别适应了，做你自己喜欢的样子就好，那些看不过眼的东西就让他们去死吧……我今天的业绩很好哦，后面靠我来就可以了，这个妆还真有些帮助，照这样下去，我有把握赚到手术费的，你就放心吧，别太勉强了。”

林红看看屋里的钟，说：“时间好晚了，我们回去吧，我先回隔壁卸个妆，明天也还是要早早来上班冲业绩……对了，我报名了跳舞的课，多少想加强一下这部分的技能，还可以瘦身呢，芳婷你也一起来吧……我先去卸妆，你等我一下。”

林红急急忙忙地离开，回到隔壁去，白芳婷看着那扇关上的门，又望向我，吐了吐舌头，说："还好姐姐她没发现，如果让她知道我就是那个灰姑娘，一定会吓坏她的。"

我耸耸肩，说："为什么不对你姐姐说实话？有什么问题吗？"

"我平常什么事情都会和姐姐说的，这次……"白芳婷想了想，有些为难地说道，"我就是觉得……不习惯吧，那个灰姑娘，太漂亮了……感觉不像我，我不想对姐姐说那就是我……"

"不习惯没关系啊，之前也说过了，就当是另一个人，不是现在的你，就无所谓了。所谓的演员，就是演戏，每个成功的演员，都不会只有一张面孔的。"

"另一张……新面孔……"

白芳婷自言自语着，又沉默了片刻，慢慢地点了点头。

仙度瑞拉这步棋，绝非只为了短时间内惊艳逆袭，占据前三。这里面包含了我多少的压力和心血，涉及到大量的营销策划和平台运作。甚至我不惜一切代价自己掏钱，因为这步棋至关重要，只有一个全新的面孔才可以逃过秦守的幕后操纵，才有机会在大赛中杀出，一旦在大赛中有了足够的人关注，秦守就算想抹杀掉也不得不有诸多顾忌。

那天给白芳婷化完妆，冰冰就来找我，她开门见山就问我："让我给这个平凡的女生化妆的真正目的是什么？"

"冰冰，我们是好朋友，你这么问我，我很为难！"

"孟衍，你的鬼心思我清楚得很，我既然答应帮你就会为你继续给她化妆，但是如果你当我是朋友，你最好说清楚。"

我见瞒不过去，叹了一口气，只好直说。虽然冰冰的化妆技术神来之笔，在她化妆后没有人可以认出仙度瑞拉就是白芳婷，但是仅仅靠化妆要让一个新人冲到女神大赛的前列，甚至吸引众多人的关注依旧是不可能。但是如果我想要赢，就必须埋下这个大招，因为只有这样，我才可以在不被发现的情况下利用仙度瑞拉这颗神秘棋子在关键时候将秦守的军。

"按照你这么说，这次你是非要弄死秦守不可了？"

“我不知道他到底是什么目的，但是我的直觉告诉我，干掉我不仅仅是为了总经理的位置，一定还有其他什么目的。而且从来只有我给别人戴绿帽子，他竟然让我当乌龟，此仇不报非君子！”

“你从来不是君子！算了，我来助你一臂之力吧，就当还过去的人情。”

如何让仙度瑞拉成为女神，最关键的一步就是让她拥有足够多的粉丝。但在短时间内让所有人看到她都不可能做到，更何况拥有粉丝，幸亏这种主播平台不是一天两天，而是拥有好几年的历史了，而这个平台上有一种业余组织的经理人模式叫“家族”。

什么是“家族”？简单地讲就是一个平台上直播的女主播作为新人要融入环境很困难，难免被欺负，被排挤，甚至被人阴，挖走金主。因而在刚进入平台的阶段急需有人扶持，于是有一种生意出现了，平台上的一些有实力的玩家通过和女主播签订合约，成为其代理人，拿她收入的分成，而回报则是帮助女主播在平台上站住脚跟，给她们介绍金主。于是，很多女主播就跟随了这样的经理人，这种经理人在平台上被称为“家族长”。

这些家族长签的女艺人多了，就开始发展小用户维护自己家族的人气，帮助女主播的房间里用一大批小弟在后面摇旗呐喊，同时也可以讨好金主，让金主在平台上有一种皇帝一般的感觉。而我的计划就是联合这些家族长，而且是平台上排名前十的家族长全部要覆盖。

通过冰冰约谈了这些家族长，我承诺他们，只需要支持我三天，我给每个家族长丰厚的回报。到现在想想还肉痛，数十万就只够三天的人气。但是大家不知道，大赛上的传说和神话是最重要的，只要一开始冲上去了，有了足够的知名度，后面自然就有很多不明真相的人跟随，而事情果然和我想象中一样顺利，票数直线上升。

仙度瑞拉如同传说一样成为平台上的奇迹，而这个奇迹在冰冰和我的私人媒体关系下被反复放大。这是女神大赛，虽然一开始靠平台的一些原始玩家支持，但在媒体的报道下很快就有各种社会关注作为新鲜血液杀入，而这些血液才是仙度瑞拉未来的筹码。当然这些事情，我不会让那只小呆瓜知道，而她的表现也非常好，认为变妆后很受欢迎的她魅力四射，活跃无比，更是讨得很多金主和用户喜爱。

然而顺利持续了三天之后，就出现了状况，而我没想到这个状况却来自林红。

开始比赛的生活，变得异常忙碌，这一天结束，很快又开始更忙的第二天，林红表现了高度的活力与企图心，报名了一间舞蹈教室，每天花两到三个钟头的时间练舞，白芳婷也被一起拉去，两人一起学习。

“芳婷，你记得吗？以前那个指导老师说过，练舞对身体有很多好处，不但能让姿态变得美妙优雅，还能够健体塑身，只要舞蹈练得好，后面想冲高票数，绝对不是问题……昨晚在直播室里，还就真有一个人，说他自己是导演，后面不管我有没有获奖，他都要找我拍片，我现在觉得啊，这次的参赛，也是个不错的机会。”

林红穿着韵律舞服，紧紧贴身的衣料，像是第二层肌肤。在音乐播放中，她踮起脚尖，一下又一下地转圈，每个动作在不经意间，都充满了美妙的韵律。同样穿着舞衣的白芳婷，就在她身旁，不管她怎么舞动，白芳婷都跟得上，两个人分别穿着白色与红色的舞衣，翩翩舞动，如梦似幻，仿佛两朵并蒂绽开的红白玫瑰。

两人在学生时代，就一起加入过舞蹈社团，认认真真地练过几年，不但本身的底子打得好，更重要的是彼此间的难得默契，尽管已经荒废一段时间，稍加练习，还是很快就找回了感觉。两名美女的组合舞蹈，连在一旁看的其他学员都鼓掌称赞。

林红可以说是斗志满满，真心希望能靠自己的力量来解决问题，既筹到母亲的医药费，也保护了白芳婷，但事情的进展并没有这么顺利，就在她结束了上午的练舞，预备去化妆上工时，收到的一条短信通知，让她脸色一下变了。

赛

林红小姐：您好！您本期票数较上期同比减少了20%，请登录活动官网确认。祝您取得好成绩！

“票数少了两成？”

林红传来的消息令我大吃一惊，这件事情对林红来说自然万分重要，她立刻把一切放下，急急忙忙赶回了DM公司，向那边的相关单位查询情况。我和白芳婷陪着一起去，但事情的进展并不顺利，DM公司的接待人员一口咬定，数据没有错误，林红昨晚所得的票数就是如此。

林红会碰到这样的事情毫不奇怪，这个大赛的票数统计和后台系统都是在秦守控制之中，白芳婷报名后表现不佳，一万八千多名的排名扣票没有任何意义。而林红虽然还没有和我签约，但在秦守看来和我走得近，迟早也会变成我的人，所以使用点小伎俩，把她的票给清掉一部分，这是再正常不过的。林红吃了这个哑巴亏，就算到DM公司大闹也不会有什么结果，说白了还是被我连累。当然，这个情况只是暂时的，林红的入围会稍微麻烦一点，不弄点大的影响力出来，是很难的，但是我心里已经有了一点想法，看后面进展再决定如何实施。

“真是天大的笑话！我昨天那么拼死拼活的，辛辛苦苦赚到的投票，难道我会搞错？”

“很抱歉，我们并不清楚您会不会搞错，但资料在这里，数据是肯定不会出错，如果您有什么想法，可以向客服部门反映。”

客气却冷淡的话语，充满了不友善的讯息，林红几乎气到发抖，刚要拍桌子骂，忽然有声轻笑，冷漠却高傲地传过来。

“现在的新人，真是越来越没有素质，为了一点点小事，就在那边大呼小叫，让周围弥漫寒酸的空气，如果来参赛的都是这种人，那我真要窒息了。”

声音引得人侧目，出现在那边的，是两个美人，两个都非常漂亮，一个穿着套装，大波浪的浅棕秀发，宝蓝色的紧身套装包裹着高挑有致的身形，正是DM公司的当家花旦蓝澜。

而另一个一身鲜亮明黄、出言不逊、上上下下名牌加起来几十万的女人，我认出是公司大客户黄百万的独生女黄丽。看起来，这个大小姐也跳出来参赛了……我摇了摇头，有些头痛了。

“你嘴里不干不净说什么东西？谁寒酸了？我争取自己该得的东西，有什么问题？你这人怎么说话的？”

“上等人就这么说话的，你不喜欢可以不要听，死小市民，几千几百的小钱也值得在那里闹半天，一副穷酸样，活该穷一辈子。”

“你！你嘴里放干净点！”

“这样已经是最干净了，死小市民，你听不下去可以滚，不想滚可以告我，我多的是钱，找律师玩死你！”

黄丽和林红怒目而视，蓝澜不管她们两个，径自朝我走来，脸上挂着微笑，仿佛之前发生的那些不愉快都不存在，对我道：“一段时间不见了，你怎么受伤了？脸变成这样？”说着，瞥看了一眼林红，道，“她是你现在带的新人？看来你有的辛苦了。”

我耸了耸肩，冷笑不答，对这个女人我心里一阵发恨。

蓝澜的目光扫过白芳婷，又道：“这个也是新人？怎么土里土气的？是给另外那个当搭档还是当丫环的？你的眼光越来越差了。”

“不会比我以前的眼光更差。”

我冷冷地回了一句，蓝澜就像没听到一样，脸上仍然带笑，对着白芳婷道：“小妹妹，你要慎选名声好、品格好的经纪人啊，否则，莫名其妙才开始就给封杀了，那就太划不来了，你说是吗？”

蓝澜扔下这句话，就媚笑着与黄丽一同离去。听到她这句话的林红，和白芳婷一起望向我，问道：“她的那句话是什么意思？”

Chapter 05 不要以为，眼角眉梢只是种点缀

冰冰

性别：生理女，心理男

职业：特效化妆师

经历：不明。

技能：易容，让你亲妈也认不得你！

属性：冷艳/壕/下手如有神/秘技能力者

我一直在考虑一个问题：秦守到底为什么要搞这个女神大赛？如果仅仅是为了和我打赌，赢取我手里的股票，这样似乎也太大费周折了。从那次会议上，他准备好的女神大赛计划书的详细程度来看，不像是回国后一时兴起做的一个方案。从营销整合资源思路和对接媒体策略，再到宣传炒作卖点，每个环节都非常仔细，而且有了具体的对接人。所以大赛在和我赌约开始后第二天就得以筹备。

再然后我直接就被蓝澜背叛了，蓝澜这个女人虽然是个非常有功利心的女人，但好歹和我在一起有半年时间，期间接触到比我有钱、有实力、追求过她的多金男不在少数，也没有背叛我。而且在我和秦守胜负未分的情况下，仔细想想，如果不是蓝澜在化妆间对我的背叛，使我在完全不设防的情况下中招，秦守要拿下我这个公司老人兼董事局成员也不容易。没有理由一个新来的总经理就这么上竿子，太冒险了，而且她这么做，我一定会把她当成最恨的女人，她到底为了什么呢？

一时间脑子里没有头绪，但直觉告诉我，蓝澜跟了秦守一定不是这个男人的原因，莫非这个男人背后还有其他故事？而这个故事有让蓝澜不惜背叛我也要去跟秦守统一战线的理由？

另外，林红和白芳婷一直追问我和DM公司之间的过节，让我烦恼非常，于是我打算如实告诉这两个女人。

“赌约？股权？这些事算什么啊？我们在这里是单纯参加比赛，没想过惹上那么多有的没的，更没想过要介入你和这家公司的恩怨！”

在林红的工作间里，她对我拍着桌子，就在刚刚，我向她与白芳婷作了说明，让她们大致了解了状况，包括我与秦守的赌约，还有前任女友临阵叛变，改投向公司新老总的怀抱……这些事情全都讲了，也还包括被人陷害，我那些狼狈不堪的照片被到处散的事。虽然我强调是受人陷害，被强行拍照，但从林红的表情来看，她对这些话不怎么相信，或者说，即使相信，也没法消除她对我的反感。

林红道：“但你千该万该，就不该当我们是傻瓜，明明发生过的事，你居然不告诉我们，要是早让我知道，你和这间公司的老总有私人恩怨，打死我也不会找你当经纪人，你连累人又不说，这不是摆明害人吗？”

“呃……抱歉请恕我指正一下事实，与我签约的又不是你，我也没想过要签你啊，如果你觉得被我连累到的话，现在可以立刻离开，反正我签的艺人就只白小姐一个，不用对你负责。”我耸肩说道。

林红闻之气结。大概最让她怒火中烧的一点，就是即使如此，白芳婷好像还信任着我，没有打算解约或是离开。我算准她放不下白芳婷，两人只有绑在一起行动。这样一来，林红就不得不被卷入我与DM公司的斗争之中，处于不利的位置。

林红忍不住又对白芳婷道：“我以前对你说过多少次了？要带眼识人，别去相信一些乱七八糟的家伙，如果你轻信了不该信的人渣败类，后果就是被拖累一辈子，看吧，你不听我的劝，现在惨了吧！”

“姐，我觉得，事情真没有那么糟糕的。”白芳婷微笑道，“孟衍他是个好人，他很关心我，该要求的时候也很严厉，我觉得他是一个很好的经纪人。”

“那家伙根本就有问题，你被他拖累，DM公司肯定会特别刁难，你本来可以赚得到的钱，都成煮熟的鸭子飞了……我昨天赚到的投票，现在被人大砍，这搞不好就是因为与他扯上关系，DM公司故意对我刁难警告！”

“姐，我没关系的，反正……”白芳婷耸耸肩膀，道，“我现在成绩那么差，就算没人偷偷使绊子，我也一样赚不到什么钱啊，希望都寄托在你身上了，你别担心我，就好好努力，我会为你加油的，我要当你的第一号啦啦队员。”

“啧，你就是死心眼。不过，这样也好，就看我的吧，你这边随意一点，别给自己太大压力，也别勉强。”

林红道：“我去沙龙那边上妆做头发，晚点回来上工，你要不要和我一起去？那边的手艺蛮不错，最重要的是还免费，真像是做梦一样……咦？你昨天化了什么妆？我一直忘了问你这点……”

“喔，没有什么啊，就乱化了一下，妆好浓，我都不认识自己了，觉得不习惯就擦掉了。”白芳婷摇手道，“你去吧，我对化妆这种事……不太习惯，我就这样就好了。”

“那我去了。”

林红匆匆离去，我看着她的背影远去，笑道：“我们也出门吧，要赶上灰姑娘的变身，时间真的不太够呢。”

两人匆匆出发，我开着沃尔沃，回到了之前去过的豪宅，这一次不走大门，直接从地下室进去，冰冰早已经在那里等着我们，表情不善。

“你们迟到了，我还有自己的事，不是一直在这里专程等你们的。”

“抱歉抱歉。”我笑道，“事情多了点，也杂了些，偶尔还有意外，实在不是故意的，快点吧，我们这边也赶时间呢。”

冰冰打开地下室的门，里头早就开了灯，哪怕是第二次到来，白芳婷仍有那种看花了眼的感觉，这里头的东西太多，一堆稀奇古怪的模型、半身像，有人的，也有怪物的，还有些半胶质半金属机械的，比怪物还像怪物……无论是哪一种，最重要的是全都栩栩如生，仿佛随时都会站起来活动，张牙舞爪。昨天第一次看到，白芳婷真是吓得不轻。

“说得虚幻一点，这就像是进了别的世界，可实际一点的说法……”我笑道，“这就像是一头钻进了片场，像是国外拍大片的道具间。”

“说什么呢？”冰冰皱眉道，“我本来就是特效化妆师，这是我以前练习用的工作室，在我后来去L.A进修之前，都是在这里练手的，像片场又有什么好奇怪的？”

“片场？你真的是在拍片？洛杉矶……”白芳婷一下瞪大眼睛，惊道，“你、你是在好莱坞做幕后的？”

“当然，不然你以为我在L.A干什么？那边风景好吗？”冰冰给了一记白眼，说，“拜托，别一副乡巴佬的样子好吗？混好莱坞没什么特别了不起，喝过洋墨水也不会就长得比别人高，在那里是拍片，在这里也是拍片，不要一听见外国就大惊小怪，你这反应会让我很火大。”

“哈哈，不错，混过国外的未必就了不起，很多海归都是混不下去才回来的，不过……”我笑了，虽然脸上的伤还没痊愈，可我相信这一笑依然帅气得很，“这位冰冰小姐可是货真价实的一流人才，别说是把人化成怪兽，就是把怪兽化成人也不在话下。当初成名的得意之作，就是把一个须眉大汉化成电眼丰胸美女，现在还被人津津乐道，料理你简直是小菜一碟。”

白芳婷坐在化妆台前，听了也点了点头，看来昨天她确实开了眼界……

“冰冰和她的化妆团队，是现今好莱坞最炙手可热的一线组合，抢着与她合作的导演与公司，排队可以排到明年尾……”

我说着，转头对冰冰道：“喂，你这样真的可以吗？你是团队的头，我听说你们有几个上亿元的案子正在进行，你不在美国坐镇，跑回国内来休假，一待还这么久，这真的可以吗？”

“你是我的公司股东？还是监护人？我早已过了需要人监护的年纪，如果你只是以一个外人的身份，站在这里指手画脚，说三道四，那么……你昨天享受的招待，今天随时都可以再来一次……集中在脸上。”

冰冰斜睨着我，让我一阵胆寒，这个女人冷的时候下手毫不留情，我对她是又爱又恨。我摸摸脸上的瘀伤，只是笑了笑，不敢答话，退开一旁，让冰冰能够专心处理手边工作。

说话一停，冰冰这边动作起来，脸上神情马上就不同了，变得无比专注、认真，前一刻还是个普通的十九岁美少女，后一刻目光有如鹰隼，散发出的感觉，完全就是大导演、大匠师的那种高专业度。白芳婷看了，大气都不敢喘一下，任着她在自己脸上开工。

勾勒眼线，再用棉棒晕开，跟着换液体眼线细描，打上高光粉遮盖暗尘……比专业更专业的化妆手段，各种道具，睫毛膏、假睫毛、粉扑此起彼落，看似杂乱的动作，却像是艺术家作画一样有序，在这创作的过程中，一件令人惊叹的作品渐渐成形。

映在镜中的面孔，既是白芳婷，又不是白芳婷，至少她觉得不认识镜中的那个大美女，打从有印象开始，就没见过这张脸能够如此——艳光四射，散发着这么惊艳的独特魅力，这实在是一种——魔术。

“每次看冰冰你化妆，我都觉得这是魔术，不过……”我皱着眉说，“你以前在哪练的？看你这手法，还有打粉的感觉，我怎么有种像在看帮死尸上妆的感觉？”

话刚说完，就被冰冰重踩了一脚，我惨叫出声。这时白芳婷的脸上妆已经整顿完毕，在做头发之前，是“整理身材”的时候。只见冰冰手起手落，各种专业道具交替亮相，单看这个化妆的过程，都算一种享受。

忙活一阵后，出现在镜子里的，就是一个崭新的身影。白芳婷看着镜中那个美丽的影像，既惊叹，又有着强烈的不真实感，反复看上半天，看着镜里的大美人对自己眨眨眼，又挥挥手，还友善地笑了笑，还是觉得难以置信。

“怎么了？觉得这大美人和你不像吗？这就是国际级的化妆水平，已经算小儿科啦，冰冰还没好好发挥，不然别说普通美人，让你直接再长高十公分，变成金发碧眼洋妞都做得到。”我笑道，“变身完成了，我去开车，赶回去开工吧。”

砸下重金筹办、千万奖金的女神大赛，轰动了全城，甚至可以说是全国。宽松的参赛条件，即使伴随着争议，也引来各方人士蜂拥参与，既有人是冲着女神头衔去的，也有人没那么大野心，只想在过程中捞一票。

在来自各省、各市的参赛者当中，那些有实力的女选手，都在激烈竞争中，迅速脱颖而出，在女神大赛的网站上崭露头角，成为一方之星。不过强中自有强中手，十几天的初赛竞争里，真正在赛事里缔造出神话的，仅有两人。

“一个是金雪，这位大明星的人气确实恐怖，宣布参赛至今，我们为她开辟的VIP直播室，她一次也没有来过，一直空在那里，但每晚都有她的影迷、歌迷支持，买票打赏，让她的总分一直维持在所有参赛者前三名……”

“哦，还真是厉害啊……”

听着手下人的报告，秦守的俊脸上，浮现自嘲的笑容，金雪的参加对这场赛事而言，堪称是一颗重磅炸弹，有着惊喜的效果，但丢下这颗炸弹的金雪，在宣布参赛之后，却没有直接的参赛行为。

“……在回国的记者会上，这位大明星只是简单交代两句，说女神大赛非常有意思，对她有很大吸引力，她会认真参加这场大赛……然后就快闪了。”

秦守苦笑道：“后来她虽然让人来完成了报名手续，但除此之外，就没什么别的动作。现在外头的报纸杂志都说，金雪参赛根本是场骗局，她无意参加比赛，只是收了DM公司的钱，帮我们做出戏，让我们借用她的名字来帮比赛打广告、炒人气……哈哈，如果真是这样，我还求之不得，最起码……不用像现在这样，搞不清楚大明星到底想做什么，也不会想与她联络，却一直猛吃闭门羹了。”

负责报告的经理道：“是的，但即使金雪没参与任何的赛事活动，她的分数现在仍名列前茅，打开始到现在，她从没跌出过前三名。”

“所以人家才是大明星啊，哪怕什么都不做，粉丝都会自动组织起来，为她冲锋陷阵，为她买票冲分数……倾国倾城，就是这个意思了，倘若她没有这样的人气，我也就不用伤脑筋了。”

秦守挥了挥手，道：“算了，说另一个人吧，我听说还出了一个灰姑娘，这是怎么一回事？”

“是的，那个女选手叫仙度瑞拉，在这十几天里，人气直线蹿升，非常受欢迎。打她报名以来，每天晚上都是在首页的热门人物，炙手可热……”

听着手下的报告，秦守打开电脑上的报告档案，里头有仙度瑞拉的完整介绍，还有她在直播室中的影像节录。甫一入眼，秦守都忍不住倒抽一口凉气，不自禁地冒出了一句呓语。

“……真美。”

秦守不是没见过美女的愣头青，纵横商海、青年得意的他，完全算得上是花花公子一类的人物，形形色色的美女早就看惯了，可即使是这样，那些截图仍让他有着一股强烈的冲击感，像是当胸给人打了一拳，不由自主地赞了一声。

那确实是个很让人惊艳的大美女：大大的双眼，水漾晶灿、极其有神，巴掌大的小巧脸蛋，尖细的下巴，肌肤如白瓷般雪嫩，看起来像是从少女漫画中走出来的人物，美得不真实。尤为难得的是，在演唱、舞蹈等方面，仙度瑞拉均体现出相当高的水准。

如此耀眼的美女，在这种公开的直播室里，难免会碰上有人来语言骚扰，秦守这段时间以来，也看了不少漂亮女人面对各种骚扰的反应，有的惊惶失措，有的泼辣反击，还有些是直接耍性感，推波助澜……秦守很好奇，这个仙度瑞拉会有什么反应？

结果，谈话一直诙谐风趣的仙度瑞拉，表现出超高的EQ，完全没把那些调戏话语当回事，也拦下了其他激愤网友的愤怒谩骂，笑着谢谢那个骚扰者对她美貌的夸奖，并主动关心骚扰者的状况，几分钟后，她与那个不住道歉的骚扰者，约好要成为忠实的朋友，那个骚扰者也发誓要成为她永远不倒的粉丝。

这个急转直下的结果，让秦守不只看到傻眼，连下巴都快要掉下来了。

“……好惊人……这简直就是……女神……”察觉了自己险些失态，秦守哑然失笑，再朝屏幕上的基本资料看一眼，道，“大赛并没有限制要使用真名，用艺名假名都行，但报名的单表上，总有登记真实资料吧？这个仙度瑞拉……没别的资料吗？”

“总经理，她当初报名交来的身份证影本与资料，上头就是这么写的，档案里有附她的身份证和护照影本，您可以看看。也不只是您一个这么问，现在外头有些记者，都在想方设法向我们打听她的资料，我们都不知道该怎么回答。”

“是吗？真是奇怪，莫名其妙冒出来的人，没背景也没资料……你们要给我好好查一查，别……”秦守说着，忽然心念一动，道，“等等，算了，这件事情先放下，我改变主意了，不管她是什么人，重要的是她有人气、有话题，过早揭开真相没好处，我们该守住这个秘密，用这来炒作……神秘的灰姑娘美女，把这谜团炒热，我要网络、广播、新闻杂志都讨论这个，借由探索这个谜团的真相，把女神大赛炒得更热。以后我们的主打就是三个：大明星金雪、我们自家的蓝澜，还有这个谜样的美人仙度瑞拉。集中公司所有的资源来宣传，炒热这三人，就等于炒热女神大赛。”

秦守一面说，旁边的员工一面记笔记，把总经理的指示全数记下。秦守看着他们工作，忽然生出一个念头，问道：“那个孟衍……现在是什么状况？他捧了什么人？”

“捧的一共两个，白芳婷与林红，林红的成绩相当出色，要不是被仙度瑞拉踩过一头，本来可能是最有希望的新人……不过林红没有与他签经纪约，倒是那个白芳婷，虽然签约了，却表现平平，目前的成绩垫底，什么都不行，估计……就是不行了。”

“很好，继续紧盯着，别让他有出头的机会，这件事情非常重要……”

秦守点了点头，心中有少许莫名忧虑，但很快把这件事抛诸脑后，专注于眼前工作。而在DM公司的全面推动下，一夜之间，“神秘的灰姑娘”一词，就在网络上哄传开来，像野火一样迅速蔓延，各大论坛都有人在转载，对这个神秘冒出来的美女无比好奇。当这疑问在网络上累积，DM公司不用推波助澜，那些娱乐记者也主动行动起来，像是嗜血的鲨鱼，追踪每一丝可疑的气味，展开各种调查行动。

DM公司在这件事情上，妙打太极拳，一面表示维护个人隐私，一面又连连抛出相关话题，勾起人们的兴趣，让媒体紧追着不放。媒体明知道这是炒作手法，却又不得不吞饵咬钩，很快就把这件事炒得热火朝天。到最后，不光是外人好奇，就连同样参加女神大赛的选手，都对这号神秘人物表示高度兴趣。

林红也是其中之一，她本来不想太去在乎别人，只希望专心于自己的工作，但打那晚从首页被挤下后，她就对这个“神秘的灰姑娘”上了心，觉得周围的这股热度，简直不可思议，却实在没料到，连她在工作中，都会有当记者的老同学打电话来，要她代为留意灰姑娘的消息。

“有没有搞错？要我查这种事，你也未免想得太奇怪了吧？虽然我们是一起比赛的，但网络直播室在家里也可以上来，她不见得会在DM公司里啊，我根本连她的面都没见过……行啦行啦，我会留意的，但话说在前头，只是留意，不保证啊。”

匆匆挂了电话，在电脑屏幕前，穿着礼服的林红，心情也受到影响，深皱起眉头。

“……搞什么啊，大美人又怎么样？美得那么不真实，肯定有假，又不露面，搞不好就是软件P出来的。”

这么发着牢骚，林红不自觉地打开网页，翻看仙度瑞拉的照片，忽然，她目光定住，有一张仙度瑞拉的COSPLAY照，衣服是某个漫画人物，但手上戴着的一只腕表，却让林红觉得眼熟。

“……芳婷好像也有一只……不会吧？”

独自走在路上，林红的感觉真是不怎么样，说得更实际一点，就是五味杂陈，就在刚才，她回到自己上班的房屋中介公司，在那边正式辞职。

其实，早就好几天没去上班了，以旷工来说，被开除也完全是活该的，之前决定去参加女神大赛的时候，就晓得会有这结果了。

原本她也应该把电话一甩，直接吼一句开除就开除，有什么大不了，可经理电话里的一句“回来结清工资，然后滚蛋”，让她可耻地屈服了。上个月开始旷工之前，已经上了半个月班，还有点业绩分红，虽说不多，可多少都能分一点，要是因为耍硬气，损失了这些钱，那真是太浪费了。

就因为这样，她重回办公室，被那个胖经理足足训了半小时，被骂得狗血淋头。然后，她如愿拿到了那份结清的两千一百块工资，捏着薄薄的薪水袋，脸上所剩的只有苦笑……

Chapter 06 你当我是浮夸吧

林红的票被扣了是铁一样的事实，指望秦守大发慈悲给加回去是不可能的。虽然说，她和我没有签约，我没有特别的理由管她，但作为妹妹的白芳婷每次私下以仙度瑞拉身份比赛的时候总是想在直播中帮着林红拉票，这个行为并不是好现象。

“你这几天搞什么飞机啊，动不动在直播的时候说什么有个身材好、相貌好、才艺好的选手叫林红啊之类的，你是自己比赛还是帮别人比赛？”

“可，可是，姐姐被扣了票，如果不抓紧，也许会不能晋级啊。”

“她不能晋级是她的事情，你以为自己很强吗？如果露出马脚，让人看出身份，或者以为你们是一伙的怎么办？”

“那我也不能不管姐姐。”

无奈之下，我只能承诺这呆瓜，林红一定可以晋级之类的话，好不容易让她相信我有所作为，她才好好直播。这个问题确实是需要解决了，而且表面上林红也是作为我们这一个小团队的成员存在，如果她到时候不能晋级，白芳婷肯定没办法稳定情绪继续比赛。

另外考虑下林红的状态，也是压力过大。说起来我还是多少有点愧疚，毕竟她是因为我和秦守的赌约，才被扣了票，这方面我也有责任。这个女孩子虽然平时非常烦人，但其实也是对妹妹的关心，姐妹俩相亲相爱让人感动，如果不那么凶的话，说不定是一个适合做女朋友的温柔可人儿。

常规的手段，让林红晋级几乎不可能。不管给她争取多少票，一定会被秦守搞小动作拿下的。而秦守也不想做得太明显，所以一定会让林红止步六十四强，当然也不会是刚好第六十五名。但是如果在比赛结果出来之前，突然前六十四名的选手弃赛几个，那他一定料不到。想好对策，我开始了进一步的行动。

“动作快，动作快，火烧屁股啦，今天还有好多事情要做，不要在这里穷耗时间了，蹉跎多，老得快啊。”

连着几天，早上的约定时间一到，我就拿着铁脸盆，到她们家门口敲锣打鼓，弄得本来还有点赖床念头的姐妹俩，为了不惊扰邻居，急急忙忙起来，一面开门放人进来，一面梳妆换洗。

情况有些像是军营中的早点名，我一进门就逼着两人，在几分钟内完成一切，然后出门。过程中，我也不是只坐在那边喝茶等人，而是主动帮忙收拾屋子，简单打扫，并且替白芳婷挑选好衣服，摆在一旁。当两姐妹换好衣服，准备出门去医院，别说桌上书报、沙发上椅垫被收得整齐，连地都简单拖过一次了。

“你……你……你好神啊。”白芳婷惊愕道，“昨天你还只来得及洗碗、擦完桌子，今天你连地都拖好了，你就是传说中的家事达人吗？”

“我是独自一个人过活的单身汉，单身汉嘛，如果不想砸大钱请管家，自己就要有几手管家绝活，你们如果以后发达了，给我薪水，我连早餐都可以一并做好。在演艺圈，我做早餐的功夫可是有口皆碑。”

我说着，扔了一个三明治、一杯奶茶给白芳婷：“这是早餐。不吃早餐会影响一整天的体力，更会妨碍脑部发育，赶紧把这吃了，我们好上路。”

“喂，渣男。”林红斜眼望向我，“你这是什么差别待遇啊？买早餐只买一份的？我的那份呢？”

“哇，别开玩笑了，早餐是签约艺人专属，你又没和我签约，我也没收过你钱，你的饮食起居和我有什么关系？”

“渣男你也太势利了吧？签了有得吃，不签就没得吃，你当我们三岁小孩吗？买东西的时候，帮其他同伴顺手买一份，这是做人的基本礼仪，你连这也不知道？一点礼貌都没有。”

“哎呀，我记得我的名字是渣男，礼貌这种高尚词与渣男有什么关系呢？如果林大小姐和我生存在同一个世界的话，大概就会记得，什么东西都是要用钱买的，你妹妹是我旗下的艺人，为了照顾她的身体，所以要花钱买早餐，一份早餐是要钱的，连我自己都舍不得吃，还顺手帮你也买一份？这一点也不顺手！”

我对林红的态度，就像她对我一样，基本上，真是一点也不客气。

当我们带着早餐，一起上了我的沃尔沃，朝医院开去，白芳婷忍不住问道：“经纪人是做些什么的啊？你每天又负责接送，又帮忙买早餐，我怎么觉得你像是保姆呢？”

“你说我保姆？好吧，我承认，有时候是这样没错。”

一手握方向盘，我一手还没少拿烟：“经纪人的工作，主要就是两大项，一个是对外帮自己的艺人接工作、争取机会，一个就是帮着打理自己艺人的生活起居，大到才艺训练、歌舞学习，小到生活琐事，全都得打理。艺人如果混得好一点，除了经纪人之外，还可以再请一个到几个生活助理，帮忙打杂，不过那是巨星待遇，混不到那程度的，就只能经纪人来兼任生活助理了。”

林红道：“你一个大男人，混成了家事达人，就是因为你带的艺人都不红，你当惯了生活助理，才变成达人的？”

“很抱歉让你有这种错误的理解，事情真心不是这样，以前我带过不少红牌的，她们都很红，也都有生活助理，用不着我亲自做。我擅长家事是我过去练出来的本事，因为公司配给我的那个经纪人助理很差，人又笨，逼得我只能自己动手，次数一多，就熟能生巧了。

“如果要正式入演艺圈，要学的东西可多了，要替你们找教练重新学的东西有一大堆。只有傻瓜才会认为，当个偶像只要有张脸可卖就行了，要没有点真本事，别说红得久不久，连想冒出头来都没有可能……”

“听起来好像还真有那么回事……”白芳婷喃喃道。

林红在后面听着，忽然飞起一脚，隔着椅子狠踹了我一下：“我才不信咧，听说你以前也当过歌手，如果一个成功的明星，像你说的那么有本事，那你是要承认自己没本事，才当不好明星，沦落到来当保姆？还是要承认你自己根本是在胡扯？”

这一句话问得很戗，白芳婷可能觉得姐姐说得有些过火，怕我会生气，有些担心地多看了我一眼。我笑了一笑，然后也没说什么，只是专心开车。我猜白芳婷此刻一定想不通，从来睚眦必报的我，怎么突然转了性。

我们很快就到了医院。林红、白芳婷下车时，我的手机忽然响了起来。

“喂，老袁啊，怎么样？上次拜托你的事情有没有……什么？有美女介绍给我？人靓胸大腿长，真的这么正？好啊好啊，什么时候一起吃个饭？我什么时候都有空啦，选日不如撞日，干脆今晚好了……哈哈哈，你告诉她，我很厉害的，可以捧她当明星啊！对对对，这话她们都爱听，照这么说就行了，拜啦拜啦。”

电话挂掉，我抬头，恰好迎上两女质疑的目光，只好说：“嘿，眼神别那么奇怪啊，我也该多做点准备吧？光靠你们俩，赢这比赛的机会低了点，为了提升胜算，多找些人来签约，把握不是高得多？这就叫……渔翁撒网，分散投资，最终一定有人能进前三名。”

林红怒道：“你和我妹妹签约，让我们参赛，现在又背后另外搞一手？什么，‘渔翁撒网，分散投资’，你把我们俩耍着玩吗？”

“哇，别这么说啊，我也没对你们怠慢啊，反正大家都是追求同一个目标，何必在意这些细枝末节呢？”

无赖的话才说完，手机就又响起来，我向两女摇了摇手，让她们先进医院去，自己拿着电话又讲了起来。

“喂，小梁吗？哈哈哈，真亏你还记得我，我当然是常常想起你啊，什么？有妞要介绍给我？你堂姐同学的干妹，很仰慕我，想要认识我？这……不太方便，你知道我很忙的，手底下艺人一大堆，要为她们安排，整天都和一些大导演、大制作人应酬，实在没什么空……什么？真的很正？有多正？平面模特？这……须得从长计议了，可以安排见个面，说不定有机会让我捧她当大明星！”

我一边说，一边对两人挥挥手，催促她们进医院去。

林红听的是怒火中烧，当下也不接话，直带着白芳婷就往医院里冲，边走还不忘边数落。

“你看看，这都是什么人啊？开口闭口都是捧人当明星，满嘴没一句实话，所以我才要你小心看人，这姓孟的根本就不是什么好人！”

“姐，我觉得……事情不能只看表面，虽然看起来是这样，但或许他有什么苦衷或难言之隐啊。”

之前孟衍告诉过白芳婷，因为他手里握着仙度瑞拉这张王牌，目前也取得了不错的效果，只要照这个方向行进，前三名不好说，但稳稳打入第二阶段赛，应该没有什么问题。他不会在这个时候自乱阵脚，去搞什么分散投资吧！况且，如果真的要留后手，那也应该是秘密进行，没理由满世界嚷嚷，好像生怕别人不知道一样，这……真是一点道理都没有。

所以她完全有理由相信，孟衍嚷嚷到全世界都知的事，仅是一个瞒天过海的假象，正利用这个假象来当烟幕，掩盖他真实进行的攻略。

越是往这个方向想，白芳婷就觉得孟衍的脑子，不是表面上看来那么简单。姐姐整个被蒙在鼓里，鄙视他鄙视到牙痒痒，却根本想象不到，他正在进行可以釜底抽薪的大计划，这就可以证明孟衍的手腕与能力了……

“表面？难言之隐？芳婷你还在做梦咧！他都说得明明白白了，要捧那些女人当明星，这还有什么……等等，是怪怪的，他该不会……”

林红一下瞪大眼睛：“那个渣男，他该不会……不是真的想培养人参赛，而是拿这当借口，到处泡妞吧？我觉得……这种事很有可能，你看他那种贱样，肯定平常就在玩这一套，拿捧人当明星为诱饵，然后骗财骗色。一定是这样，我在报上看多了，一堆人渣败类，就用这方法在骗女孩的。”

“姐，你先别太武断啦，没有确切证据之前就这么说，误会人了就不好了。”

白芳婷劝着林红，两姐妹很快进了医院大门，进去之前，白芳婷特别回看一眼，孟衍仍斜靠在车子旁，专心讲电话，而偶然顺风飘过去的声音，全都是和泡妞、约会相关的话语。林红气得脸都发白，加快拉着白芳婷进入医院。

另一边，看着两人的背影消失在医院大门，孟衍的嘴角泛起一丝微笑，对着手机道："……对，当然是多多益善，我的个性你不知道吗？美女越多越好啊。不过，有个要求，尽量多帮我介绍一些已参加女神大赛的美女吧，特别是有望打入二轮赛的那些……"

在姐姐的面前，白芳婷可以说是不遗余力地替孟衍说话，希望能减少林红对他的反感，因为在白芳婷的认知里，孟衍所表现出来的轻浮，很可能只是一种假象。

不过，虽然是这么认定着，可时间一长，白芳婷也觉得糊涂了，因为孟衍的电话，多到简直不像话，一个电话才接完，马上又有别的电话打进来，忙碌的程度，根本不像是经纪人，倒很像个电话客服人员。

最开始，我接到的电话，基本上还是演艺界的同行友人，打过来探问我的状况，而且我悬赏了要打造第二个女神的消息。这些来与我联系的友人，其实更像是来谈生意，每个都来推荐女人，有的还一次推荐两三个，说是推荐给我看看，品鉴一下发展潜力，不过语气听起来，更像是在介绍女朋友。

我是来者不拒，每个朋友介绍的女人，我通通都去见，也因此，连着几天的晚上，我都忙于不断的晚餐会，不停地搞"面试"。出发之前，用心着装梳洗，还喷了古龙水。出去之后，有时是吃完晚饭就回来，有时却直接手机关机，再出现已经是隔天早上来接人的时候，还穿着与前一天相同的衣服……

而她们的误解正是我需要的，我不想在这个时候让这两个女人知道我的计划，让她们知道没有任何好处，结果也只是会充满正义地嚷嚷："你这样对我们不公平"，或者是"你不会是借口帮助我晋级四处拈花惹草"，再或者是“老师我觉得我们是不是可以尝试其他方法，比方说我让我的粉丝团支持红姐”之类的屁话。

最近两天，打电话给我的人，已经从那些介绍人，变成女孩子自己。我的手机已经变成了客服电话，被“面试”过的女孩子主动来电，想要再约，甚至还想介绍要好的姐妹给我。这件事不但让林红气到没力，还常常当面抱怨“这个世界一定是疯了”！

“喂？哦……小嫣嫣吗？我在干什么？哈哈哈，我当然在想你啦，那晚和你分开以后，我脑子里全部都是你，一刻都没有停过，就希望能早点再见到你……什么？你也想见我？当然好啊，不过我今晚有点忙耶，手下有五个女明星，又要拍封面，又要上电视通告，偏偏一个个都像白痴，要我在旁边看着才行……不会，肯定不会要明天才见，你在我心里是特别的嘛！十一点吧，晚上十一点我下班了就去找你……等等，我有个电话进来了，一定是哪个大导演找我谈片约，真烦，你先等我一下……

“喂？哪位找我？最近有回忆？这……范围太大了，能不能给个听起来比较不像大海捞针的线索？桑妮？欣妮？还是莫妮卡？哈哈哈，开玩笑的，我当然知道你是大芬……没有！当然没有，那晚说过的话，我一句也没有忘过，我会是那种人吗？你这么说简直是侮辱我！”

口气非常正经，甚至说得上诚恳，但如果在旁边整体来看，感觉就不一样了，因为当我诚恳说话的时候，脸上表情看来一点都不诚恳，不仅一脸满不在乎，甚至还用指头挖鼻孔。这神情说不上慎重，甚至算不上庄重。

“……你如果不相信我的话，我们也没什么好聊的，我给你两分钟时间想一想，我两分钟后回来听你的答案……”

匆匆撂下这一句，我很快切换电话，声音一下提高八度：“小嫣嫣！好想你啊，我真是太想你了，和大导演讲到一半，就忍不住想来听听你的声音。我告诉你，那些大导演找女主角，一下要清纯，一下要性感妩媚，一下指名要接地气，一下又要高学历，我又不是精神病院院长，去哪里抓这么多人格分裂的给他们满足要求？是啊，现在你知道我有多难了，唉……我等一下再来和你说，那些尖酸刻薄、幼稚无知的导演又来烦了……”

随手切换过电话，我道：“大芬，想清楚了吗？对嘛，我有韩国血统、美国护照，念的是耶鲁大学，家里在美国有企业，在印度有工厂，人品高尚，像我这样的人，会随随便便撒谎骗女孩子吗？什么？你想找我吃饭？好，那我就给你一个机会，向我解释你的错误……今晚我要和一堆大导演和制片人开会，时间太早我没空，就……十二点吧，就这样，十二点见。”

这边说完，我长长舒了口气，拍了拍胸口，借着这个动作，切换心情，跟着就变成一副花痴般的表情，对着电话说：“小嫣嫣！我太想……咦？大芬，怎么还是你？哦，我搞错了……没、没有啊，你刚刚听到的那句是对白，我和导演讨论剧本，里头有句对白，我家的笨蛋艺人听不懂，就亲自试演一次给她看。唉，现在的艺人水准真低，你都不知道经纪人有多难当，没有我们在卖命，演艺圈根本早就崩溃了……好啦，十二点见。”

终于把两通电话都料理完，我一副疲累的表情，白芳婷倒了杯水递来，我也不多说，接过水来，一口就喝光，道：“唉，当个好的经纪人真难，少点本事都会给活活累死，你们都不知道，现在要当经纪人，真是要十八般武艺样样精通。”

“这……也是经纪人的工作？”

“当然，不然你以为我是为了谁才这么拼命的？我这么拼死拼活，还不都是为了你们！”

我答得理所当然，好像白芳婷问了一个很蠢的问题，这更让白芳婷瞠目结舌：“你……你不但一次约会两个女孩子，还对那些女孩子说，说你有韩国血统、美国护照，大学念耶鲁，还有什么公司和工厂的，那些……”

“那些都是逢场作戏，人家想听什么，我就说些什么，韩国血统这版本已经很朴素了，上次我用假话泡妞，还吹嘘自己是世界银行总裁，美国股市每天是照着我画的线在走，要它往东，它就不会往西……”

“不、不是吧？这种谎话也有人信的吗？”

“嘿，你还真别不信，当你说的话，恰好就是人家最想听的那句时，你说什么，别人就信什么。像之前在酒吧里有个女的，哇，神了，别人朝思暮想要出国，你知道她想什么吗？她希望有一天，她的王子会乘着七色飞碟，旋转着过来接她，我说我是来自银河系第七星云维尼斯坦星的王子，来地球……不，寻找真爱，三天后我就要离开回母星，问她要不要和我一起回维尼斯坦星去……”

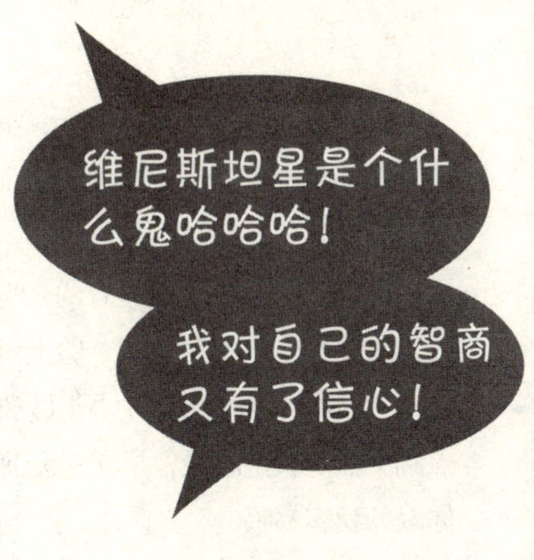

我说得若无其事，白芳婷听得瞠目结舌：“这、这样也可以？那个女的……真、真的信了？”

“不知道……”我摸了摸脸，“她直接用酒泼我一脸，然后又打了我一耳光。”

“这就对了！这才是正常人的反应嘛！这样就对了，我还担心世上怎么会有女人这么……”

白芳婷兴奋得跳了起来，可话还没说完，就听见我说：“然后她二话不说，扑上来和我热吻，说再也不要和我分离。第三天黎明前我离开时，留了张字条给她，说我回母星去了……挥挥我的衣袖，不带走她一片云彩……”

“这……这……这也太扯了！”白芳婷崩溃叫道，“你就用这种外星鬼话，骗了一个相信你的女孩子，然后还不负责任地走了，更糟糕的是……你居然连留字条都抄袭，你的风流关徐志摩什么事啊？”

“请注意，我那两句加了引号，是我加上创意的重新造句，不是抄袭，至于欺骗、不负责任……我一开始就说自己是外星人了，从来也没说我是个老实诚恳、会负责任结婚的地球人，她信也好，不信也好，我该说的都说了，走的时候还留张字条说要回母星，这叫有始有终，做戏都做全套，请问是哪里不负责任了？”

白芳婷一脸黑线：“你……你这到底算什么啊？”

“你们少来管我的事，比赛时间紧迫，等一下开工，要好好表现。晚上从六点到十二点，我有五个不同的约会，忙得要死，就纯精神上支持你啦。”

“五个？刚刚不是只有两个吗？渣男！你敢不敢再没节操一点？”

两姐妹虽然台词不同，脸上对我的鄙视却如出一辙。

“那两个来得晚了，所以只抢到‘非黄’时段，连吃饭都轮不上，六点到十点的黄金时段，早在三天前就有人订下了，我一晚要连吃三次晚餐，你以为我容易吗？”

我其实并不在乎她们到底怎么想我，这段时间我的压力非常之大，因为要抓紧时间在六十四强里搞定足够多的选手并不容易。骨子里我是一个非常习惯承受压力的人，但还是连续几个夜晚睡得很不好，因为那些美女也不都是白芳婷这样的呆瓜，要说服她们并不容易。

接连忙碌了三五七天，好容易回家休息一夜，居然晚上惊醒几次，梦境中不断地提醒着自己看手机时间。这种情况没有经历过成年男子压力洗礼的小屁孩是不理解的，似乎多睡一会就会输掉。

起来一看微信，朋友圈里到处是朋友们转发的最热新闻：一部古装剧因为尺度问题，突然变成了大头贴。我品质端正，最讲文明，对此深感赞同，顺手点了个赞。娱乐圈里是非多，而我没工夫与时俱进，只有抓紧搞定自己的事情。

“……保持住你现在的人气，尽量多拉拢粉丝，照比赛规则，第二阶段赛开始，群众的力量会被削减，可至少在第一阶段，粉丝的作用仍足够让你晋级，我们要的也就是这成绩。”

“通过第一阶段赛，对你来说不难，但第二阶段就不是那么简单，我们志在夺冠，不可能到时候才来准备，所以现在就要对你加强训练。第二阶段是选秀形式，舞蹈、唱歌方面的才艺，我会另外找人帮你上课。不过问答反应你还不行，后面我预备通过关系，为你安排广播与电视采访，你到时候不能在那里发呆，所以从现在开始，我来模拟那些主持人发问，你来回答……"

我戴着一副金丝眼镜，很正经地提问，用轻松诙谐的口气，绕着弯子试探仙度瑞拉的出身、背景，最开始，白芳婷浑浑噩噩，很快就被诱入僵局，几个事先拟好的谎言答案，不是细节上自相矛盾，就是忘了该怎么说。

在我的高强度训练下，白芳婷想不成长都不行，很快就把我给的假资料记熟，并且学会带着戒心，巧妙应对那些藏在诙谐语气之后的"杀机"，对答得头头是道。这时我才开始教导进一步的注意事项，包括眼神、表情、肢体动作，要怎样才会不露破绽、不让人察觉真实心情，这不仅以后用得着，眼前在直播室中与粉丝往来，就能立刻派上用场。

"……行了，今天差不多就到这里，以后要训练的项目还有一大堆，你先准备上班，明天我再继续和你练习。你进步得很快，超出我的预期，好好维持下去，或许你真能成为女神。"

每次到了这样的时候，白芳婷似乎都觉得我像变了一个人。因为我的表情、眼神变得非常正经，甚至说得上严肃，表现出一种对于本身专业的尊重，与平常那个玩世不恭、一天到晚赶场约会的浪子判若两人。

"发什么呆啊？我说的东西，你听进去了吗？"

我皱眉道："累积粉丝是你当前的目标，因为灰姑娘计划要保持神秘感，保持神秘感的话，暂时只能远远面对大众，拉票数要靠名气和搞活动，所以造神、炒话题、累积名气，是我们现阶段的目的，不过，让你累积粉丝，也不是单纯凑人头数就好，要拉动实际的票数。"

"这样不好吧？"白芳婷忍不住道，"拿不出钱来的人，就不应该受尊重了吗？我看那些偶像明星、歌手，都不是这样对待粉丝的啊。"

我不客气地说："偶像明星和偶像歌手，当偶像是他们的职业，他们有很漫长的时间去经营，他们不用参加为期只有两个月的比赛，不用急着在两个月内造神完成，同样的，他们也不用赚钱去付医院的账单，所以……他们可以很悠闲地说众生平等，而你不行。”

历来玩世不恭的我，变得锐利而深沉。我不疾不徐道出要拉动实际票数的重重性，压得白芳婷不敢抬起头来。我希望她明白，我不是只会寻欢作乐，在各种看似不靠谱的言行之下，其实隐藏着一套极为缜密的计划。

事实也证明，我的计划与执行力非同寻常，整个事态的进展，就如我计划的那样，仙度瑞拉的人气如同滚雪球，每天都在飞速增加。对于这个神秘人物的讨论，从外界渐渐传回DM公司内部。我在洗手间的时候，听见公司里的男同事窃窃私语，说是这两天有粉丝到公司来查问，想知道那个“神秘的灰姑娘”的资料。来的人还不少，甚至他们自己也被家人、朋友追问，常常谈起这横空冒出的谜样人物。而这样的讨论，正是我追求的效果。

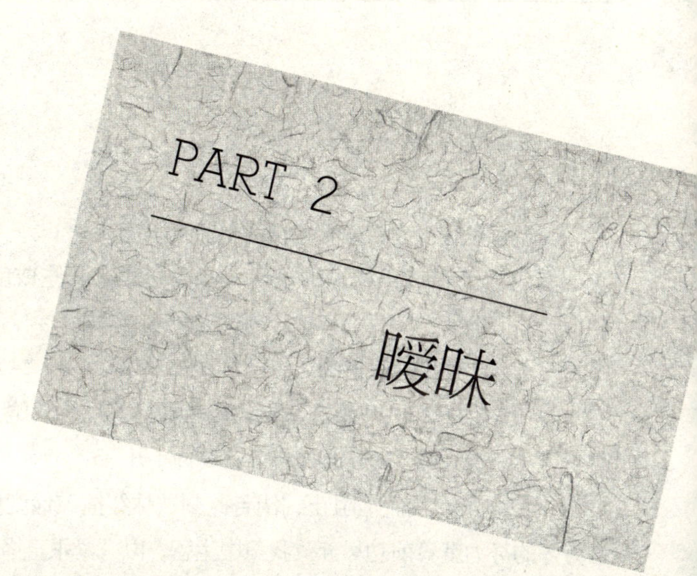

PART 2

暧昧

Chapter 07 第一口蛋糕的滋味

比赛顺利进行，灰姑娘的神话也渐入佳境。

看着白芳婷每日精进的表现，我内心颇有一些成就感。同时我也深知，既然是神话，就总归有破灭的时刻。哪天时限一到，水晶鞋破碎，灰姑娘的一切是要被打回原形的。

这天中午，和白芳婷进行完一轮模拟对答后，我跑去厕所小解。返回时看见林红走到白芳婷的工作室，正要伸手开门。

大惊之下，我慌忙阻止，倘若此刻被林红撞破仙度瑞拉的真相，我和白芳婷的努力就算前功尽弃。我急中生智，以“紧张直播，不可随意打扰”为由将林红挡在门外，配合手机中早有准备的白芳婷以本来面目出镜的实况录像，这才勉强蒙混过关。

白芳婷虽不明白为什么我连林红也要隐瞒实情，但总算变得机警起来。

“那……我们是不是该考虑一下，换个地方工作啊？在这个工作室里，好像很……不安全。”

“哟，现在终于注意到这点了，坦白说吧，当初租这个工作室的时候，还没有灰姑娘计划，如今……这个工作室已经不适当了，冰冰和我提议过，让你直接去她那边开工。你上线的影像，她可以直接进行幕后制作，保证看起来比电影效果更好，比现在更梦幻。”

“……你们……你们这也玩太大了吧？”

“反正是做梦，就让梦来得更梦幻一点吧，但你不是不想让你姐姐知道吗？如果不在这里工作，你打算怎么跟她说？”

“呃，对哦……”

白芳婷一下愣住，想到她的坚持，也不知该如何取舍，若说现在把仙度瑞拉的事情对姐姐坦然相告，好像又说得晚了些……

这份犹豫落在我的眼中，我叹道："还是这样吧，横竖你没休学，只是请长假，就对你姐姐说，你要回去上课。这样她在这边忙，你在别处忙，直播室放空也很合理。这样更省得被你姐姐没事查岗，早晚会露出马脚来。"

"对，这样听起来好像很合理，你真是撒谎专家！"

"听起来不太像是在夸我，不过……姑且就这么办吧！咦？电梯怎么半天都没有动？"

"是你自己忘记按了。"

白芳婷说着，伸指补按电梯，可电梯却开始往上跑，似乎有别人抢先按了。

我和白芳婷所在的这部电梯，是DM公司的VIP电梯，从楼上直达停车场，不用经过大门，是每次有大明星或什么重要人物进出，想要躲避媒体，专门使用的私密区域，凭刷卡开启电梯。我被革掉经理职位时，一度被取消了权限，可凭着我是公司股东身份，后来又重新取得了使用资格。最近每次带白芳婷进公司，就是走这一边。

白芳婷已卸妆，不是仙度瑞拉的身份，给人看到也没什么大不了，所以看见电梯被人按动，我们也不紧张。不过当楼数一层一层升高，我还是露出讶异表情。因为就如许多其他公司一样，楼层越高，表示使用者的层级越高，现在要使用这电梯的，应该是高级主管。

最后，电梯门一下打开，从稍开的门缝中，白芳婷隐约看到，门外似乎是一对男女，正在相拥热吻。白芳婷觉得挺不好意思的，想要转头，我却吃了一惊，电梯外的一对热吻中的男女不正是甩掉我的蓝澜和秦守么。

啧啧，炫耀给我看？真是有伤风化！"大家好，才是真的好。"我思量着，在零点一秒内作出反应，随手拉过愣神中的白芳婷一下压在电梯墙上，不由分说，就给吻了上去。

"呜！"

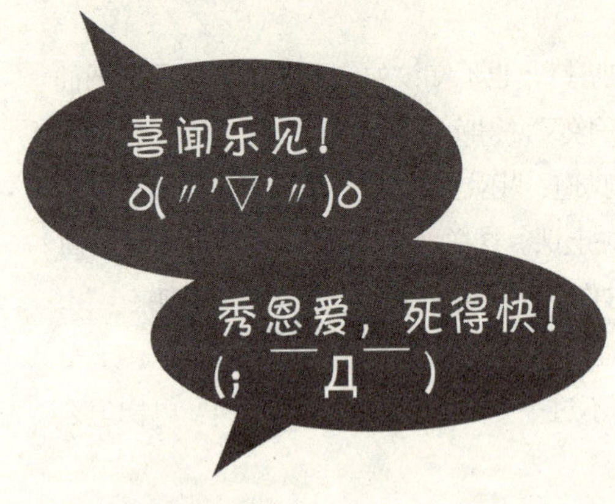

白芳婷眼睛瞪得老大，完全意会不过来，只怕她脑里唯一闪过的念头，就是给我吻了……

我不只是吻而已，一面吻，我一手还揽住她的腰部，另一手缠绕后颈，将手指轻轻插入秀发间，总之颇有经典文艺电影的画面感。

不知从哪涌来的力量，奋力一推，白芳婷将我推撞到电梯的另一侧，这时她才看到，电梯口那对亲热的男女，早已停下动作，目瞪口呆地看着电梯里的闹剧，这一幕让白芳婷愣住。

“嗨，两位好。”

我被白芳婷一下推开，有些狼狈，但笑得很潇洒。这声招呼看似友善，却有一股挑衅的意味。蓝澜踌躇一下，不知道该不该进电梯去。这反应落在秦守眼中，登时生出一股怒气，冷哼一声，主动踏进电梯去。蓝澜知道她的表错情了，迅速镇定下来，脸上重新挂回温婉大方的微笑，跟着进了电梯去，随手按了楼层按钮。

电梯门关上，内部倒还相当宽敞，四个人不用肩抵着肩，可气氛仍然很尴尬，两名女性倒是希望就这么平平静静，沉默到地下室。还没到两秒，秦守已率先开口。

秦守冷哼道：“倒要请某些人注意一下，这电梯是公司的重要通道，专供重要人士使用，不是给一些闲杂人等，干一些伤风败俗的作为。”

“哈，怪不得我还能重新拿到权限，使用这电梯，我还一直奇怪自己哪来这么大面子，搞了半天，原来是某些人想要玩偷窥。”我笑道，“奉劝某些人留心一点，好不容易当上总经理了，别因为一些不良的嗜好，被人抖了出去，闹出一堆丑闻，公司丢脸不说，连股价都狂跌，那就真难看了。”

“你！”

秦守闻言，一下暴怒，脸色泛着铁青。像是被踩着尾巴的老虎，这股不寻常的怒气，把我吓了一跳。不过，秦守很快就镇定下来，冷哼了一声：“谁难看还很难说，我很期待这场大赛结束，你输光一切，滚出这间公司时候的样……或许还不用等到那时候……”

说着，秦守侧目瞥向白芳婷，露出一个嗤之以鼻的轻蔑冷笑：“你就拿这种货色来参赛？这与自杀有什么两样？”

“这很难说啊，不到最后终点，也不知道谁会变成兔子，谁会当乌龟。”我笑着说，“老爷子曾说过，DM公司是实现梦想的地方，重要的是有颗坚持相信梦想的心，并且肯付出努力，至于自身条件……那从来就不是最重要的。”

“你说的那个人，现在已经中风住院，说不定这两天就会咽气，救不了你了。你相信他那一套骗小孩子的白日梦话，可以留着拜山的时候讲。”

没有闲杂人等在场，秦守说话不用保留，也毫不客气。

“梦话吗？我倒不觉得，我挺相信董事长的，老爷子虽然不安分、又爱讲梦话，但我确实喜欢他说的话。”我看了看秦守，要想在女神大赛中扳回一局，现在正是个好机会。秦守现在占据所有主动优势，非常小看我，而我就要利用这种小看和自信来黑他一下。我很快计上心头：“既然你不信，又看不起我的人，那不如我们加码再赌一把？成功的话，你不用等到决赛，就可以让我消失。”

“你想赌什么？”

“就照你的金口玉言，我要帮那个被你扣票的林红打进第二阶段，如果她无法晋级， 我就直接放弃股权，提早离开，但若我打得进去，你就要公开向我道歉，礼聘我回来当头号经纪人！”

我的挑衅，多少让秦守愣了一下，回过神来后，他冷笑回应道：“我们本来就是赌你手上的股份，你注定是要输给我的，现在拿你注定会输的东西，来赌第二局，天底下哪有这样的好事？”

“看不出你还会算数啊，我真是小看你了，以后我要对你另眼相看了。”

“你！”

“别紧张，我说得出，当然是对你有好处的，首先，你可以有个机会，把我早早撵出去，不用整天在你身边转，我这人行为不端，很容易闹丑闻的，万一在你比赛进行到高潮时，我干出什么丢人的事，连累公司被媒体攻击，股价暴跌什么的，那就很不好意思了。”

我拿手拍了拍秦守的肩膀道：“而且，虽然我都是拿股份出来赌，但我之前输了，股份是还给公司，现在改成直接输给你，如何？你这个总经理，只是回来暂代的，手上没有公司任何股份，董事长中风，身体不适，你才代为理事，要是老爷子有个什么万一，你别说接掌公司，搞不好马上会被扫地出门，可如果你手上直接有股份，那就不一样了……这点不用我多说吧？”

这串话一说出来，别说秦守闻之一震，只怕连白芳婷都觉得很有诱惑力，就连蓝澜也瞪大眼睛，像刚认识我一样，直看着我。

秦守口唇微动，本想要立刻答应，但出于慎重，脑子里转了一圈：本来林红扣的票已经够多，想要晋级第二阶段如同纸上谈兵，就算眼前这个男人想玩什么花招，他依旧可以通过幕后操作解决，这个情况大家都清楚。但是我这么做的理由是什么，他一时想不清楚。但看我这么自以为是的嚣张样子，加上送过来的股份的诱惑让他还是答应了下来。

“那就一言为定，第二阶段赛见分晓！最后再奉劝你一句，别门缝里看人！”

“这点你不用担心，因为当你连股东的身份也没有，被我扫地出门时，我将非常高兴，因为我的公司里不需要平庸，更不需要垃圾。”

“我一向注重自己的权益保障……”

说着，我从裤子里拿出了刚刚对话开始前偷偷打开录音功能的手机，晃了一晃，惊鸿一瞥间，所有人都看到，刚刚说的每一句话，全都被录下来了。秦守脸色立变，连蓝澜的表情也变得很尴尬。

“哼！”知道有录音，秦守说话谨慎得多，但仍压不下满腔怒火，恨恨道，“心机小人……”

“我本来也不喜欢太有心机的人，但因为前阵子莫名其妙给人坑了。人多少总该学点教训，在那之后，我就有了凡事录音拍照的习惯。”

“你学乖了，可惜啊，蓝澜再也回不到你手里了。”

秦守怒哼一声，看着我手中的录音手机，似乎说什么都不对，怒火中，突然做出了个示威式的动作，猛的一把将旁边的蓝澜扯来，拉入他的怀里。蓝澜吃了一惊，但也很快反应过来，贴靠在秦守的身上，一副小鸟依人的模样。男的俊，女的俏，完全就是一副可以当杂志封面的情侣照。我非常清楚这个意思意味着什么，对一个男人来说耻辱永远是耻辱，这虽然刺痛了我的心，但是我表面上装作非常无所谓。

“哈，少来这套，天底下又不是只有一个女人，用得着这么幼稚吗？”

我一把将旁边的白芳婷扯过来，白芳婷最初也吃了一惊，但看秦守与蓝澜的样子，她也明白过来。基于对秦守刚才蔑视的憎恶，她任由我拦腰抱住，靠在我怀里。

两边都是一男一女，各拥入怀，气氛看似甜蜜，却很诡异。蓝澜就像是一个最出色的演员，靠在秦守怀中，倍显柔情似水、娇柔妩媚，凸显出身旁男人的高大英武；白芳婷靠在我的身上，眼睛却怒瞪着秦守与蓝澜，像一只张牙舞爪的小老虎，看上去却显得非常天真可爱。

电梯轿厢的封闭空间内，四人以如此奇葩的造型对峙着，在沉默中暗藏着机锋，就连眼神呼吸似乎都在角逐，构成了一幅戏剧性极强的画面。看着电梯显示屏上的数字由大到小，我心中明白，当电梯门开启的那一刻，新一轮赌约已经生效。

工作地点换到冰冰所住的大宅后，白芳婷与这位魔术化妆师有了更多接触。冰冰不是一个多话的人，但也不会沉默内向，基本上有问必答，白芳婷问什么，她就直接说什么。

透过冰冰，白芳婷听了不少演艺界的趣闻，不过都是国外的事情。冰冰有业务往来的，基本上都是好莱坞与英、法的大公司，国内的状况她反而不熟，听她说得越多，白芳婷对冰冰也了解得更多，只不过，在那些冰冰提到的大小事当中，完全没有她的日常生活，也从未听过她出身背景与家里人的事。

这让白芳婷相当好奇，因为冰冰所住的这栋豪宅，是花园洋房别墅，怎么看都是天价，冰冰就算在好莱坞真的混得风生水起，要买这样一栋别墅，好像也不太可能，更别说一个年轻人……至少……如果背后没有人扶助，想单纯白手起家，应该是不太可能的。

白芳婷对冰冰充满好奇，觉得她应该是什么有钱人家的千金小姐，所以才有这大宅，家里还有这么多的保安人员、管家、佣人，完全就是有钱人家的架势。还有她身上的那股气质，温婉典雅，是那种自小接受良好教养，培育出来的大家风范，不是暴发户家庭培养得出的。

终于，白芳婷忍不住问了，在一次冰冰教她如何“上妆”的时候，她提了出来：“冰冰，你的父母都是什么人啊？为什么你的管家都喊你少爷？还有……你与孟衍是怎么回事？他当初骗了你什么？现在他整天都忙着打电话泡妞，我越来越弄不清楚他是什么样的人了……他是不是真的骗了你？没有向你借钱吧？”

最初，白芳婷问起父母与出身时，冰冰皱起眉头，像是对这类话题感到厌烦，不过听到孟衍两个字，她扬了扬眉，明显被勾起了兴趣，最后听完这整句话，她觉得自己有必要说点什么了。

“呵……”

一个轻笑，冰冰似是忍俊不禁，冰雪美丽的容颜，在这一笑之中，像是一个从花间跃出的小仙女，白芳婷看了都觉得耀眼。

“你真厉害，换了是别人，或者换了一个情形，有人不长眼地问这些问题，都会挨我一顿白眼。不过，你这么问，我就必须要和你澄清一点误会了。”

冰冰侧头想了想，道：“我和我家人的关系不好，他们……不太喜欢我，但我爸妈还是很照顾我，这栋宅子是他们买给我的，工作室也是他们赞助成立的。对一个离家出走的孩子，他们做得很多了，我也没什么可抱怨的。大多数时候，我不喜欢提起他们，这会让我想到自己与家里关系不好，每次想到这个，我都觉得很不好受……特别是为了满足一些人的八卦心，让我面对这件事，总让我心情很糟。”

“对不起……我不是有意的，以后我会注意，不过……我还是觉得，家人之所以成为家人，不只是血缘关系，更因为无论在什么时候，无论遇到什么，都会齐心合力，体谅彼此，这样才是家人。你家里愿意为你做那么多，肯定还爱着你，既然彼此都有心，就别为了尴尬和面子而裹足不前，这样真的……很可惜！你还那么年轻，如果为了这个，和家里十几二十年都不好，就算后来好了，浪费掉的时间不是很可惜吗？”

白芳婷非常认真地说着，据理力争的专注神情，连冰冰也动容。不过一口气说完这些后，白芳婷察觉到自己的冒失，讪讪道：“对不起……没想太多，我很羡慕你的亲生父母还在，想到什么就说了什么……”

说着，白芳婷交叠双臂，在面前叠出一个叉叉，像是要守护自己，但执著的眼神，又显示她对于自己刚刚说的话，非常坚持，绝不后悔！这表情……让冰冰哑然失笑。

“我要谢谢你的建议，无论如何，你是真心为我着想的，这个我明白，不过呢，这个世界有很多人、很多不同的家庭，并不是每个家庭都可以一概而论的……”

冰冰笑道：“我不是来说自己事的，只是想和你澄清一点，那个家伙与我之间的恩怨，有怨也有恩，但那都是我们自己的事。对外……他是我最重要的朋友，无论他要做什么，我都会尽全力支持。”

“为、为什么？”

冰冰的这个答案，超出了白芳婷的预计，她差点跳了起来，惊愕问道：“你们之间……有过感情吗？你现在也没多大，几年前才几岁啊，他对那时候的你……这根本是犯罪嘛！”

“不是这样的，你想错了，我们不是那种关系。”冰冰笑了一笑，为白芳婷上妆，缓缓道，“他那个人不太喜欢说自己的事，所以你大概不知道吧？他不是一开始就当经纪人的，刚出道的时候，他是歌手，实力不错，但际遇不好，红不起来，在美国和我遇到……”

“是这样啊……”

“家里对我的期望，和我自己想要的生活不同，那段时间，我曾经非常痛苦，是他陪在我身边，聆听我的迷惘，支持我、鼓励我，还建议我可以去寻找自己，并试着帮我联络他在美国的朋友。我记得，他那时对我说，勇敢一点跨出去，就可以找到另一个自己——全新、开心、自己能认同且喜欢的自己。”

冰冰道：“但这个人也极不靠谱，我原本和他约定了一个非常重要的事，但他忘记了，而且那段时间玩突然消失，我打不通他的电话，我到他的住处去，那里也没有人。隔壁的房客说，好多天没看到他，之前某个晚上，他连夜跑了，跑得很急，房租没交，连行李都没拿，之后就不停有人来敲门要债……”

“跑了？卷款潜……”白芳婷微微一愣，把那一句“好差劲”给强行咽下，“他……他为什么没遵守约定？欠债？”

“不知道，他不是一个爱解释的人，直到现在他也没说，有时候真是火大他这种个性。不过，站在他门口的时候，我才知道他经济状况很糟糕，在外头欠了那么多人钱……”

“那可真是……”白芳婷又一次把“好差劲”三个字给强行咽下。

“都已经是过去的事了，后来我在美国觉得无聊，就跑去学了好莱坞化妆。后来我想，是不是应该回国找找这个白痴，打发打发无聊的时间，结果他却一直躲着我。直到现在他才又突然出现，还带了你来求我帮忙。”

“那是你宽宏大量吧？要不然……”

“我狠扁他一顿，不完全是为了泄愤，也是因为我想听他说说，对于当年的事情，他有没有什么解释，结果他宁愿被打成猪头也不开口……默认了也好，打完了之后，我们还是朋友，他也知道这点，否则……也不会把你带过来，他知道你是我喜欢的那种女孩。”

“我？”白芳婷指着自己，一脸诧异。

“是啊，当初他也问我，为什么总是不接受自己的身体，我说……我不喜欢现在的自己，想要让自己变得不一样……那天听你也这么说，我就觉得好像看到以前的自己。”

“这个……我哪能和你比啊？你这么厉害，随便学学就当上了一流的造型师，还开了工作室，你简直就是神！”

“造型师？你好像搞……”冰冰说着，莞尔一笑，不再解释，“就算是吧。”

Chapter 08　还没等你把红豆……

女神大赛持续进行，来自各方、各行、各业的参赛者，相当努力地竞争，在各自的直播室中，狂刷着粉丝，希望冲高自己的积分，为此，参赛者着实使出了浑身解数。然而，真正脱颖而出的，始终只是里头的少数，大多数选手都是如白芳婷这样成绩惨淡。

激烈竞争之下，会形成强者越强、大者恒大的现象，本身具有高知名度，或是背后早有大金主支持的选手，在比赛中占有的优势不是一点半点。如同蓝澜这样，本身是国内名模，经常参与各种时装走秀，名字常常见诸媒体的，打一开始，积分就遥遥领先，加上她花了很大精力在直播室中与粉丝接触，让她的粉丝数目直线拔升，始终都在人气榜前三名。

与之相似又相反的例子，则是平常与她往来密切的黄丽，这位国内房产大亨的独生女，堪称媒体宠儿，不管走到哪里，都有一群记者包围，争相拍照、提问，她本人也相当享受，乍看之下，就是一幅众星拱月的画面。不过，实情完全不是那样，这位富家女由于被家人保护过当，加上教养偏差，生活完全与普通人脱节，言行举止，全部像是女王在俯视脚下蝼蚁，带有浓浓的骄傲与蔑视，每次传出去，都会造成一阵舆论大哗，久而久之，就被当成丑角看待。

不过，这位富家女虽然极不可爱，但确实不愧是富豪家里出身，继承了母系的美貌，外形靓丽，再加上穿着入时，媒体记者也很乐意追着她跑。

“……这样就好了，如果对手都像这样，我就没那么麻烦了。”

蓝澜看着手上的分析报告，脸上微微一笑，像这样的对手，支持者始终是小众，就算声势搞得再大，威胁性也大不到哪去。多几个这样的敌人，既威胁不到她，还可以帮着打压下其他的竞争者。因此，她对黄丽这个没威胁性的敌人刻意结交，维持良好交情。

“眼前……最可怕的对手还是……”

蓝澜望向积分表上那行与她排名紧贴着的“金雪”两字，尽管她领先，可那是她使尽全力，一面在媒体拼命搏版面，一面每晚在直播室里冲票，还私下找了许多熟识金主帮忙的结果，而金雪……自始至终，她根本没露过脸，只是由她的粉丝团号召冲票，就有这样的人气、这样的成绩。

可以说，在她已使尽浑身解数的当下，金雪根本就还没发力。这种什么都不做、一言不发的高傲态度，就是一股压力。后期，金雪不出来便罢，如果真的出来参赛，不难想象，她累积的人气与粉丝热情，必如暴流怒潮，吞没一切。这种层次的对手，远不是她所能抗衡的，就像是一座坚实的高山，巍峨耸立在那里，让蓝澜完全找不到办法突破。

“……这种对手，只能慢慢寻找破绽，看看有没有什么机会，能逮着可乘之机，就算大明星，也未必见得能滴水不漏……要是实在不行，也只有放弃第一名的位置了……”

虽然这么说，蓝澜脑中仍在构思多种可能，像主动为人制造破绽之类的。但对方可不是刚出道的小女孩，而是闯荡演艺界多年、不知见过多少大风大浪的女王，普通的手段，对她完全不适用。蓝澜可不想惹火烧身，为了一次比赛，吃上官司，甚至断送她整个演艺生涯。

“倒是后面的几个，或许有点施力空间……”

蓝澜望向首页“人气榜”上的那个头像，这个叫仙度瑞拉的神秘灰姑娘，最开始的时候，她还可以当个趣闻来看，不过一段时间下来，现在已经成长为具有威胁性的强敌了。与外头那些睁眼瞎的粉丝不同，蓝澜敢百分百断定，这个灰姑娘的背后不是那么简单，不是一个人单打独斗，而是有一支强大的团队在运作。

打从参赛开始，仙度瑞拉就没有走错一步，她利用自己的神秘，首日便一鸣惊人，冲上人气榜，造成话题，而后又利用这样的人气，引来外界关注，让一堆媒体追着她的话题讨论，最后充分利用这样的优势，把人气与积分冲得更高……

最近几天，仙度瑞拉更是在直播室里创造了传说：所有的参赛者中，就她一个人的聊天室画面，变成了3D影像画面，一下绿草如茵，一下彩虹横过，一下又是云海飘飘，她徜徉在月下云间，像是仙女一样，连唱首歌都有演唱会的感觉……这让其他的选手怎么比得过？那些号称豪华装修的工作间，相比之下，寒酸到不能见人，于是，她又一次创造了比赛神话……

这么强大的资源、这么高明的手段，哪可能是首次参加选秀的新人能拥有的？背后分明有一支善于谋划、肯砸重金的团队在操盘，想要击倒这样的敌人，无疑是相当困难的，更糟糕的一点，是这个仙度瑞拉与金雪类似，并没有真实地出来露脸，所有媒体围着她转，整日都在讨论她的各种资料，可这些资料究竟是真是假？仙度瑞拉到底在哪里？灰姑娘是怎样的人？这些关键问题却谁也答不出。

蓝澜不是不想有所动作，可金雪和仙度瑞拉两个敌人，一个尚未正式入局，一个半遮半掩，藏身暗处，想对付也无从着手，相形之下，有一个人名更惹人厌。

“……林红！”

不得不说，这个林红的表现相当好，虽然不像金雪、仙度瑞拉那么妖孽，却一步一脚印，扎扎实实地在累积粉丝，冲起票数，慢慢进入了“前段班”，这里头所付出的努力与所得的进步，是看得见的。

林红的表现引起了蓝澜的警惕，她甚至开始怀疑，这会不会是孟衍的故布疑阵？截至目前为止，林红没有签经纪人，会不会是孟衍故意不签她，只签下白芳婷，用来引人注目，实则林红才是主力。而且电梯里他也明确说帮林红打进第二轮，是不是要等到林红打入二轮赛，再和她签约……

“……这种可能倒是很大，否则如果没有得胜把握，他凭什么敢赌这么大？”

蓝澜越想就越觉得这想法没错，她拿起手机，本来要打给秦守，想了一想，这通电话转打给自己熟识的一个公司主管。

“喂……对，是我蓝澜，有件事情要拜托你……对，有一个叫林红的，之前我和你查过资料，从现在起，她每日的积分，你们……”

急急忙忙交托完毕，蓝澜多少觉得有些不安，这种事情不通知秦守，直接自己干了，以后要出什么问题，肯定也麻烦。不过，做都已经做了，现在想缩手，确实也晚了。

正想着后续动作，手机“叮咚”一声，收到了一条订阅的娱乐新闻，蓝澜简单一瞥，不由得一愣。

“……仙度瑞拉在这里上班？这怎么可能？”

屏幕上的画面，是记者正被DM公司的保安打出去，单单看这镜头，挥动警棍的保安，确实够恶形恶状，大声咆哮不说，棍子还挥得特别凶，然而，也可以看出来，记者没有表露身份，用的还是隐藏摄影机。

“……原来，刚才在底下入侵的是记者？”

蓝澜因为这消息目瞪口呆，正觉得不可思议，房间的门一下被打开。几天不见的秦守迈步进来，瞥了电视一眼，道：“我有事和你商量。”

秦守把整件事情清楚地交代了一次，让蓝澜大致搞清楚了状况。

仙度瑞拉确实是很懂得宣传的灰姑娘，甚至自己不用出来，不用刻意说什么，就能让人追着她的踪迹，变成话题，然后，又变成爆炸性的大新闻。

几名记者请了顶尖工程师帮忙，找出仙度瑞拉上网的IP位置，并且惊讶地发现，那位置居然就在DM公司的大楼内。记者又惊又喜，组织了十几个人，偷偷溜到被锁定的那一区工作间，突袭式地同时把那六间工作间的门打开。

在有特殊准备的前提下，开锁开门不是什么难事，虽然这有违道德，甚至违法，不过为了发现真相，狗仔也不把这些问题放在眼里。然而，当他们满怀希望，在连声惊叫中打开了那六道门，面对里头的惊声尖叫，却愕然发现……里面没有灰姑娘，有的只是六个各具美态、正对着摄像头搔首弄姿的女郎。

秦守在部门主管报告之前，就先得知了这件事……

没等到隔天，只是当天的傍晚，这条火热新闻就上了电视，再次炸翻一群人。在办公室里看到新闻的秦守，一下目瞪口呆。因为保安赶记者出去时，似乎打得太狠，不但被隐藏摄影机拍个正着，并且被记者合理怀疑，灰姑娘传奇是DM公司刻意编造出来的假象，从头到尾，都由DM公司一手操控，存心不良。

这件荒唐事，很快有了支线发展，因为这些记者入侵时，撞开的那六道门中，其中有一间是黄丽的。记者趁机用隐藏镜头拍了好几张她搔首弄姿的模样，脸上还都是惊恐表情，当这些东西上了电视与网络，黄丽已经在第一时间跳出来，微博发言说要控告，要自杀……

“……黄丽的个性我知道，巴不得有人来拍，哪可能真控告？现在又哭又闹要自杀，不过是故作姿态，争取更多关注而已。”蓝澜皱眉道，“你不可能为了这事来找我吧？这可不是你的个性。”

“说对了，我对那个花痴没兴趣，再怎么样，我也不可能用她来做宣传，让我觉得有问题的只有一点。”秦守皱眉道，“为什么他们会找不到人？又为什么IP会在我们公司？这才是该注意的事实，现在却被模糊焦点了。”

蓝澜一下无语，这确实是焦点所在，可她不是相关的技术人员，这种问题她也答不上来。反倒是秦守会来找她商量这件事的本身，让她觉得有些奇怪，或者说……受宠若惊。

“这些事情，你怎么会找我商量？不是应该都和手下人……”说到这里，蓝澜妙目眨动，一下明白过来，伸手环勾住秦守的脖子，笑道，“你也是一个寂寞的人啊！”

秦守没有拒绝这一下拥抱，他只是个空降的总经理，没有嫡系人马，也不可能有时间培养，手底下的人，服从程度有限，听命行事还可以，真有什么事情要商量，他根本就信不过。虽然知道这个女人不是什么善类，同样不可信，但就下意识地会想来与她商量……或许，就是因为她能看出自己的这份寂寞……

“你打算怎么做？”

“先走官样文章，找个发言公关，出来表示很遗憾有媒体如此破坏职业操守，非法入侵，捏造不实新闻，DM公司将保留法律追诉权，在适当时机采取行动，这样也就差不多了，等大赛一完，谁有兴趣去理这种事？”

秦守皱眉道：“我只是觉得奇怪，为什么记者会找错地方？照理说，用IP位置来找地址，应该是不会错的……我总觉得自己好像有什么地方疏忽了……”

这个不安的感觉，让秦守相当困扰，蓝澜也无法为他解答。而事实上，他确实疏忽了一些事，在那打开的六道门里头，由于有黄丽这样的媒体名人存在，其他五个女人被相对忽视了。偏偏在这五个女人里头，就有一个是林红。

为了赚到母亲的医药费，林红可以说是起早贪黑地苦干。自从白芳婷回去上学后，她每天九点就到了工作间，从早上便开始苦干，每天工时超过十二小时，哪怕能多收到一票、多拉一个粉丝都好。

林红把自己的神经绷得很紧，她觉得无论如何都要完成目标。然而，这天被陌生男子开门闯入的事，吓到了她，事后她觉得心神恍惚，怎么都定不下神去工作。想想自己可能绷得太紧，需要放松一下，她便把工作先放下，去医院探望了一下母亲。

在医院里，母亲显得很疲惫。林红握着母亲的手，说了一会儿的话，听母亲说起了白芳婷，显得相当担心。因为最近白芳婷每次都来去匆匆，显得很忙的样子，脸色也不好，十足一副工作过度、没有好好睡觉的模样。

“怎会？她现在回去念书，整天应该很闲啊……”

林红觉得很奇怪，白芳婷自从离开DM公司，回去上学之后，应该非常有空。她向来孝顺，林红忙于工作，母亲这边就全部交给她。照理说，她会把母亲照顾得很好，怎么会来去匆匆？又看起来很累呢？

至于看起来很累……这点也很怪，她正常上下课，有什么事情要忙成这样，弄到身体都不好？她虽然做人有些傻气，可轻重缓急一向都分得很清楚，不可能在这种事情上犯糊涂……

“妈，没事，我会去看看芳婷。你多休息吧，再过不久就要动手术了。”

林红急急安慰母亲之后，拿电话想打给白芳婷。手机才刚翻开，就看到一条新闻。仙度瑞拉发了微博，表达对狗仔队的谴责，还对无辜受累的人们说了抱歉。可对于为何查她IP会查到DM公司去，却只字不提。

林红倒也在意这点细节，她对仙度瑞拉这个城市神话不感兴趣，倒是最近身边总听到这个名字，躲都躲不了。可这一回，有些东西引起她注意，那个曾令她好奇的手表，这时就戴在仙度瑞拉的手上，那张最新发表的相片，清清楚楚显示这个事实。

林红困惑起来，盯着手机上的图片，觉得异常困惑，当下立刻打电话给白芳婷。对方很快接了电话，表示自己正在学校，预备要来医院。

林红没说什么，却压抑不下心头困惑，也不打招呼，直接就赶往白芳婷的学校，在校门口碰上了白芳婷。白芳婷行色匆匆，正从学校里头冲出来。两姐妹见面，白芳婷显得很讶异。

“姐，你怎么来了？还好我来学校了……呃，我是说，还好我今天没翘课，不然就被抓个正着了。”

“你是怎么了？用不着跑得这么气喘吁吁吧？”

林红看着白芳婷，心中怀疑稍释，又看到白芳婷手上的那个腕表——与仙度瑞拉的一模一样。

“这次幸亏你赶回去赶得快，否则就穿帮了……我说啊，做戏就要做足全套，细节都是魔鬼。现在既然要玩神秘女郎的游戏，就不能留破绽让人认出。你还是小心一点，别留下任何会让人发现的地方，这条手表我先替你保管。”

“这个手表，是我妈妈和红姐送我的生日礼物，很重要的……”

“呃，你们家境也太糟了吧？这东西一看就是便宜货……算了，不管这些，东西我先帮你收起来。之前没看到，你居然戴着这东西上班和拍照，要是给人认出来，那就功亏一篑了。”

浮萍居酒吧内，我和卸好妆的白芳婷对坐着，手里拿着刚为她取下的腕表。我们面前放着果汁和茶，作为工作完结后的奖赏。

白芳婷看了左右一眼，道：“这次到底又是怎么回事？又被我们混过一关，可你到底是怎么做的？误打误撞，让人找IP找到DM公司去？”

“误打误撞？”我闻言，扬了扬眉，随手把接听到一半的约会电话给挂掉，十足一副很不愉快的表情，“别说得好像我瞎猫碰上死耗子一样，这种东西要不是及早准备，早下布置，找好人手，你以为紧急应变得来吗？”

“及早准备？”白芳婷吃了一惊，“你是说，你早就知道会有这样的事，并且做好了准备？”

“这种事情有什么好惊讶的吗？你藏身网络，别人如果要找你出来，IP定位是最起码的搜查手段，随便找个看过侦探片的三岁小孩都知道，要说没料着这个，那不如去死！”

我摇头道：“想要实行灰姑娘计划，第一个要补起的破绽就是这儿，如果连这都没搞定，我敢让你在DM公司的工作间上线才有鬼！别人追IP找过来，这种事情肯定会发生，只是早晚而已。我花钱找了高手，帮你把假IP位置设成DM公司。反正……你也已经不在了。”

“还好有你，我那时工作到一半，看到这新闻，吓了一大跳，要不是你早有准备，那些记者肯定会追到冰冰家里去，好险啊……”

“哪的话，经纪人能起到的作用，就像是一根拐杖，帮扶着每个艺人走路，但最后能走多远、能走到哪里，还是要靠艺人本身……你是有才华的女人，会唱歌、会跳舞，还会玩COSPLAY，这些都是你的本事，就是没有我，你早晚也会冒出头来，所以这个功我不敢居。”

我说道：“其实我也很讶异，你怎么会那么多东西？不知道的还以为你是科班出身，演艺学校毕业的。”

“我没有特别学什么啊，唱歌是平常和红姐一起去K房唱歌练的，跳舞是她以前去报名舞蹈班，后来学校社团我们也一起加入，练着练着就变成这样了，至于，COSPLAY那是我自己中学时候的嗜好，我也没想到，穿个不一样的衣服，就有一堆人围过来……那时……红姐也和我一起，被包围的人其实都是她。”

“可以理解，林红人漂亮，个头高，身材又好，往外头一站，就是个衣架子，追的人多不意外，哪怕是现在，她的人气都很高，也有一票固定支持的粉丝……”

白芳婷的眼神很快暗淡下来：“红姐什么都比我好，比我强。以前家里有什么事，都是她挺身出来解决。我一直希望有一天，能够站在她身边帮她分担，不再让她一个人辛苦。”

“现在不就是吗？你做得很好啊，你的人气比她还高得多，照这么下去，比赛完结，你们需要的钱肯定不成问题。”

“可我是用那种方法……化妆之后，我都变得不像我了，这样子赢过红姐，我觉得……好像很对不起她！每次见到面，我都不知道该怎么对她说了。”

“你这其实也很奇怪，为什么要变了张脸，才敢放胆去表现？如果你胆子大一些，直接把你想说的、想表现的，都表达出来，就算不化妆，也能有相当的成绩……当然啦，当女神没什么希望，可要当个普通艺人是够的。”

白芳婷道：“这一次，靠着你和冰冰的帮助，让我……变身了，我很感谢，不过，也只是这两个月，比赛结束以后，这一切我就当作是一场美梦。最起码，我这辈子也曾经灿烂过一回，被万众瞩目过。”

“呃……随你啦。”

我看着白芳婷，心里有自己的打算，不过，看这丫头一脸憧憬的模样，我想说的话都说不出来。白芳婷一下回过神，问我：“对了，你的情况呢？你能当经纪人，带过那么多的明星，又那么会忽悠……呃，我是说，你那么会交际沟通，肯定很有一套吧？能不能教我一点诀窍？”

“诀窍？这个……好像也没什么特别的啊，就和普通人一样，自然混着混着，就混成现在这样了。”

“那……说说你以前的事吧？都说你以前是王牌经纪人，冰冰也对我夸说你厉害，可我也不知道你有多王牌。你是我的经纪人，我却对你一无所知，这也太奇怪了。”

“这个啊……”

我不太想回忆当年勇，可看白芳婷殷殷期盼的眼神，我不自禁地摇摇头，道：“也没什么，我不是个好学生，念书的时候和人一起搞乐团，唱着唱着兴奋过头，参加比赛有了点成绩，就直接辍学去混演艺圈，想圆歌星梦……”

“你真的当过歌星？冰冰和我说过，我还不肯相信呢。”

白芳婷两眼圆睁，一副惊奇的表情。我则是耸耸肩，说：“也不太算，是出过一张专辑，可是没人买，亏得很惨，还累得经纪人也整天跟我吃白开水和干面包过活……想起来就想吐。后来，有个怪里怪气的老爷子看得起我，说我长得帅，不当歌星还可以改当经纪人，给我个机会重新开始……当时也没什么选择，就干下去了。”

“从歌手变成经纪人，那你一定很能理解艺人的辛苦，很能为他们着想吧？这也是一个很好的选择啊。”

的确，那时候虽然开始时很有心里落差，但我们真的很努力，几个人一起齐心合力，从天没亮忙到天快亮，希望我们的艺人能早点红起来，什么委屈、什么辛苦，我们就都抢着去扛……就这样，公司从几个人，十几个人，几十个人，变成现在几百个人的规模。我们成功了，公司营运得很好。老爷子论功行赏，送了我公司百分之五的股份。只可惜，他现在中风在医院，公司留给他的干儿子，真是令人郁闷。

这时，电话铃再次响起。我不再理会白芳婷，瞬间进入状态。

“喂？小林吗？找你好久了，正想请你……什么？想介绍正妹给我？希望我捧她当明星？这……有点难度，我最近很忙啊，底下女艺人太多了……开玩笑，你我谁跟谁啊，铁哥们，友谊万岁！别人介绍的不收，你介绍的还能说不吗？先问一句，人漂不漂亮啊？那些比较单薄的就别推过来了，我想捧，也要有足够分量才能捧起来啊……什么？我当然是说人，你怎么会以为我在说什么？”

听着我的话，白芳婷红着脸，微微转过头。但在转头过去的瞬间，她并没有看到，我的眼底，闪过一抹对她的观察。在我看来，白芳婷此刻眼神复杂，蕴含的信息量也非常庞大。

我皱着眉头，白芳婷的这种眼神，让我有一种很不妥的感觉。几年前，在大洋的另一边，另一个女人也曾经用同样的眼神望着我。

当时我初入娱乐圈，怀揣着小鲜肉的壮志，公司来了一个大学刚毕业的小助理，她的任务是负责我这个候补偶像歌手的日常通告和照顾我生活。而这个小助理也是傻得可以，一直阻止我谈恋爱，让我很烦。甚至，我听其他同事说，她在偷偷暗恋我。

这种事情，我自然无法接受，所以我平时的乐趣是对她冷嘲热讽，但她一直坚持着改变我，并且试图让我成为一个正直的艺人。有那么一段时间，年轻的我确实有点喜欢上了那个小助理，甚至对她许下了一些浪子无法兑现的承诺。然后，这个小助理莫名其妙地在和我去征服美国之旅中，在好莱坞红了，而我则黯然离开美国。

而我之所以选中白芳婷，不得不说第一眼见到她，也许是潜意识里，似乎看到了那个在美国大红大紫的小助理的影子，而且性格上也有类似之处，总是大喊坚持理想和纯洁。

Chapter 09 满街脚步突然静了

一个月的激战终于迎来了尾声，女神大赛的第一阶段赛告一段落，出现了几家欢乐几家愁的情形，数千名参赛的选手，在第一轮赛事结束后，淘汰剩下六十四名佳丽，可以进入第二阶段的正式赛。

第二阶段赛，就不像第一阶段那么简单，一切仅靠网络上的个人宣传与积分。DM公司砸下大钱，和电视台合作，实况转播，让佳丽们相互PK，淘汰晋级。积分不只包括网络积分，还有现场评审的评选，两边分数各占一半比重，可以说非常慎重、隆重。

在这一个月里头，DM公司可以说把比赛声势炒作到极限，第二阶段的赛事还未开始，已经广受各方瞩目。而为了要替比赛造势，DM公司举办了酒会，让六十四名佳丽全数出席，公开露脸，把一些本来隐藏在网络之后的东西，正式摊开在公众之前。

这是很正常的程序，但现在却因为仙度瑞拉的存在，让这晚会多了一层新意义。不晓得有多少媒体记者，都等在那里，想看仙度瑞拉露脸出来。这位神龙见首不见尾的神秘大美人，已成了最热门抢手的话题，光是独家拍到她真实露脸的画面，各家媒体就喊出了高价。

白芳婷听说了这消息，正为之忧心，不知道怎么混过关，万众瞩目之下，一不小心就会被拆穿。而在另一边，另一个更头痛的问题正同时发生。

“我不能接受这样的结果！这真是太过分了！”

林红怒气冲冲，拍桌叫骂，她在第一阶段成绩优异，自己评估可以晋级，但最后结果揭晓，居然名落六十四以外，得了第六十五名的尴尬成绩。

光是名次问题也就算了，偏偏她与前一名的分数极近，只差了一分，而她自己事后反复计算，都觉得自己的分数不对。

“为什么别人的不被动手脚，就我的票数被动了？肯定是因为主办方以为和你一伙的！渣男，你这扫把星，都是你连累我的！”

“唔，不排除有这可能。”我看了一眼白芳婷，道，“你妹妹分数太低，一早就被刷掉，所以他们不浪费时间窜改。而你锋芒太露，让你进入第二轮，搞不好真被你闯进十名内。他们不想冒这风险，一开始就先把你排除在外。”

“全都是你！”

林红恼怒地打了我一记，但真正让她晴天霹雳的，是她提出申诉，想要再确认比赛成绩，即使不成，也要拿到自己在第一阶段赛事中得到的打赏金，可两个要求都被一口回绝。

负责处理投诉问题的客服，客气却冰冷地表示，比赛结果已经公布，不可能再重新复查，一切已经定下。至于林红所应得的打赏金，因为记录出现问题，加上对她资格的一些审核，暂时也无法让她支取，必须要等到一段时间过后，所有数字清楚了，才会将钱交给她。

“什么叫一段时间？你们所谓的一段时间是多久？三天、五天？还是三五个月？”

“这个我们也不清楚，请等候我们的通知。”

冷静却没诚意的态度，差点让林红气炸，虽然她威胁说要采取法律途径，可从对方的态度看来，压根就不把这威胁放心上。而她自己心里也清楚，走法律途径即使能成功，可官司缠耳，几个月内绝对拿不到钱，更别说赶上母亲的手术。

“……这样看起来的话，你这个月的辛苦等于是白干了啊。”

“别说废话，你是男人，重要的时候该想想办法啊！”

“这……我哪有什么办法好想？这件事摆明就是秦守那龟儿子在背后搞鬼，但眼下公司在人家手里，从裁判到观众都是他的人，我们又能做些什么？”

“你这渣男，根本一点用也没有。”林红道，“不行，我不能这样子任人欺侮，我也不信这世上就没有公理和法律了，他们不是把这比赛看得很重吗？一定怕丑闻吧？我去找地方爆料，一不做二不休，就大爆这比赛的黑幕，不给我钱，就一拍两散，大家都完蛋。”

“你真是杂志看太多了，说的都是外行话啊，别的艺人与公司，可能对丑闻还有些顾忌，但秦守那家伙根本不怕丑闻，他要是怕人骂，就不会搞出这个选花魁似的比赛。你如果爆料，那家伙一定会把这件事搞成宣传广告。”

我想了想，笑着道：“我……或许可以想想办法，找找朋友帮忙，你们不能不说我眼光神准，打入六十四名的那些女生，有些是我最近认识的朋友，也许……可以帮忙做点什么。”

林红哂道：“能帮什么忙？联名抗议吗？你别搞笑了。”

“总之，你要想清楚，要是把这件事搞大的话，你的钱就更拿不到了，那边会与你对簿公堂，光是给钱都可以拖你拖到地老天荒，你……”

“难道我默不作声，他们就会把我的分数和钱给我吗？我不是那种任由人欺侮到头上却不还手的，也不想忍气吞声。你说，还能怎么办？”

“……如果非干不可的话，最起码，挑个人多的地方与场合，炸药总得炸在人最多的地方，才会有震惊效果。DM公司正要举办酒会，邀请首轮晋级的六十四强登台亮相，我觉得这就是黄金机会。那时的媒体记者肯定多，那时候去爆料，等于是把巴掌甩在脸上，不过……怎么进去是问题，那晚他为了不让人闹事，警戒一定很严，你又没邀请函，要怎么进去？”

“你不能想办法带我混进去吗？”

“你以为这是间谍片，说混进去就混进去啊？我是经纪人，不是神偷或忍者，混进去那不如说打进去算了。”

一直在旁边沉默的白芳婷，忽然开口：“老师没说老实话，他培养出来参赛的选手，不只是我，还有别人，我只是一个烟雾而已，所以，他手上是有邀请函的。”

白芳婷把手伸到我的西装口袋里，拿出了一张红色的邀请函，递给林红。

林红接过请帖，还不忘补一脚：“说你是渣男你还不承认，拿我们姐妹当烟雾，真是好大胆子！看看你培养的主力是什么人？前六十四名的名单我全部背下来了，看名字就能知道名次……”

这话着实令我无言，居然把前六十四名的人名都背下，这是要多大的不甘与怨念才干得出来？这女人可真是得罪不起。

“……仙、仙度瑞拉……”林红的表情很诡异，先看了看帖子，又看了看白芳婷，再看看我，表情相当复杂。不知道为什么，白芳婷觉得姐姐看来非但不开心，还有些难过。

“姐……”

“……没事。”林红抬起头，脸上重新挂着笑容，不怀好意地看着我，“这个大人物居然和你签约了，你很有本事嘛！”

“这个……”我无奈笑了一下，摊了摊手，算是默认。白芳婷抢过话：“晚会上，仙度瑞拉是要出席的，姐你就可以和老师一起混进去，然后当众抖出他们干的事。只要再让仙度瑞拉也出来支持，你的话就有说服力，我想一定能上头条，让DM公司吃个大亏。”

“好！就这么办。”

没等我表示意见，林红拿着邀请函就冲了出去，我急忙跟着站起，朝白芳婷投了一个严厉的眼神，责难道：“你这是在玩火，一个不小心，你会让之前的努力前功尽弃，还让你姐也跟着完蛋。”

说完，我便追了出去，要抢回那张重要的邀请函。不过，就算抢得到，我也不能改变这个固执女孩的心意，那个在她看来很荒唐的计划，仍然在隔天晚上实施了。而为了让计划顺利进行，我只得配合，帮忙完善了细节。

这个舞会，说实话我本来的计划是迅速地来，迅速地走，惊艳亮相，却溜得飞快，留下悬疑，不愿意高调。另外一个原因是，因为不出意外，我真正的女神就要来啦！

可能会见到一个我不愿意见的故人。本来她回国参加大赛这个事情十有八九就是冲我来的，而且虽然相互之间的朋友圈一直没有评论，但心情状况还是一目了然。就在昨天晚上，我还看到她在朋友圈里发了一条：“故人重遇时，且行且珍惜。”然后是一身绝美的晚礼服的四张自拍照片。

只可惜现在被白芳婷擅自做主，又多了林红这个炸弹，整体控制上就有可能脱离掌握。我想了想，确定了在这个王子晚会上加大力度，就让暴风雨来得更激烈些吧，既然要让秦守意外，索性就从暗处转到明处，让他意外个够。

复仇戏码即将在晚会中上演，我这次要先给秦守点苦头吃吃，正好让林红这个事情放大。做好准备的我，在微信上发了一条朋友圈：“以牙还牙，十倍奉还！”然后附上了八张半泽直树咆哮的头像照片。没多久上面就有了好些评论和留言，其中一条是孙胖子留的：“我给秦总看了，他说你是逗逼。”这杂碎，当年跟着我混的时候，马屁拍得要多狠有多狠，现在做了叛徒也丝毫不知道羞耻。

“改一下，你大摇大摆进去，我负责带林红混进去，大家走不同路，你出声支援就好了。”

“为什么不直接一起进去？”

“因为秦守不是白痴，仙度瑞拉能够取得这么高分，是因为他没有扯后腿。而他没扯后腿，是因为他不知道仙度瑞拉是我打造出来的。要是让他知道，仙度瑞拉和我们一起进去，你别说见媒体了，连大门你都甭想进。所以，大家分开走，不到必要，别动到仙度瑞拉这张底牌。”

我说得慎重，白芳婷只有点头，而我负责找空隙，钻了漏洞，趁着巡场的保安没看见，带着穿着小礼服、盛装打扮的林红，从停车场进入宴会场地，安然入内。

“这毕竟只是个普通晚会，所以才有这么多空子可钻。”我道，“不过，这种场合我很熟，以前没少在这种地方约会。宴会上直接偷溜到暗处发展，是最刺激的娱乐活动。”

林红道：“你的风流史我可不想听，不过，渣男你总算有点用处了，但为什么不和仙度瑞拉一起来？芳婷又去哪里了？”

“因为一张邀请函只能让两个人进来，你当这是庙会吃流水席，人人都能来吗？芳婷笨手笨脚，我让仙度瑞拉带她进来，你一脸聪明样，就直接偷进来吧。”

“别用这个偷字，我们不是进来偷东西的。”

“………那就叫居心叵测的恐怖分子吧！”

说话之间，我发现这晚宴果然是嘉宾汇聚，六十多名佳丽与一众名流，还有许多媒体记者，正围着秦守访问，镁光灯闪个不停。我带着林红，往记者最多的方向走去，正要有所动作，忽然秦守注意到我们，短暂一惊，打个手势，一堆警卫已经无声无息地冲过来。

林红见到了这状况，低声道：“渣男，我之前好像忘了问，你很能打吗？”

“能。”我镇定道，“正常水平发挥下，一次放倒八九个小学生不成问题，幼儿园的话，数目还可以加一倍。”

“……你果然是绝世无敌的大渣男！”

我和林红的潜入，过程中也算看到不少东西，特别其他的参赛者，每一个都是艳光四射、风姿动人。几十名来自全国各地的佳丽，在水晶酒杯交错互碰之间，努力抢当记者相机的焦点。

在这些佳丽中，有三分之一都和演艺圈沾边，或是有着千丝万缕的关系，歌手、演员、模特儿，说得上是星光闪闪。本来在女神大赛中，知名度高就占便宜，除了仙度瑞拉这个逆向操作成功的，其他素人要出头真不是那么容易。所以最后的六十四强，不少本来就是媒体宠儿。

不过，到了最后，记者的目光仍只追着胜利者而动。当前比赛积分最高的前三名，分别是天后金雪、DM公司的花旦蓝澜，还有“神秘的灰姑娘”仙度瑞拉，这三个才是众所瞩目的对象，所有记者都在等待这三颗明星的到场。蓝澜一开始就现身，在总经理秦守的陪同下入场，万千仪态、性感而典雅的礼服，不知谋杀了多少记者底片。可晚会开始了十几分钟，其余两女则并未现身出来。

“金雪不会来吗？”

林红和我走在一道，看见记者们的表情，既遗憾又在期待什么。她知道仙度瑞拉等一下肯定会出现，却对金雪的情况感到好奇。

“不清楚，照理说是会的，但……我又不是她的经纪人，哪知道她到底有什么打算？光是她来参加这种比赛，就已经很奇怪了。”

“要是金雪会来就好了，不然看到你的前女友在那边耀武扬威，我就有气。上回我票被偷，去申诉的时候碰到蓝澜，我就有感觉，搞不好是她在背后搞的鬼，连带这次她也脱不了干系。”

“这个，以我对她的了解，你这么猜……还真不能说没道理，是她的可能性不小。”

我这么说着，目光也扫过场内的其他人，特别是积分排名在前十的那几个。

首先是蓝澜的好友，那个亿万富豪的女儿黄丽，她依旧满身名牌，拎着昂贵的皮包，手指上带着超大颗的钻戒，指尖还转着名车的车钥，堂而皇之地炫富。她对记者表示，这次家里为她砸下重金，大手买票支持，简简单单就进入前十强。

“只是随便拿点小钱来玩玩，不认真的，呵呵呵，反正我们家里不差钱，如果真有心要夺冠，那还不是手到擒来的小事？我们家很低调的，就是不想赢得太多，让其他人输得太没面子啊，呵呵呵。”

黄丽抿着嘴娇笑，虽然口口声声低调，但声音却不小，听在耳里，谁都觉得她嚣张。围着她拍摄的记者们，看似众星捧月，其实多半都是将她当成笑话在拍。

我和林红无暇理会黄丽，径直朝着秦守走去。他正拿着麦克风，在一众记者的包围下，侃侃而谈，说着对公司未来十年的发展大计，春风得意，全然没有防备。我和林红靠过去，打算发难，可没有走出几步，那边秦守就已经看到。他愣了一下，马上用眼神示意保安抓人。

保安动作很快，我这边才刚要闪，保安已经从四面围上来，人数还不少。双方一阵冲突后，林红的礼服被撕，露出一片雪肩。她还没反应过来，那个撕她衣服的保安，已经被我一拳击倒，但我也被几名保安盯上，整个包围住，一时不可能冲过去。

这时，已经有些记者被惊动，回头朝这边过来，还拿着相机猛拍。保安急急忙忙想把人带出，但一个礼服被撕破的大美女，实在太引人注目。越来越多人被这边惊动，纷纷拿起了手机，开始猛拍。

林红想要尖叫，可口半张，却被她自己强行忍住。她不想因为这声尖叫，让已经丢脸的自己，表现得更为耻辱，但心里的惊惶、难堪，让一颗泪珠嵌在眼角，险些就要落下。幸好在这时候，一个声音响了起来。

“这是在干什么？住手！”

一声娇叱，似含着女王般的威严，让人不由自主地照办。警卫们一下都松了手，我、林红挣脱开去。我第一时间脱下外套，给礼服破损的林红披上。抬头回望，看到了那个如凤凰般驾临现场的天后、我三年前的小助理——金雪。

几年不见，金雪的变化并不大，看上去跟白芳婷、林红差不多年岁，入行没有几年，但她一现身，周围就瞬间静默无声。接着，就爆发出一阵轰然欢叫，人们为了金雪的到来，鼓舞振奋，或是拍手叫好，或是挥手示意，哪怕她什么都没做，气氛也被炒热起来。记者往那边狂拍，全然无视这边引起的骚动。仿佛在这一刻，世上没什么比这位天后更重要。

不过，此刻这位天后所关注的，就只有林红。她穿着一袭紫色的晚礼服，裸肩长裙，V字开口，将她高挑的身材衬得优雅妩媚，光彩照人。此刻

她轻提裙角，利落大方，快步半跑半走，赶到林红这边来。见金雪走过来，我虽然知道她目不斜视地看着林红，但实际上余光全部集中在我身上，瞬间只觉得头疼。

“这是在干什么？这两个人是做了什么？需要这样子对待？难道作为保安，就可以随便打人的吗？如果是小偷，为什么不报警？”

金雪的声音并不大，可是此刻她所说的每一句，都是全场的焦点。她这边还在说，周围已经有人在拍照、录像。不想把这事闹大的秦守脸上无光，急急向身旁的人说了几句，让旁边的职员过去处理。

“你是选手林红吧？我知道你，你这一路的表现很好，我一直有印象。”

金雪对林红说话，引起周围一片窃窃私语，林红更是愣住。

“你、你知道我……”

“当然，我们是一起比赛的竞争者，每一个有实力的参赛者，我都会记住，虽然我没有进过直播室，但一直关注着比赛的进程，发生什么事我都知道的。林红你是很有实力的选手，我本来很期待能与你竞争的，你最终没能打入第二阶段，我觉得不可思议！你今天来到这里，是不是有什么话要说？”

金雪的话，只有我清楚什么意思， 她的关注点估计都在注意我的一举一动上了，真是无奈啊。但不明白内幕的林红的震惊是一波又一波，她很快就意会过来，这是一个大好机会，甚至可能是她的最后机会。因此，林红一下站直身体，将残破的礼服在身前绑起、打结，抬头挺胸，让自己看起来虽然难堪，却不显得狼狈，然后说道：

“要叫警察来是吗？我非常乐意，今天在这么多媒体前面，一次把话说清楚，我这里有我这一路参赛的资料留档。”

林红从皮包中取出一叠纸张，高声道：“有充分证据可以证明，我在大赛中所得的总分，远远不是我现在该得的这个数字。我有理由相信，我的分数绝对经过恶意窜改，这个女神大赛有暗箱操作！”

说话同时，光是看着那么多的镁光灯在身边闪烁，林红明天笃定上头条了。这时她看见蓝澜和黄丽，正站在人群的最外围，朝这边指指点点，伸手反指向她们——

“那个蓝澜，她就曾经当面对我说过，比赛是DM公司办的，老总是她的男人，比赛一早就内定好名次，冠军要给她这个当家花旦，别人根本得不到！”

林红的一指、一句话，把蓝澜推到风口浪尖上，在场观众全部回头，朝她那边望去，投以质疑、不满的目光。蓝澜眨着美丽的大眼睛，无辜的样子，道：“这绝不是事实，我不可能会说这样的话……”

“她不可能说？为什么？因为这种事情她坐享其成就好了，没必要说，就是真有这种事！”

远远的，我扯开喉咙大叫，自从金雪强势现身后，我就刻意往后退到暗处，不想被人发现，当然也有躲着金雪的意思。这时高声叫喊，就算是胡搅蛮缠，只要能打断蓝澜的话，就达到目的，林红把握住这间隙，大叫出声：

“秦守！你太过分了！为了捧红自己人，扯谎说什么千万奖金，办什么女神大赛，结果根本是玩内定，奖金一早就算好回流到自己荷包，连该给我们的分成都扣住不给，你——太龌龊了！”

全场哗然，事情一下恶化成这样，没有人扛得住，那几个受了秦守的命令，要出来应付媒体的职员，被这么汹涌的质问浪潮一逼，一下就溃不成军，支支吾吾，什么也说不出来。

“这、这是误会，大家不要被挑拨了，这两个人，一个是失败的落选者，一个是本公司被开除的前员工，他们怀恨在心，出来造谣生事，恶意污蔑，说的事情没有一件是真的，全是子虚乌有。我们将在稍后向他们提起诉讼，请大家千万不要被骗了！”

一个经理刚试图解释，马上被林红反呛：“什么子虚乌有？你们扣留了我的分成，这也是子虚乌有吗？那钱在哪里？”

“本公司有正常的财务流程……”

“扯什么流程？说半天就是扣着不给了，你们就是摆明欺负人、搞黑幕！”

林红一句叫嚷，周围更乱了起来。在远方暗处看着这一幕的秦守，气到握紧了拳头。此刻秦守不便抛头露面，只有怒瞪着林红。片刻之后，他才叫来了手下，耳语吩咐着什么。这时，有人出来投下了最后的重磅炸弹。

“大家少安毋躁，我相信，事情不一定是这样。”

金雪瞄了一眼躲在暗处的我，再次开口，让周围顿时的安静，这位绝色倾城的天后，说出的每一句话，都有这样的魔力与分量。

“我身为艺人，演艺圈我待很久了，我深信，演艺圈不是那么黑暗的地方。各位可能不知道，当初发掘我、鼓励我出道的恩人，就是DM公司的董事长。他对我说，演艺圈是一个梦想之地，只要敢做梦，总有一天会成真。我相信他的话，于是走到今天。可以说没有他，就没有今天的我，这也是我今天之所以来参赛的理由。”

听金雪这么说，我苦笑不已。所谓鼓励她出道的恩人不正指的是我吗？想起当年的种种，这个小助理已经成长为我都不敢认的超级女神，人生还真是无常啊。说这些，她分明是让我给一些回应，但我只能把头缩到人群更深处。这个女孩，当年欠她良多，如今真是没办法面对她啊。

有个极老套而我却颇有感触的一句话，这世界最远的距离不是天涯海角，而是不远千里来到眼前，却发现两人之间无话可说。最悲剧的是，两个人虽然在同一座城市，却无法相见，也没有理由相见，即使找借口相见了，却依旧要像陌生人一样。金雪眼中分明要诉说这些东西，但是我却承受不起。而我，也只能利用我天生的本能耍贱装傻，来避开其中的

尴尬与无言。

金雪说："我相信DM公司仍是当初那个领人逐梦的好公司。这件事应该只是个误会，该请主事者给一个交代，等一切都确定了，再来抗争不迟。如果DM公司当真做出这样的事，那么，我将退出这场令梦想蒙羞的比赛。"

一句话讲出，掷地有声，周围一下陷入无声，跟着就一片哗然。

金雪的地位，让这句话的意义变得不同。虽然一直以来，她对女神大赛没表现太多的热度，甚至说不上直接参与，可谁都得承认，女神大赛最初是因为她的参与而被炒热，如若她质疑比赛的公正性而退出，这将是一个无法弥补的损失。在舆论挞伐下，比赛也别想再办下去了。

一直藏身在后面旁观的秦守，终于坐不住，亲自跳了出来。他装作刚刚才得知这件事的样子，表现出极度的震惊与遗憾。

"各位，我还不清楚整件事的来龙去脉，但无论如何，比赛发生问题，就是本公司的失职。我谨以DM公司总经理的身份，在此向各位致歉。"

不想被记者越描越黑，秦守先行认错，鞠躬行礼，跟着道："感谢金雪小姐的信任，我会立马彻查整件事，一天之内，肯定给各位一个交代。请各位相信，DM公司绝对不会侵吞参赛者的分成，也绝没有试图影响比赛，黑箱作业之类的问题更是子虚乌有，谢谢。"

秦守明快果决地交代，周围不知有多少镁光灯围着他猛闪。不难想象，明天一早他肯定又要成为头条。以当前比赛的热门程度来说，搞不好不是娱乐版，直接要上社会版头条。

我冷笑着看完这一幕，在其他人注意力回过来之前，示意林红过来，两个人一起趁乱开溜。这边的事情告一段落了，我另外安排的一个伏笔差不多要出来了。原本计划让白芳婷在晚会上亮相，差不多也该登场了。

走在迈往大门的路上，林红道："为什么我们要走？那边还没给交代呢。"

“放心吧，你要的交代肯定有，他不是说了吗？明天会给出交代！”

我耸耸肩，说：“还是先离开这里吧，你妹妹那么久没出现，我总觉得很奇怪，计划并不是这样的。”

“你还好意思说！你的仙度瑞拉也根本没出现，要不是金雪来帮场，我们刚刚就要倒大霉了。”

“这两件事其实是同一件……”

“你说什么？”

“没什么，随便说说，别介意。”

我和林红脚步加快，没多久就走到了门口，那边正发生着骚动。要不是因为里头也正乱哄哄一片，估计早就炸翻天了。骚动的源头，是一个穿着白色礼服的绝色美女、女神大赛的前三名之一、“神秘的灰姑娘”仙度瑞拉。她正在门口被包围，一堆粉丝围着她索要签名。而这位大美女正在那边很认真地签着名字，像个刻石碑的老师傅，一笔一画都带着虔诚信仰。

这种与普通大明星不同的生涩，却偏偏让粉丝们感受到一种尊重，他们更加喜欢这位神秘的大美女，无论男女，围上来的人越来越多，签完一个又来两个，不但把仙度瑞拉层层包围住，更把门口整个堵住，水泄不通。

“……居然给卡在这里？”林红冷眼旁观，揶揄道，“哪有人会这样子签名的？你栽培的这女人是傻瓜吗？不过，那种专注的傻样，和芳婷有点像……”

“唔，对喔，芳婷呢？没看到人，提前回家了吗？”

我匆匆扯过一句，就往白芳婷跑去。都市神话的惊艳，就是要一闪即逝，不能长时间露脸在人前。她已经在这里露脸太久，如果时间再延长，就可能会出现问题，所以无论如何，要尽快把人给带开。

“抱歉，借过借过！”

我高声叫着，从群众之中挤过去，这本来不是那么容易的事，可听到我的声音，仙度瑞拉猛抬了一下头，也朝我这边过来，两边推挤，成功开出一条道来。

噗!此处应有BGM响起……

“抱歉，我耽搁了，你们……”

没等仙度瑞拉把话说完，我拉着她就往外走，什么也不说，但没走几步，前面就被人群给堵住了。我回头想找别的空隙，可骤然煞停，后方的仙度瑞拉停不住脚，一下撞了上来，就在这一站一跌之间，才回头的我，与扑跌过来的仙度瑞拉面贴着面，唇贴着唇，紧密地碰在一起，印成幽幽一吻。

这凭空而来的突兀一吻，令人群刹那安静下来，直到一阵惊雷似的引擎声响，划破这寂静瞬间。一辆轿车冷不丁冒出，飞快向我们冲过来。

Chapter 10　我的心情犹像樽盖等被揭开

遵守职业道德也好，良心未泯也罢，一直以来，我深知被旗下女艺人爱上绝非什么好事，但继“电梯事件”之后，人山人海之间，刚才误打误撞的一吻，令白芳婷这个连恋爱都没有谈过的小呆瓜瞬间石化。

与此同时，轿车的大灯刹那直射过来，我和她都被大灯的强光照着，一时间睁不开眼，只听到周围人群惊恐的窜逃声、呼救哀号声，还有那急飙过来的轮胎磨地之声。

我反应很快，想要躲避，但眼前的白芳婷似乎像打下千斤桩一样扎在地上一动也不动地石化了。眼见那辆不知名的轿车直直撞来，我把心一横，转身抱住她，用自己的背部挡住了撞上来的车。

霎时间，一切仿佛定格下来，我们的目光相对，两边交接，在对方眼中看到了惊惶、恐惧，还有一些说不清、道不明的东西。不过，这段不足零点一秒的对视很快就被切断。

“砰！”

一声巨响，我只觉得浑身上下的骨头都卡拉卡拉地响了起来。不会死在这里吧。巨大的撞击力量，将我撞得飞了出去。在空中我抱着白芳婷，还不忘记把她重重地推开。

肇事的车辆除了撞着我们两个，还另外伤了几个人。这时不远处另外有辆车快速开来，肇事的这辆看看情况不妙，急急忙忙退走，一下子开远，逃之夭夭了。

白芳婷倒在地上，一时间脑里天旋地转，站不起来，也根本弄不清楚发生了什么事，就这么躺在地上，听见周围人声乱哄哄的，好像有很多人围过来。她想要站起来，却怎样都没有力气。

忽然，她涣散的视线中出现了一道身影，摇摇晃晃，那一身的西装与头发，看来颇为凌乱，脸上还有着血汗。看在眼里，不知道为什么，白芳婷就是有一种想要哭出来的冲动……

“你……你没事吧？”

模糊而虚弱的嗓音，再一次蒙眬了白芳婷的泪眼，她想要开口说点什么，但发出来的，都是不清楚的呓语。

“我……我……”

话说不清楚，但也不用再说，因为没等听清楚她的话，意识不清的孟衍就摇摇晃晃地朝她这边摔来。昏迷之前，他最后一点意识是：小呆瓜，千万别受伤啊。心里想着，他就失去了知觉。

这一次，白芳婷反应过来了，她慌忙撑地爬起，一下将倒入她怀里的孟衍搂住。不管这个动作是否羞人，只要感受到那还温热的气息，就足够令她满心喜悦了。

接住倒下的孟衍，白芳婷有些不知所措，四面八方都看到有人围过来，她不知道该怎么应对。林红就站在十几米外，表情似乎也被惊呆了。白芳婷很想挥手向她求助，但不可以，因为现在的她还是仙度瑞拉，这个身份是自己和孟衍很努力才创造出来的……

紧要关头，又一辆车疾驶而来，一个急刹车，L形闪滑到仙度瑞拉面前。车门一下打开，坐在驾驶座上的是一名少女，正是冰冰，白芳婷一下傻眼。

“还愣着干什么？快上车啊！”

冰冰催促了一声，白芳婷一下回过神来，全力撑着孟衍一起跳上后座，在其他人围过来之前拉上车门。冰冰一踩油门，车子绝尘而去。

林红跟着其他人一起冲上来，看着车子开远，愣愣地站在原地。她取出手机，一遍遍拨打孟衍和妹妹白芳婷的电话，但一直响着的电话，没有人接、没有回音。

“……对了，那女孩，是招待我们化妆的那个……”

林红若有所思，而这件事情在不足半小时内，就成了新的网络风暴，无声无息之间席卷全市。

恐怕谁也料想不到，DM公司的一场酒会，居然会酿成那么大的骚动。先是有选手出来闹场，指控公司爆丑闻，跟着天后金雪出场，仗义执言，把一场可能各说各话的罗生门，弄到DM公司不得不面对，承诺在一天内给出解释。

光这样，各家记者就有一堆料，可以写满明日早报的头条，没想到大门口随即又发生一件更劲爆的事，“神秘的灰姑娘”仙度瑞拉，在众目睽睽之下，遭遇车子恶意撞击，目前下落不明。

有美女，有谋杀，还有现场一众差点也被撞到的目击者，兼具神秘与惊心动魄，能让一桩新闻爆红的基本要素，全都凑齐了，全城的记者为之疯狂，全体出动，搜索着各种有用的线索，甚至还惊动了警方。毕竟那么肆无忌惮的横冲直撞，完全就是刑事范围，涉及故意杀人、伤害、公共危险的罪名，警察不可能不出动。而他们虽然查不到孟衍与仙度瑞拉的下落，却对撞人的那辆车有了线索，指向本市的一些帮派人物。

这个发现，让事情的性质迅速变调。在媒体的渲染下，朝买凶杀人的方向推波助澜，至于动机更为各方揣测。一般来说，普遍被认为是参赛选手的妒忌与恶意妨碍，毕竟轿车是对着仙度瑞拉直撞过去，这名“神秘的灰姑娘”，就是眼下女神大赛的前三名，这个身份肯定引发人们联想。

各家媒体对此大书特书，让第二天的早报犹如炸弹开花，无数质疑、挞伐声浪，涌向DM公司，不但让那边客服电话被打爆，股价也不可避免地开始大跌。

“啪！”

不知是第几次，报纸被重重摔在桌上，秦守在自己的办公室里气到脸色铁青，怒斥着眼前的几名下属。

“……我叫你们干的是什么？我说给那小子一点颜色看看，而你们给我的是什么？你们找的人干了什么？你们是不长眼还是没脑子？做事不会看时间地点？”

秦守怒道：“我用你们是掩人耳目，不是要你们惊天动地！现在看看你们干的好事，我真该多谢你们了，八家报纸的头条，连电视新闻也报个不停。我花上千万广告费都做不到的事，你们一下全替我办成了，你们说我是不是该感谢你们？”

秦守一阵咆哮，轰得手下抱头鼠窜。这时办公室门忽然打开，一个人缓缓踱步进来，所有人脸色立刻变了。走进来的那个人，居然是蓝澜。

穿着粉色的小西装外套与套裙，打扮得像个干练秘书的蓝澜，模样典雅大方，一步一步还充满无穷魅力，仿佛那些看似平常的动作中，暗藏着无限风情。

“不好意思，我看你们谈半天没有结果，就直接进来了。”

蓝澜娇笑着走进来，秦守铁青着脸，挥手让属下离开。等这些人全数离开后，他看着蓝澜，道：“我应该说过，我办公的时候不要进来，你随便出入我办公室的特权，不是给你用在这种时候的。”

“真不愧是霸道总裁，其实呢，人家……也只是想来提醒你一些……”蓝澜美目流转，扫过地上散乱的报纸后，娇声道，“你可能忽略掉的事。”

“什么事？”秦守眉头一皱，直觉事情不简单。

蓝澜捡起一张报纸，上头印着一张车子撞向人的照片，照片中的仙度瑞拉，让她目中闪过一丝妒意。

“你之前一直想接触金雪和这个仙度瑞拉，想与她们合作来炒热比赛，昨晚金雪你接触到了，想必……她对你印象非常深刻。”

秦守哼了一声，没回应。蓝澜道：“金雪是大牌、是天后，不好操控，你本来的目标应该是这个仙度瑞拉，只是接触不到，现在……你反倒让别人捷足先登了。”

“捷足先登？”秦守一震，目光转移到报纸上的照片，盯着照片一角的孟衍，“你是说……”

“英雄救美，从来就是女人最爱的戏码，他得了这个机会，和你的灰姑娘搭上线，要是咸鱼翻身了，可真该多谢你呢。”蓝澜笑道，“他现在带的两个女孩，被你刻意挤出局，进不了决赛，但下次他再出现，搞不好就是灰姑娘的经纪人了，到时候，你们的赌约怎么算数？”

秦守的脸色很不好看，比起昨夜到今晚，被媒体教训得满头包，他顿时更重视起蓝澜所提出的这个问题。如果孟衍真趁这机会接触仙度瑞拉，手上等于立刻有了一张超级王牌。从实际意义上来说，自己等于已经输掉了。

“……这条臭咸鱼，居然也能翻身？”秦守恨恨道，“你说的只是一个假设，那家伙未必真能这么好运。”

“或许吧，但你不能否认，这种可能确实是存在的，而且你已经意识到问题严重了。”

蓝澜仍旧笑着，仿佛自己只是一个局外人，与这一切全不相干。

“其实……有一点我始终觉得很奇怪，这个仙度瑞拉，一直没人知道是怎么回事。没炒作、没刻意，一个横穿出世的美女忽然变成都市神话，这种事只有傻子才会相信……你不觉得，她的背后另外有只黑手在运作吗？”

“娱乐圈里的炒作不算什么奇闻，就算是网络红人，背后也有团队在运作，这种事情在圈内根本不稀奇，要说背后没有人才奇怪，你的意思……”秦守皱眉道，“仙度瑞拉的背后有团队在捧红她，那孟衍想去接触，当她的经纪人，就没有可能了。”

“……为什么你不觉得，可能打从一开始，孟衍就站在她的背后？他和你打赌，输了他就一无所有，这么重要的大事，他只随便找了两个不成气候的新人来参赛？虽然由于你的封杀，让他无人可用，但……真是这样吗？”

“明修栈道，暗度陈仓？”秦守道，“你觉得是这样？他真的有这种本事？”

“这就不好说了，据我所知，他在业界还是有些人脉的，不限于DM公司。你封杀了他在公司位置，不见得能封住他在整个业界的人脉吧？”蓝澜笑道，“我只是把我想到的可能性告诉你，怎么处理，就要看你的了。”

蓝澜说完就告退离开。秦守眉头深锁，苦苦思索，正要动作，忽然一通电话响起。他接起一听，本就难看的脸色，又糟糕了几分。

“……是，我知道你们会打来，事情仍在掌控之中……当然，少许意外在所难免，我会处理……对，股价很难看，我知道……你们怎么能这么说话？会是我故意坑害你们赔钱吗？我自己的钱也押在里头，股价大跌，你们哪个人的损失会比我还严重？”

说了几句后，秦守一拍桌子，站了起来，拿着手机，满面怒容，道：“当初你们让我设局把老董事长毒中风，说这么做之后全力支持我，现在我这边有点状况，你们就想不管了？恶人已经来当了，出了事情就说是我的错？告诉你们，没那么简单！”

恨恨地把电话挂掉，秦守看着自己手里的电话，有一股要把手机扔在墙上的冲动。半分钟后，他把这冲动付诸实现了。

在另外一边，尽管各大媒体、警局，都在追查孟衍和仙度瑞拉的下落，但无论是查市内所有的医院，或是调查街头的摄像头，都查不出任何结果。两个人就像空气一样，消失在这个城市里。

事实上，各家医院里之所以找不到两人，是因为他们压根就不在医院里。打从离开会场，他们就直奔冰冰家的那座大宅去了。

途中，在驾驶座上的冰冰一路飞车，白芳婷还是第一次看到，一个中学年纪的女生，不只会开车，还开得这么猛。途中冰冰还打了电话，找来了医疗团队，直接在冰冰家里会合，一点也不浪费时间。甫一停车，马上就有几名医生迎上来，将二人接至室内，调动各种精密仪器，检测伤情。

检查结果很快出来，白芳婷只有一点皮肉擦伤，消毒就好。孟衍身上的结论是应该也没有生命危险，只是要做点小手术，目前正在处理。据说冰冰不仅请来三十余人的医疗团队，连工作餐都是五星酒店的豪华外卖。其实搞那么大的阵仗，完全就是用大炮轰蚊子。

了解了孟衍的伤情，情绪一直紧绷着的白芳婷瞬间垮了下来，捂着脸，眼泪顺着白嫩的脸蛋滚落。

“太好了……真是太好了……他没事……”

美人落泪啜泣的画面，着实动人，对面的那个医生都有些看呆了。冰冰听见孟衍没生命危险，同样也松了口气，不自觉地伸手在眼角抹抹，跟着拍拍白芳婷的肩膀，故作轻松道：“好啦，没事哭个什么？他没生命危险，你该高兴，为什么还哭得稀里哗啦的？让专业的人去处理专业事，我来帮你卸妆吧。”

在冰冰家里的地下室内，冰冰替白芳婷卸妆。女人化妆卸妆都是家常便饭，但白芳婷的状况略有不同，她这边已经不是卸除化妆，而是卸除伪装，手续复杂。平常白芳婷自己一个人要弄好久，现在由冰冰来做，专业手段确实飞快，几下子就把妆卸得差不多了。

过程中，白芳婷一直有些神思恍惚。冰冰看了她的样子，摇头道：“别太担心了，这种事情对他算是家常便饭了。”

带着困惑，白芳婷让冰冰卸完妆，也接受完简单的治疗，就用自己的身份打电话给林红，说自己临时有事走了，没有到场……解释完之后就在椅子上沉沉睡去。

我觉得自己真幸运，正常情况下，被那么猛地撞击，早就去见阎王了，而我在冰冰叫来的医生奋力抢救下很快就醒了过来，但感觉上应该有可能断了几根肋骨，总的来说不算严重了。

“哇！有这样的人吗？我好歹也是伤患，在外头等我动手术，不是应该打起精神，随时准备迎接我吗？居然睡得这么爽？”

看着白芳婷的睡脸，做完手术出来的我扬了扬眉，一脸的苦笑。在旁边扶着病床的冰冰道：“她也不容易，普通人家出身的女孩子，没什么机会遇到这种场面，被大大吓了一回，精神一直紧绷着，能撑到现在已经很不容易了……你也是，麻醉还没全退吧？这么急着出来，想要做什么？”

“有件事情，我想拜托你……”

“有什么事情你就说吧！但我可不是万能的神灯精灵，不是有求必应，更不是什么事都做得到。”

“你自己来也好，或是以前的老朋友也行，总之动起人脉，去查查那个秦小白脸的底，包括他的背景资料、他在日本的生意状况，所有关于他的一切，我全部都要知道。”

豪宅之内，有一个私人小酒吧，我和冰冰坐在无人的吧台前，喝酒说话。冰冰摇晃着酒杯，琥珀色的醇酒中，苍白的冰块与玻璃杯碰撞出声，叮咚作响，映着她的红唇，构成一幕美得令人惊叹的画面。

听了我的要求，冰冰只是一笑：“你终于认真起来了？”

“开什么玩笑？我一直都很认真啊！事关荣辱性命，要是输掉了，我会很惨，一无所有被赶出公司，什么都要从头再来！”

“这次你搞什么灰姑娘计划，计划玩得很大，却没什么真正针对敌人的策略，不像你的作风。我一直觉得你不是很认真，有种兴味索然的感觉。”冰冰道，“现在你决定要认真干一场了？”

“之前我还没多想，我本来以为，秦守是迫不及待地想接掌公司，所以急功近利，搞了这个比赛。不过那天在电梯里，我说到股价暴跌的时候，他一下人发怒了，整个人失去控制，这反应有点古怪，我觉得不对劲。”

我补充道：“你帮我查一查，那家伙的所有资料，尤其是经济状况。我有一个不太好的猜想，说不定，这家伙比我以为的还要差劲，这场女神大赛的背后，还有些其他目的。”

“知道了，我会找以前当侦探的朋友，为你专案调查，但因为牵涉到日本那边，可能会花点时间。”冰冰认真应答着，俏丽的脸上依然没有表情。

这时，手机突然响起，我一看号码，忙不迭地接起。

“喂，嫣嫣吗？对，我没事……嗯嗯，放心，DM这个女神大赛弱爆了，韩国那个选秀规格才高，我们母星都有直播，说不定我父母会看到你喔……想你，亲一个。”

本来冰冰还只是笑着听，但听到后来，冰冰的表情越来越怪，一等我挂了电话，马上就问：“你这是怎么一回事？母星？你骗女人和你回老家见父母，我可以理解，但你父母不是早就过世了？还扯到外星球去，你这谎话也未免扯得太远了吧？”

“呵，你说得都对，不过，感情的事情就是这样，说爱的时候，就没人讲理性了。”

冰冰被我气得面色煞白，冷然道：“孟衍，你和这些选手接触，到底是为了什么？”

“你有张良计，我有过墙梯。小白脸暗中扣去林红的票数，将她挤出六十四强。那我当然不能闲着，我大赞那些女选手条件优越气质佳，鼓励她们放弃这边，去韩国参加‘宇宙银河美少女超级无敌选秀盛宴’的比赛，迎接真正挑战，展示最佳风采啊。”

“你……你就为了保证她们晋级，做了这种事？”冰冰满脸的错愕，“你这样做，她们就能晋级？太荒唐了，就算少了一个……”

“当然不只一个，杂七杂八的，还有五六个。有一个被我约去东京，帮她联系日本的团队包装，然后再杀到韩国，惊艳众生思密达；还有一个先被我约去韩国，先推荐经纪公司，完成报名手续，再让她去尼泊尔花三个月时间学唱梵呗，学成之后展示空灵之境；还有一个长腿妹妹，目前排在女神大赛第十七名，结果她毅然放弃，跑去韩国那边参赛，现在已经杀入‘全南道’三甲，韩国那边到处是粉丝，她不仅努力在学韩语，还每天国际长途缠着我教她母星的语言……”

我津津乐道，冰冰却皱起眉头，不客气地说：“你……弄到这种程度，你根本走火入魔了！”冰冰指着我，“哪有人像你这么疯狂的？你知道你自己在做什么吗？”

“很清楚啊，在不到一个月的时间里，和超过一百个女生接触，择人深入交往，然后详细介绍韩国那边的高规格比赛，鼓励她们要有更高追求，你以为我容易吗？换成是你，你早就垮掉了。”

“……虽然你真的很不靠谱，但是做到这种程度，我也是蛮佩服你的。”

我知道冰冰是在指责我，我也管不了这些了，这边聊完，我就起身离开。当白芳婷被水喷醒，我已经站在她面前了。

“嘿，你还有时间睡觉吗？今天有一堆事情要收拾善后，快走吧！”

撑着一根拐杖，头上包着绷带，我的样子看来挺糗，但……总算平安无事。

秦守承诺二十四小时之内给出交代，表现果然明快，第二天一早就宣布了几件事。

首先是仙度瑞拉遭遇撞车，DM公司深表遗憾，但这件事情与DM公司完全无关。

第二，为个别人员的工作失误而道歉，因为一些程序上的问题，导致分成金发放延迟，这点将会尽快支付完毕。

第三，出于不明理由，已经进入第二阶段赛的女选手，有四名放弃资格，转战韩国娱乐圈，走国际路线，造成整体名次变动，不足的缺额，由后面的人补上。这么一来，林红顺利地进入前六十四强，得以继续参加比赛了。

第四点的宣布，就让人有些匪夷所思了……

“为了方便联络以及一些不时之需，每一名参赛者，都必须要有自己的助理或是经纪人，没有助理或经纪人的，不能继续比赛。比赛过程中也不能换人，否则取消资格。这是大会新增订的规则，请各位选手在三日内完成报备。”

DM公司的发言人，在电视上这么宣布。莫名其妙冒出的新规则，着实让许多人为之一愣，接着就一片哗然。但相较于丑闻、撞车这两件大事，新增规则这回事就没那么了不起，人们吵几下就没声音了。真正看出这一条新规背后意义的，也只有知晓那场赌约的人。

“……虽然我从没想过能顺利把这秘密藏到最后一刻，但……”我抓抓头发，道，“我确实也没想过，那家伙会用这样的手段来挡我，这下子……真是没有搞头了。”

为了应付这个致命的第四条，我也采取动作，对外公布自己已经签下仙度瑞拉，担任她的经纪人，将一起进行女神大赛。这消息一出，业界又是一阵大地震，我的手机一整天都没停过，许多娱乐圈的旧同事与朋友，讶异于我的咸鱼翻身，从落魄失意到一下挖着了金矿，纷纷来问，但更多的……却还是各家媒体。

“什么？我是怎么签下灰姑娘的？这个……其实也很凑巧，就一辆车撞过来，我冲出去挡了一下，骨头都断掉好几根，痛到要死，真的好痛好痛啊，然后，就被送医院了……什么？昨晚各大医院都找不到我？”

我接着一个记者的电话，被问到这话，转头看了白芳婷一眼，念头一转，道：“嘿，你们当然找不到啦，这事不是自己遇到，我也不敢相信，原来那位灰姑娘还真是公主啊……”

这句话把旁边梳妆中的白芳婷吓到傻眼，错愕地伸指头指指自己，然后一个劲地慌忙摇手。我把她的反应看在眼底，却表现得视若无睹。

“……不是说真的公主啦，但可能有点外国王室血统也说不定，但总之就是富豪家，花园洋房带名车，我还看到了直升机……是哪位大老板的千金我也不知道，但他们家有家庭医生……对，自己家的专用医生，都快可以组成医疗团队了……很吓人吧？我都被吓到了！”

我一面在电话里夸夸其谈，一面很轻松地玩着手指：“那位富豪说我救了他的小女儿，要感谢我。又说他小女儿参加这个比赛，非常危险，要不是有我跳出来，可能就被车撞死了，需要一个好人来保护……好人当然就是我啦，业界谁不知道我人好？证据？我现在还拿着的拐杖就是证据！对啦对啦，就这样，我就成为灰姑娘的经纪人了。哈哈哈，就这样吧，改天出来喝茶啊，拜拜。”

一通话说完，我把手机扔到桌上：“搞定了，估计半天之内，就会有一堆英雄救美版本的故事满天飞，再加上昨晚事故现场的照片，这新闻足够闹腾上三五天，你这下子真是红了。”

“这样……好吗？你的谎会不会撒得太大了？富家千金——这也太夸张！”

“灰姑娘本来就是一个穴头，现在要炒作，炒作要的就是效果。这一锅料理已注定是麻辣，不多放点辣椒，怎么对得起大家期待？”

我笑着把事情拍板定案，白芳婷一切听我安排，也没有再多说什么，只是说：“我们现在……都这样了，要不要告诉姐姐？”

“喂喂喂，讲话清楚一点，什么我们都这样了，我可不记得我跟你有过怎么样啊。你随便乱讲，小心我告你毁谤啊！”

“我是说，仙度瑞拉的事情，要不要告诉姐姐？”

“真奇怪，当初是你自己说不想让她知道的，怎么现在就改主意了？你是觉得这样很光宗耀祖，想找她来一起分享喜悦吗？”我哂道，“别逗了，你之前既然选择不说，就一直别说吧。女人的嫉妒心我见得多了，这时候让林红知道，我怕她会多想，生出什么不必要的麻烦。”

“你在胡说些什么啊？红姐什么都比我好，从小她样样都比我强，哪来的什么嫉妒，你别胡说好不好？”

一直都显得温和的白芳婷，因为我说了几句林红的不是而动了怒，一下站了起来，替自己的姐姐辩解。我也不答话，就是这么看着她，淡淡地说："就因为她从小样样都胜过你，所以才麻烦啊！"

"反正你就是在胡说八道！"

"好啦好啦，我都是胡说，就你一个说得最对了，你爱怎样就怎样吧，反正警告我提出了，采不采纳是你的事了。"

我说着，让白芳婷自己处理，同时，我的手机响了一声，接到了短信。我打开来一看，愣了一下，是金雪的经纪公司。那天晚上我被撞的事情她也知道，让我带着白芳婷过去。其实只是为了看看我的状况，这么牵强的借口是不是也太笨了。但有些事情躲是躲不了的，还是去见下吧。想到这里，我转头对着白芳婷微笑。

"喂，你唱歌唱得不错，你对自己有信心吗？"

"还行吧，信心说不上，不过是有点自信，应付普通的K房唱歌可能不行，但穿上玻璃鞋变身之后，我不会丢脸的。"

白芳婷握紧拳头，努力表现出一副信心满满的样子。我看在眼里，说："维持这份信心吧，你马上就有发挥的机会了。"

"嗯？你要带我去唱歌吗？好啊，叫上红姐和冰冰一起去吧，我想介绍她们认识，我是说……更进一步的认识。"

"再说吧，目前你没那机会了，还有正事要忙呢。"我说道，"金雪的经纪公司发了短信给我，这位天后邀请仙度瑞拉，当她新歌MV的神秘嘉宾……既然变身之后就没问题，你不会说你不去吧？"

"什、什么？"

白芳婷一下跳起，急急抢过我的手机细读。上面所写的，正如我所告知的，是金雪邀请仙度瑞拉，在下周开拍的MV中参演一个角色，担任神秘嘉宾……整个语句非常客气，但怎么客气都好，这仍是一张来自天后的超重量邀请。

"不行……不行……"白芳婷连连摇手，差点连手机都拿不稳，"不行不行不行……真的不行，金雪是我的偶像，她就是我心中的女神了，我怎么能当她的嘉宾？我、我连抢她演唱会前排的票，都从来没有抢到过，如果让我去和她同拍MV，我一定会紧张死的！”

白芳婷的反应，让我哭笑不得，看来对她之前的培训还是不够，得要再加强训练才是。

不过，这个突如其来的邀约，的确让我很意外。

Chapter 11　分一丁目赠我

林 红

性别： 女

职业： 房产中介员工→孟衍旗下签约艺人→DM公司签约艺人

经历： 工薪阶层的单亲家庭的普通女孩。多年前抱回了幼儿时期流落街头的白芳婷，并说服母亲收养她。大学时期曾迫于生计短期从事过陪酒工作，毕业后进入房产中介担任销售。因母亲病倒，林红辞职参加“女神大赛”，想要赢取奖金，为母亲支付手术费用。

技能： 在紧张无助时会竖起全身的刺无差别攻击，坚决不服软，坚决不求助。该技能为被动技能，经常被外在事件如“金钱缺失”、“情感不明”、“妹妹被奇怪的男人勾引走”等触发。

属性： 嘴硬心软/外刚内柔/自强不息/傲娇/御姐

白芳婷接到邀请的同时，DM公司之内，也有一个人瞪着自己手机上的短信直发愣，就是打昨晚以来，一直心绪不定的林红。

“金雪……邀我当嘉宾拍MV？骗人的吧？”

林红看着手机内容，怔怔出神，短信内容写得同样客气，表示根据目前记录上显示，林红尚是自由身，没有经纪人，所以这封短信直接发给她，邀请她去参加拍摄。

……大明星找人拍MV，怎么会这么发短信？太儿戏了，应该是骗人的，但现在又不是愚人节，谁会和我开这个玩笑？该不会……有人在偷拍？

林红紧张地一阵思量，站起身在工作室内绕了一圈，翻翻找找，搜寻可能藏摄影机的地方，但一轮搜索下来，这番疑神疑鬼并没有得到证实。接着林红就顺着短信的号码回拨打了电话，接通了金雪的经纪公司。经过一番确认，证明了这短信的真实性。

这个突如其来的意外，将林红炸晕了。她当然也明白，这是一个天大的好机会，自己本来只是一个籍籍无名的新人，现在勉强算是半个网络红人，很辛苦地建立了自己的支持者，但其实还算不上真有什么名气。所谓的“成功踏入演艺圈”，只是自我安慰而已。

可如果能够成功拍了这支MV，那一切就不同了。以金雪的天后级人气，这部作品必然是重金打造，素质一流，完全是大片规格的拍摄，推出之后也必然轰动。能在里头哪怕演一个小角色，对于任何新人来说，都是求也求不来的好机会。不难想象，会有多少人挤破头去争取。但这天大的好机会，居然就这么掉在自己头上，这真是——中彩票一样的感觉。

“真想不通，为什么……会是我呢？”林红喃喃自语，“该不会是想挖我吧？”

话一出口，林红旋即又苦笑起来。她内心清楚，两个世界相差太远，对方……就算真看上了自己的潜力，想要挖角，也完全没必要在挖角谈妥之前，就给自己这样一个好机会，这是说不通的。

而电话又在此刻响了起来。

“喂！……什么？DM公司？”

一听到对方自报身份，林红的表情就变得很难看。不过，听到后面，她便不住点头。挂断电话时，林红的脸色已经恢复正常了。

原来DM公司方面来了通知，要恢复她应有的名次和积分，请她去签个字，补个手续。

林红虽是开心，又隐约觉出古怪，当即拨通了孟衍的电话。

“哦？”电话那头的孟衍素来谨慎，“直接打个电话通知就得了，还有什么手续要办？”

“不知道，不过他们说，要把我的分成提前给我，顺便签个协议……搞不好是让我封口的保密协议吧。”

林红耸耸肩，道：“我没什么关系，只要钱到手就好。之前我算过，怎么说也有个十多万了，拿这笔钱先去交手术费的第一期，开始做准备。后面想办法再赚个十多万，整件事就算了结了……哼，渣男，我是个恩怨分明的人，这件事……多谢你了，没有你和我一起去闹场，我也争取不到这个机会……不过刚才的账，我还是会另外找你算的。”

“哦……那倒是无所谓，你后面别把自己卖了就行了。”

“……什么意思？”

“也没什么意思，有钱人的钱可不好拿啊，那边如果真的是让你去签封口条约然后给钱，条约你记得看清楚，别想都不想就签下去……莫名其妙把自己卖了，可没人帮得到你。”

“……我不要靠别人的帮助，什么人的都不要。我自己努力，一个人就够了，不需要别人……”

也不知这段傲娇的说辞，算是林红的内心独白，还是对孟衍的回应。

林红有些倔强地挂断电话，匆匆推门出去。

那一刻，她只想早些领到钱，尽快去医院结清治疗费用，母亲早日康复。

一个小时之后。

林红去面见办事人员时，推开办公室大门进去，却意外了一下，坐在里面的那个人，赫然就是总经理秦守。

“你在这里做什么？”

林红看着坐在办公桌后面的秦守，直觉反应就是自己中了圈套。公司的大老板，忽然出现在这种地方，一副专程在这里埋伏的样……这怎么看都不是好事。

林红的第一反应只想掉头就走，但秦守指间拎着的那张支票，却吸引着她的视线。

“这是一张三十万的支票。”秦守晃了晃支票，道，“可以弥补你参赛至今所有的损失。如果你觉得支票信不过，也可以直接用这支票去财务室支领现金，绝对可以领到这笔钱。”

“……我的分成没有那么多钱。”林红有些不安地提出质疑。秦守也很大方地点头：“不错，你的正常分成，是十四万五千七百九十二，多出来的这十五万多，是我打算送你的。”

“你什么意思？！”

秦守挥舞着支票，林红的狐疑远比惊喜更甚。她深知秦守绝非善类，能拿回自己的分成已是虎口拔牙，这多出的数目，究竟唱的什么戏？

看着秦守一副似笑非笑、成竹在胸的模样，林红内心焦虑不安，只得惯用她刺耳的言辞来回击，顺便掩饰自己内心的忐忑。

秦守道：“三十万，你可以拿去替你母亲动手术。只要你点头，这救命钱你不用等到大赛结束，现在就可以拿。甚至……这还只是一个开始。”

不得不承认，秦守的这个提案，非常有分量，林红的心一下就被打动了，只不过，她还维持着起码的理智，忐忑道：“我不太明白你的意思。”

秦守冷笑道：“你应该多用脑子思考，想想到底是什么，让我觉得这个钱花得值得。”

林红认真想了想，答案很快出来了。

“……你不是想要签我吧？我目前是没有经纪人。”

林红想想都觉得有趣，之前自己一路奋斗过来，没有什么经纪人帮忙，顶多就是有人提供了工作场所和全套化妆、美容，结果到了自己打进第二阶段赛，居然就有人找上来签约了。先是金雪的经纪公司，再来是DM公司，她心想自己的行情是水涨船高了吗？

“让我猜猜，你该不会是因为和那个渣男有赌约，怕我签给了他，让他多了赢你的机会，所以想要把我签过来吧？如果是这样的话，那你未免太……”

“很遗憾，有点接近了，不过还是不对。如果情况一如之前，或许还有这可能，但现在这么做已经没有意义了，他签下了仙度瑞拉，手上有一张远比你更好的牌。你甚至连主力都算不上，签下你又能怎么样？更不值三十万。”

秦守道：“我要你做的事情正好相反，你去想办法，找那小子签约，正式成为他底下的艺人，与他合作，在关键的时候，做出关键的事，把仙度瑞拉淘汰下来。只要你能做到，那这三十万就只是定金，事成之后，我会再另外补给你七十万。”

“一百万？你要出一百万收买我替你做事？”林红苦笑起来，“虽然我很需要钱，但还不至于出卖自己。”

“确实如此。但如果按你之前的工资，给你二十年时间，你也存不下一百万。”

“和之前不一样了，我现在一个多月就能赚到十几万……”

“因为大赛而偶然赚到的机会财，我奉劝你最好别太把它当回事，也别以为那是你后面随便都能赚到的数字。”秦守正色道，“更何况，如果你真要在这一行站住脚，你不认为有必要和我维持好关系吗？”

林红一下默然，她不喜欢这个男人，却也不能不承认，他说的话是事实。自己若想在这一行继续混下去，DM公司的力量举足轻重，之前对立是没有办法，现在有机会接过对方的橄榄枝，还死硬着拒绝似乎没什么道理。

“他明着捧你们姐妹参赛，实际上只是用你们当幌子，吸引别人的注意，自己趁机去接触仙度瑞拉。你们在他而言，无非就是两枚棋子。”秦守看着林红，一字一字道，“他这么对你，我看不出有什么理由你要替他卖命？”

之前说的每一句话，都比不上这一段有效果，林红一下子变了脸色。对于这个指控，她没办法反驳，特别是想到孟衍平日的作风，她更难以否定这个质疑。

想到孟衍四处拈花惹草的恶形恶状，林红脸上露出怒容，不自觉地握紧了拳头。秦守见状，会错了意，以为自己的言语奏效，不再多言，只坐靠在椅背上，等着林红的回答。

林红站在那里，怔怔出神，脸色阴晴不定，几次想要开口，又没有能够说出，心情也剧烈起伏，脑里忽然闪过一个画面，是不久之前，孟衍那句“小心别把自己给卖了”——好像只是随口说说，可对照如今的情况，那渣男仿佛早已料到，才有这么一句叮咛。

心绪浮动，林红怔了好一会儿，才缓缓道：“这件事情……我不能立刻答复你，我需要时间考虑。”

“考虑吗？可以，本就没想过你会立刻回答。”秦守好整以暇道，“你可以好好考虑，但最好记得，机会可一不可再，失去了就不再回来。”

“你给的机会，就算没把握到，也没什么好可惜的。”

林红取走支票，转头预备离开，但走出几步，还是忍不住回头问：“真……真有一百万？”

“……你关心的问题总是很奇怪，不过，我体谅你，以你这样的小女子，执着在这种小事情上，也是合情合理。所以我告诉你，一百万确实是有，你要不放心，我们可以让律师来签正式合约。这三十万可以先给你。”

“我……先拿着？”林红质疑道，“你这么慷慨？”

“一百万是小数目，三十万就是慷慨？你在意的事情真是一再让我觉得难以理解。”

秦守淡淡道:“比起那些，你更应该想想……我虽然不做犯法的事，可定金交到你手里，你不做事，今后又还不出来，那么……我会怎么对你?”

林红变色道:“你威胁我!”

“这算威胁吗?我只是在说明我做得到的事，与可能会做的事，没有威胁你的意思，就算你拿这些话上法庭去，检察官也会告诉你没用的。”秦守道，“我倒更希望看见你聪明一点，珍惜自己的机会，做你该做的事，然后……”

林红怀着戒心地看了秦守，手再一次握紧，虽然考虑过，但最终没有放下那张支票，拎着支票出门了。

一小时之后，林红从银行出来，很惊喜地确认支票不假，自己成功地将这三十万兑现提出。

林红很快到了医院，交了第一期的手术费，得到医生的承诺，将尽快为母亲安排做手术。虽然她可以把整个手术款一次交齐，但想到秦守最后说的那些话，她还是感到迟疑，把剩下的钱留在手边。

回到家后，林红就径直跑进浴室去，直到现在也没出来。

我靠在沙发上，一边揉太阳穴，一边思考着各条隐约交汇的线索。白芳婷泡了杯粗茶递给我，又说要下楼去买水果招待我。

我回想起不久之前蓝澜的话，哪里有吃水果的心情，当即叫住白芳婷，单刀直入地发问:“你姐姐她……是不是以前在酒店干过?”

问这话的时候，我大概有一半把握，觉得这事不是没有可能。但话问出口，白芳婷的脸色一下变得雪白，像是触电了一样，从沙发上弹起。这表现……我知道不用多问，一切肯定是事实。

“那、那时候我们都还小，要交学费，又没有钱，妈妈的身体那时候已经不好了。我们在超市打工，赚的钱又不够……”白芳婷慌乱道，“有人介绍红姐去，红姐说只是去两周，就纯陪客人喝喝酒、唱唱歌，别的什么都不用做……”

“哈，所有骗女孩子下海的都这么说！”

“那时候我们也不知道啊，那时又没有女神大赛，看了有这机会，我们就一起……”

“等等！”

听到了意想不到的答案，这一次轮到我脸色发白。我从沙发上一下跳起来，结结巴巴：“你、你们？你也有份？”

白芳婷用力地点了点头，道：“我和红姐做什么都是一起的，那时候红姐要去，我怕她有事，就跟着一起去了。”

“你们真是姐妹情深……现在真是出大事了。”

我摸着额头，一下坐倒回沙发上。白芳婷摇着手，慌忙解释：“没、没有那么严重，我只去了两天，就受不了被灌酒，再也没去了。红姐也只去了一周。我每天都在门外头等她下班，接她一起回家的。就真的只是喝酒、唱歌，什么别的事情都没做过。”

“一次都不可以有的事，一天和十年是没差别的，虽然你们没做出格的事，但是难免被人认为瓜田李下的……完蛋了，这真是超级丑闻，要是只有她还好，现在连你也牵扯进去，要是这件事被泄露，你知道媒体会怎样吗？记者肯定会写‘女神大赛高人气女选手，惊爆夜总会三陪丑闻’这种超级杀伤力的标题。要是给人看到，你俩就真的红了。”

我抓抓头发，道：“情况很要命，还好有仙度瑞拉在前面挡着，不然光是你们两个有这个随时会爆开的丑闻炸弹，这比赛根本就可以弃权了……算啦，我想办法做点什么吧，你们陪酒的地方，叫什么？”

“不是猛龙不过江俱乐部。”

“……我怎么又有一种被雷到的感觉？这是哪门子乱七八糟的俱乐部？”

这名字取得真是够了……

这边话刚说完，浴室门忽然一下被打开。林红从浴室出来，就这么直直冲到我们面前，表情异常坚定，看起来像是刚刚下了什么决心。不知道为什么，林红的这个表情，让我觉得……不太安全。

“喂，你怎么了？”

“渣男，你这次走运了！”

林红看着我，一字一字道：“我决定和你签约，做你的艺人出赛。”

Chapter 12 有人来拍照要记住插袋

女神大赛的第二阶段，火热开锣，在正式开始的记者会上，又多了一段小插曲，DM公司宣布新的人事调整，由一度离职的重要股东——我，出任经理总监。

记者会上，镁光灯此起彼伏。我正与秦守并肩而立，笑容灿烂，以兄弟般的合影站姿，接受各路记者的拍照。

最近一段，我的运程颇佳。先是林红大闹酒会，勇气可嘉，严词抗辩的精彩表现，经过媒体渲染之后，使她备受瞩目，人气跟着水涨船高。再是神秘崛起的灰姑娘仙度瑞拉光彩照人，再加那晚英雄救美的浪漫事件，几乎将我俩变成了现下里的都市传说。

我最会审时度势，情知这个形势下与秦守值得一谈。但料定这小白脸打算翻脸不认账，数日前我打电话过去，要求兑现电梯里的赌约，结果秦守果然耍起无赖。

“什么？秦总经理不认账了？这这这……你堂堂一个总经理，居然说话不算话，你不是说认真的吧？”

意料之中，秦守硬着头皮道：“我就是食言，你能怎么样？别以为手上有份破录音，就要胁我做什么了，我有的是钱请律师，和你走法律程序！”

“是啦是啦，你钱多势力大，还可以用公司的钱请律师团，要玩死我易如反掌，我还真没本事把你怎么样。但我至少也可以有样学样，你说话不算，我就学你食言。这个什么神女大赛，我不玩了，赌约作废，你永远也别想得到那百分之五的股份。”

“你敢！”

听见这威胁，秦守愤怒得差点捏碎手机："你做不到的，我们已经签订过合约，你想退赛，那就是输，股权自动就归我了，你根本没有自由退出的余地。"

"说你蠢，你还真是蠢得厉害！游戏规则这种东西，只有在大家愿意一起守规矩的时候才有意义，现在你第一个撕破脸，告诉我以后不用照规矩玩了，你当我是只懂法、不懂现实的傻瓜吗？"

电话这一头，我冷笑道："不错，我签了合约，违约了是我输，但懂得把法律拿来当玩具的，可不只是你一个，更不只是你一个人会找律师，我也有不少这一行的朋友。如果不求胜，只求浑水摸鱼与拖延，反复上诉加申诉，一场输定了的官司，都可以拖很多年才宣判。十年八年或许吃力了点，两三年肯定不是问题，就不知道……你有没有这机会去等……"

说这样的话，我一半是要挟，另外一半是试探他的真正想法。那次撞车后，我的疑虑一直存在，这个人的真正目的应该不只是为了赶走谁，或者是想在公司坐稳位置而已。对于上市公司而言，股票暴跌最多也就是多了对股民的解释工作而已，只要公司本身的业务没有受到影响，股价自然会慢慢涨回来。但他似乎急于让股价上涨，这种急切有点不正常，不像是想长期做总经理。而且，他对我的百分之五的股票异常热衷，如果不是为了套现，多百分之五少百分之五，并不能真正对他在公司的掌控力有多大的影响。

"……什么意思？"

"很简单，怎么来的人，通常就怎么去，你这个总经理来得那么突然，谁知道你会不会一下子就消失掉？你总经理的位置，真有那么稳当？你就那么自信你还一定在这位置上？"

"哼，你要是觉得我不行，我随时可以和你赌第三局。"

为了加强试探，我特意继续引导秦守，果然不出我所料，他回答的时候语气虽然说得强硬，但却有些外强中干。

回到发布会的嘈杂声中，我渐渐占了上风。电话交涉之后，秦守终究是不愿节外生枝，不想在彼此撕破规则的情况下，增添不必要的风险，遵守了与我的赌约，将我重新礼聘回来，并且开了一个记者发布会，提供给我一个重新登场的舞台……

“……我和秦总经理的交情，可真不是普通的好，是非常的好，相见恨晚的好，他是我铁哥们、知己。这次女神大赛，只是开端，将来我们必会携手合作，把DM公司发扬光大。”

我像喝多了一样，在讲台上挥手大叫、大笑，话都是搂着秦守一起说的，一连抛出好几枚大炸弹，炸得底下的记者晕头转向。

秦守的表情非常尴尬，明知我是反话正说，却只得在镁光灯前维持风度，展示笑容。

只待到了静处，秦守才冷脸抛出一个大概可以肯定的问题。

“……有四名女选手，本来打入第二阶段赛，却忽然说要去韩国发展，这件事该不会与你有关吧？”

“总经理说笑了，我哪有这么大的能量？是恰好韩国有个宇宙什么选秀在同期进行，偏偏你的选手素质高、有追求，我只不过鼓励一下，帮她们牵个线。你该觉得庆幸，林红的名次够前面，马马虎虎四个人转国际线路就算了，要是她名次太后，一大半选手跳槽去什么‘舞动美利坚’、‘巴黎星跳跃’、‘LADY去哪儿’、‘印度好声音’、‘江户好歌曲’，或者‘世界小姐就是你呀就是你’之类的国际化大舞台，啧啧，看你怎么办得下去？”

“无耻！你就为了要拉人下来，居然……居然做出这种事！”

“我没有欺诈她们，也没有强迫她们，秦总怎么说我无耻呢？一切都是大家你情我愿，愿意留下的留下，愿意去其他地方大展宏图的就潇洒离开。秦总，这说明你的选手都很有国际潜力呀！”

我露出一个阳光的笑容：“我想媒体一定很乐意把这事大大张扬，做成专题报道，顺道夸奖你有识人之明，让你大大长脸。”

包括自己之前像情圣一样穿梭游移，夜以继日，也不知费了多少精力，花去多少时间！花前月下，交心恳谈，身心俱疲，这才使得那些女选手转移路线，主动弃赛。

而我所做的一切，其实就是为了让林红在比赛确定名次之后能够以替补的形式补上第二阶段的名额缺口。而现在完成这个事情之后，我只觉得浑身轻松，竟然有一种解脱了一样的感觉。但我很清楚，林红身上正在发生一些不好的转变，而这个转变隐约中有着秦守的阴影。

次日晚上，林红约我在浮萍居酒吧见面，似乎也印证了我的隐忧。

对林红的感觉，我说不清楚，我的关注度一直都在小呆瓜白芳婷身上。虽然说林红很漂亮，但我原本估计短期内她不会成为我的签约艺人。帮助她花那么大精力，说白了也是情非得已。没想到，她却主动成为了我的签约艺人。不知道是开窍了，还是自暴自弃，但是从好的一面考虑，却算是我的意外收获了。

至于林红私下和秦守达成交易的可能性，我不是没有考虑到，却并不是特别担心，说到底还不是钱，只要让她在后续的比赛中赢得足够的资金，她要强的性格自然不会被秦守利用，怕就怕秦守拿来什么足以要挟她的把柄。不过兵来将挡，有我在，这些事情总是还可以受到控制的 。

思量间，我已来到酒吧门口。还未推门，侧边却有一记阴影飞扑上来。我闪避不急，暗想要吃苦头，一边抬手护住面门，一边飞速地酝酿求饶的台词。

谁知那阴影欺到身前，竟停下来势，继而也不言语，就用她三分幽怨七分娇嗔的眼神望定我。

“哎呀吓我一跳，我以为是谁嘛，原来是紫嫣小姐，真是幸会幸会。这么巧，怎么你也在这里？”

“我在这里等你三天了。”她咬着嘴唇，表情隐忍，眼神中却透出一丝暌违重逢的兴奋。

“可是……多谢！”我缓缓点了点头，“是啊，是啊，这个秋天不一样。可

差点忘了还有这茬了，维尼斯坦星人盂衍又开始一本正经地胡说八道了哈哈哈哈 >_<

是，我真的明天就要回母星去了。”我话不多，表情却非常凝重。

“你不能就这么走了，我为了韩国的比赛，连这边的六十四强资格都放弃了。你的母星呢？拿证据出来给我看啊！”看来她的情绪压抑了很久，要不然不会这么死命拉扯着我胸前的衬衣，来回摇撼我的身体。

我只好坦白：“好吧，我承认，母星是假的，不过韩国的比赛是真的，你现在不也成绩不错吗？听说还有了自己的粉丝会呢！恭喜恭喜!”

“少扯开话题，你和我接触那么久，不会就是为了让我去参加韩国的选秀吧？”

“咦？不然呢？以你的资质，确实应该去更大的平台发展呀！”

“啪！”

一声脆响，我的脸上多了一个巴掌印，愤怒的紫嫣扭头走出酒吧，扑进夜色，我看着她的背影，摸了摸自己的脸。

“能不能给个解释，你到底在干什么？我以为你只是整天乱泡妞，你还骗财骗色？”

目睹了一切的林红对着我拍着桌子，一副兴师问罪的架势，俨然就像是警局的女警对着犯人审讯。而在咖啡桌另一端的我，微举双手，示意投降，只希望她能小点声音。

“你干出这种丑事，芳婷她知道吗？你到底为什么要做这种事？你不怕坐牢吗？”

“我哪有骗财骗色呀，明明给她介绍了更大的舞台，哪知道她会错意了……好吧，这个巴掌是多送的。”

我说着，两手一摊，道：“你刚成为我旗下艺人，就这么嚣张，什么时候轮到你来管我的私生活了。”

“你以为我想管啊？你那点破事，我巴不得有多远离多远，要不是……”林红说着，露出怀疑的神色，突然间她似乎发现了点什么。能够有四个选手决定去韩国发展，韩国的选秀档期又正巧与DM的女神大赛时间冲突，令她才能够以替补的形式进入第二阶段，参加PK赛。“真的只是这样？你别把我当成傻瓜啊！”

“……那你希望听到什么答案？”

我笑道：“你是不是希望听到我说，我是为了让她们放弃参赛资格，所以才故意去接触她们的？为了让你们能够顺利升级，才要做这种准备？这答案是你要听的？”

“但你根本没必要这么做啊，芳婷她根本……”

林红道：“她根本不可能进二轮赛，就算你让前六十四名都丧失资格，她也……”

说着，林红自己也纳闷起来，似乎不明白我这么做的理由，只是望着我，投以质疑的目光。

“是啊，你妹妹名次垫底，怎么都进不去，那我又何必多此一举？”

“难道……”林红站了起来，一脸的难以置信，“你总不会说，你是为了我而这么做的？这种事哪有可能啊？你和我根本就……”

“你不觉得自己很奇怪吗？”我嘲笑道，“很多事情你又不信，又爱问，但既然我解释了你也不信，那你问我干什么？”

“我……我这是……”林红想想，真不知道该怎么解释，改口问道，“先不管为了谁，你要让她们退赛，就没有别的办法吗？要这样拐一大圈？”

“更省时省事又更有效的方法，不但有，而且很多，但游戏总是要在一个规则之内，才玩得起来。”

我接着说：“什么方法都可以用，但如果要打破规则，开出先例，那么，必须要面对的风险，就是被人以牙还牙。”

林红闻言默然，望向我的眼神变得复杂。

“你以为我整天‘泡妞’，是为了什么？”我用深邃而淡定的眼神望定她，从容道，“面对秦守这样的人，我也有我的算计。”

我这时说话的样子，应该很像梁朝伟。

半晌，林红缓过神来，拿捏着说辞，细声道：

“你……”

“嗯？有什么指教？”

“我以前对你……好像……”

“呃……想那么多干什么，第二阶段学聪明点，别掉到陷阱里，我能帮你第一次，未必帮得上第二次啊。”懒得继续绕圈子，我认真地说。林红不是白芳婷，有的时候该点破的还得点破。

林红更是一句话都说不出来，似乎有些感动地看着我。

我摇了摇手，打断她的思索，拿了电话，表情立刻变得神采飞扬：“喂，老陈吗？又有新人介绍给我？好啊好啊，人怎么样？有什么才艺？太普通的我可不要。我现在身价不一样了，仙度瑞拉是我旗下艺人，女神宝座唾手可得。你放话给她们，如果通过了我的审核，就能……呃……就能接受我的栽培，当仙度瑞拉的师妹，进军国际影坛……什么？我说的话当然算数啊……你等一下，我先处理点事。”

说着，我一手遮着电话，对着林红小声道：“我要开始为后面的赛事做准备，你先回避一下吧，等会儿应该就会有新的师妹来这里……”

话没说完，就被林红一杯水泼在脸上。她在转头跑走之前，还不忘扔下一句：“你果然就是一个渣男！”

no zuo no die
why you try~

我看着远去的背影，抹了抹脸，一脸的无奈，对着电话道：“可以继续了，把日本那边的消息告诉我。”

最近我在安排人调查秦守在日本的消息，并且有了一些眉目。秦守背后似乎有一个叫奥斯卡的日本公司。这个公司，可能不那么简单啊，而负责中国业务的，是一个叫萧天泉的男人。这个所谓的部长，老陈怎么查，都查不出来他的过去。

萧天泉？
哮天犬？

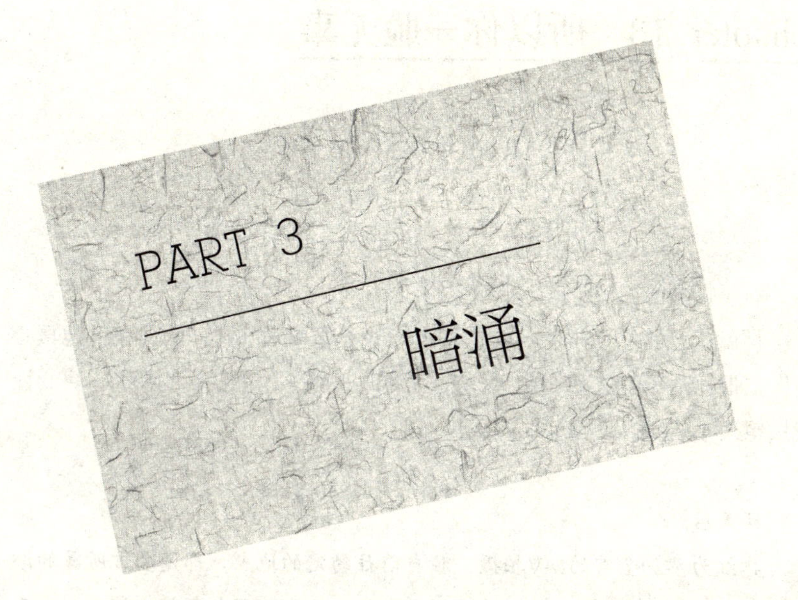
PART 3
暗涌

Chapter 13　所以你一脸无辜

有一幅画面，曾经是我所期望的。

那就是当年那个学生气的小助理能够不事事来问我。而现在，她真心自作主张，尤其在成为好莱坞巨星之后霸气侧漏下一厢情愿的帮助，真心让我只想大呼：Please！My Goddess！

两天后。

林红为参加金雪的MV拍摄，独自前往约定的地点。那是金雪所属的演艺公司，在那里，林红见到了金雪的经纪人，双方有了短暂的交谈，对方表现得非常客气，似乎对林红的条件极为赏识。林红本以为对方有意招揽自己，不知道该怎么和对方解释自己刚签完约，没想到，对方客气归客气，却从头到尾没表示这样的意思。

“……也太奇怪了吧，又不是想签我，把我找来干什么？难道真的只是叫我来看看？这些人也太奇怪了吧？”

坐在化妆间里，林红的心情总是起伏不定。困惑源于那日秦守的话。

幸好，秦守在那天之后，就没再联络她，像是忘了所说的话一样，没有来找。

怀着忐忑不安的心，林红专注于眼前的剧本。这剧本两天前就用快递寄给了她，是这次MV的拍摄脚本，长度倒是不长，也没什么对白可言。内容是一个公主，偷偷喜欢上一个很会唱歌的青年，心情随他而变动，在恋爱中，一下有如天使，一下仿佛恶魔……

几分钟的MV里，除了公主本身，天使、恶魔都有实际的形象，不用台词，纯用表情、舞蹈，来演绎剧情与内心的情感。虽说时间不长，难度却不小，如果在舞蹈上没有相当基础，又或者只会死板板跳舞，表达不出舞蹈中内涵的人，绝对无法完成这个表演。林红初接到这剧本的时候，完全惊呆了。

不光是舞蹈与音乐的要求高，在这脚本的最后，还有十几页服装设计图，林红所扮演的恶魔，从礼服、长靴、手杖，到发饰、护腕，每一个小地方都精心设计，仔细制作。光是从这份计划书中，林红就看得出这支MV的水准。

"……这就是……不同层次的演艺世界……这就是……真正一流的世界标准？"

在最初看完这脚本的一瞬间，林红生出一丝战栗感，本能地想要退缩，觉得从没有过类似经验的自己，接下这种远超个人实力的东西，只会出丑丢脸，万万不可以。然而，混乱的情绪很快便冷静下来，将恐惧取而代之的，是一份期待与热血沸腾。

她一直以来期盼的，不就是一个上台面的机会吗？只要能上台面，她相信自己通过努力，不会输给任何人。说到底，她本就是个一无所有的新人，失败了也不会比现在更丢脸，有什么好畏首畏尾的？

"嗯！干了！"

"今天只是试镜，不用想得太复杂，也别太拘谨，除了量身试衣服，顶多看看剧本，试试动作，所以你也不要太紧张，用平常心去应对就可以了。"

一面开着车，我不忘叮嘱。已经变身成仙度瑞拉的白芳婷，坐在驾驶座旁，难掩紧张神色。

"你怎么了？别告诉我你很紧张啊！从比赛开始到现在，你也算得上身经百战了，今天不过就是去做点准备工作，连金雪本人都见不到，你紧张个什么劲啊？"

“那个……不一样啊，我是第一次这样去见人，感觉……好怪异。”

白芳婷的紧张可以理解，平常变身为仙度瑞拉后，她的穿着基本上超级华丽，不是晚礼服，就是特殊服装……这些华丽而夸张的装扮，对外形成了一种气势，对内……也像是一件厚厚的甲胄，武装起白芳婷的身心。

不过，此刻坐在车上，脸是仙度瑞拉的脸，可衣着却特别简单，一件白色衬衫，底下是普通的牛仔裤，外头披着草绿色的外套，朴素得有若平民百姓的扮相，让白芳婷觉得异常陌生。

“这个没办法啊，你是去试镜、见识场面，难道还穿着全套公主礼服去？你是去配合还是去示威的？当然要穿得朴素点。放心吧，冰冰保证过，你这妆没问题的。”

“……嗯，我知道的，只是有点……别理我，我会调适好的。”

白芳婷刚说完，我忽然一下急踩刹车，白芳婷也吓了一大跳，定睛一看，前面不远似乎发生了车祸，一个老人家倒在地上，头破血流的，旁边是一辆倒在地上、快要散架的自行车，还有一堆围在旁边看的人。围观者和他们的车，把路给堵了一半。

“……那边，好多人围着，怎么没人下去扶一把呢？”

我观察着周围的群众，已经有人在拨打120了，而我们开拍MV的时间要到了，就算下车帮忙也帮不上，倒是仙度瑞拉的出现，说不定会引起骚动，反而让这个简单的车祸变得复杂。

没等我确认状况，白芳婷就开门跳下了车。虽然说车速不快，可这样的动作，还是把我给吓到了。我紧急刹车，大声喊“喂”！

在骂声中，白芳婷已经冲入人群中，扶起了那个老人家。我赶紧拿出手机，开起录像功能，从车里录下整个过程。不到几秒，就有人开始窃窃私语，认出了这个素颜却美丽的牛仔裤女孩。

不出我所料，紧接着，事情就急速升温，所有人都拿起手机猛拍、猛照，越来越多人围过来，将整个路段挤得水泄不通。当白芳婷终于扶起老人家，想要送到外头去，所见到的是一圈又一圈人墙，还都没有让路的打算。

结果，还是警察与救护车解了围，将人群分开，把老人送上救护车去。老人走时拉着白芳婷的手，千谢万谢，白芳婷频频点头。我下车后，努力护着这个丫头，脑里却在思索该怎么从人群中逃开。趁着警察维持场面，我在救护车开走的一瞬，拉着白芳婷飞奔出去，跳上车逃走。

“呼，好险啊，我差点以为回不来了。”

“确实好险，你招呼不打一声就跳车，以为这是动作片啊？”我狠狠敲了白芳婷一记脑袋，平缓下来，“不过，也不错，你做了好事，这是一个很好的宣传机会。”

“我、我不是为了宣传才去的！”

“谁管你啊，名人无隐私也无自由，你对外干的每件事，都能成为大新闻，更别说这种又见血又造成骚动的事了，旁边还有那么多人摄影录像，估计晚点见新闻，现在……应该已经有微博了。”

灰姑娘你真是太善良啦~
>_<

“你别做这种事啊！我只是看到一个老先生受伤，没有人帮，很可怜，才下去帮忙的。这就是一件很普通的事，是人都会这么做的，你别把这种事情放大，我觉得很丢脸的。”

“还用得着我做吗？刚刚那么多人，你不会以为他们拍照只是想自己回家看看吧？早都顺手发微博了。”

我说着，又狠敲了白芳婷脑袋一下。她吃痛叫了一声，不过当情绪平复后，她忽然冒出了一句：“我觉得……感觉很好。”

“哦？什么感觉？”

“我……一直不是很醒目的人，从小到大，都是红姐照顾我，有什么问题，她都抢着去做，替我挡在前面，我没什么机会亲手做。现在能靠自己的力量帮人、帮到了人，我觉得……很满足，感觉很好。”

“哦……”

我闻言，瞥了白芳婷一眼，眼神有些严肃，白芳婷没有察觉，只是微

微握起双拳，精神满满的样子："最开始当仙度瑞拉的时候，我……不太适应，被那么多人注视着、捧得高高的，好不习惯……可最近，我越来越觉得，这样也不错，特别是如果能用我的影响力，来帮到什么人，完成什么好事，那……就算一直这样装下去，也没什么不好！以后也许我们可以接一些公益工作，去看看老人、孤儿之类的，做做服务……"

白芳婷自顾自地说着，表现得兴高采烈，而我在旁闷不作声，眉头却紧蹙起来，不时透过后视镜，看一眼白芳婷的表情。

车子很快就到了目的地，下车时，白芳婷低着头，不想让人认出，由我在前面引路，就这么一前一后，来到定妆处。刚一脚踏进去，我就停下了脚步。白芳婷抬头想看看发生了什么，也呆住了，里面的林红同样不知所措。

一见到林红，我就知道是怎么回事了。金雪发给仙度瑞拉的剧本，我看了一遍，这个公主明明指的就是她自己，而歌手则是当年立志成为小鲜肉的我。又莫名其妙地增加了两个看上去完全用不上，却强加进去的女性角色，公主妹妹和姐姐。妹妹明显打算让仙度瑞拉演出，我一直在考虑姐姐是谁，没想到居然是林红。

这确实是一个意外状况，但横竖不可能立刻转头跑，那就不妨将这当成是一次机会。我连忙打招呼说道："林红你也在这里？我身为你的经纪人，你怎么私下接了活动，不和我打声招呼？"

我的话，多少让林红清醒了些。林红刚要回话，外面又有一个声音，带着揶揄传来："哦？你们不是一起的吗？我……邀错了？"

白芳婷、林红愕然回头，她们没料到，金雪居然就站在门口。

"你们好，我很高兴你们能来，我们一定能携手打造出一个很好的作品。"

说着这句话，金雪在几名助理的簇拥下，如女皇般走进房间。刚刚结束上一个拍摄工作的她，脸上带着淡妆，近距离看起来，艳光照人，更带着一股说不出的气势。白芳婷和林红看多了她的MV，一见本人，都不由自主地紧张起来，大气不敢喘一声。

唯一还维持正常的，只有我，气氛却略显尴尬。

宇宙从诞生到现在，时刻不停地膨胀再膨胀，经历了大约一百五十亿年。

在广袤时空的一隅，众星汇聚成银河，太阳不过是银河系猎户旋臂上的一粒微尘。

而从太阳诞生之后，有个不起眼的星球，地球却孕育了整个人类作为智慧生物，有了文明。

文明，在上帝的书中写道：女人是男人的肋骨。

所以女人，天生就懂男人在想什么，天生就知道如何让男人无可回避。

我一看到金雪进来，双眼立刻发亮，一个箭步跨出去，握着金雪的手猛摇："哎呀，这是金雪小姐吗？初次见面，你好，我叫孟衍，谢谢你照顾我家的两个艺人，她们都是很认真，很努力的新人，将来一定会很有出息的。"

我边说话，边握住金雪白嫩的手。金雪身边的几名助理，纷纷朝我怒目而视，白芳婷和林红也觉得丢脸到不行，偏偏我装作像是看不见一样。

"哦？孟先生吗？初次见面，你也太客气了，不过，你好面熟啊，以前在哪里见过吗？"

金雪的手被我握着，却仍显得神闲气定，像见多了这种场面，淡然回问。而我听了，微露尴尬之色，这个女人让我总是不知道怎么回答："哎呀，这个……我以前也出过道，灌过专辑，可是混得不怎么样，不能和大明星相比。金雪小姐可能是以前看过我的专辑吧？和你实在差太远了，真是同人不同命呢……呵呵，我今天真是太幸运了，居然能握到大明星的手。"

"是啊，演艺圈的事情，还真是很难说……"

金雪的表情一下转冷，在我的口水滴上她的手之前，近乎强力地把手抽回："初次见面，幸会了，哪位可以帮忙一下，带孟先生出去坐坐？"

话说得很客气，但两名孔武有力的保安进来，一边一个，把我拎了出去。我虽然挣扎，表达反对，那两个保安却充耳不闻。

支走了孟衍，金雪这才回转过头，对着两女道："浪费了点时间，不好意思，我让你们的经纪人在外头稍微休息一下，单纯与你们研究点细节，可以吗？"

金雪也让助理们离开，就留下白芳婷与林红，三人一起讨论工作。刚开始，林红和白芳婷都有些拘谨，慑于对方天王巨星的身份，一字一句都说得很小心，大气也不敢多喘一下，不过，她们很快就发现，这位天后没有什么架子，言谈之间，表现得异常亲切，就像个学校里的大姐姐，既有专业知性，又幽默风趣，相处起来一点压力也没有。

然而林红、仙度瑞拉这两个同属孟衍旗下，表面上没怎么相处过的陌生人，彼此间气氛却有些尴尬。刚开始讨论的时候，两个人互相不接话，偶尔视线碰在一起，都不约而同地把脸转开。

金雪明显注意到了这一点，在讨论MV的拍摄时，巧妙地引导气氛，让她们从分别发言，到面对面地彼此讨论，再到敢于正视对方的眼睛。或者说，白芳婷的信心被建立起来，敢在林红的面前演出"仙度瑞拉"，侃侃而谈，不怕被对方识破身份。

试镜变成了会议，会议的最后，金雪提议三人直接试演一回，作为首次的排练。这位天后显然是个性急的人，一讨论完就要立刻排演。

对林红、白芳婷而言，今天已经是一连串的意外，她们原本没预期见到彼此，也没想过会在今天就与金雪面对面。

可金雪不但放下工作，亲自跑回来处理这件事，还表现得像个大姐姐一样，态度亲切，着意提携，现在要求直接试演，那也是因为想要尽可能把握时间，一副栽培后辈的关怀模样。林红与白芳婷都觉得很感激很感动。

试演并不复杂，却充满考验意味。根据剧本的安排来演绎，舞蹈却是自由发挥，全看她们的表现能力。这原本是一件很不容易的事，因为不是每个美女，都有舞蹈基础，即使很会跳舞，也没有合作的默契，需要时间来磨合。

可这在白芳婷、林红身上却不是问题。白芳婷早就习惯与姐姐共舞，知道怎样去配合。原本还在担心效果的林红，惊讶于和对方共舞竟如此合拍，仿佛多年合作的舞伴，但却也没太多想，只以为这是对方技巧高超。于是，两人共舞所表现出的水准，连金雪也为之鼓掌惊叹。

“跳得真好，你们是专门训练过的吗？我本来想先看看你们的程度，再决定请什么样的老师来为你们培训，现在看来，根本就不必了。”

金雪道：“但别忘了，这不是单单跳舞，而是演出，你们的舞蹈除了配合，也要表演出剧情，包括你们的眼神、表情，都要记好自己的角色设定，现在音乐重放，大家再来一次。”

在金雪的严格要求和悉心指导下，练习了一次又一次。林红不仅大开了眼界，更加为金雪的实力深深折服，原来天后级的大明星，并非只靠商业包装和光环加身。此外，仙度瑞拉的舞技和素质也赢得了林红的内心赞许：看来她飞速蹿红，也是凭借实力。

练习持续下去，三人都有些忘了时间，等到实在累得不行，觉得该出去吃个饭，才被告知时间已经是晚上十一点半。对此，大感讶异的三人，也都有着莫名的欣喜，因为能够让人这么投入的一件事，绝不是一件讨厌的事。

白芳婷、林红都想向金雪道谢，感谢她今天的指导，但金雪却先握着她们两人的手，笑道：“我要谢谢你们，我很久没有这么尽兴了，一部作品如果只有一个主角挑大梁，是成就不出什么好东西的，因为有了你们，水准才得以提升，我非常感谢你们，这一定会是个好作品。”

“哪里，是我们……”

“今天能和你们携手合作，而你们又这么有默契，我真的很高兴，希望同属一个经纪公司的你们，能够永远记住今天，良性竞争，好吗？”

金雪的新曲，拍摄需要时间，没有那么快完成，因为保密的关系，还不为外界所知。但金雪对白芳婷和林红非常照顾，不但给了她们这次机会，还介绍其他的工作给她们，包括一些杂志封面的拍摄与采访。

一听金雪说，希望两人一起接受采访、拍摄封面，白芳婷就欣然答应，连连点头，还表示如果不是和林红一起，她就不接了。这个表态让金雪大感意外，对仙度瑞拉非常有好感，连连称赞。

这个称赞，不只是当面，更在金雪隔日的一篇杂志专访中出现。她提到了新曲的MV制作，更夸奖林红、仙度瑞拉是她非常看好的两个新人，潜力十足。得自天后的大力称赞，分量可不同一般，本来应该在娱乐版面炸起千重浪，却因为一个意外，被掩盖在其他的仙度瑞拉报道中。

意外状况总是难免，特别是人红了，一点小消息就会变成大新闻，只不过这一回，传媒报出来的新闻，是宣扬人性善与美的一面。

“网络时代，果然消息传播得很快……”

我看着手机上的新闻，道：“早知道我也下去日行一善了。”

搜索网站的最热门新闻，全部都是仙度瑞拉义救老人的照片。当时大批群众在旁拍摄，各式各样的照片与影像记录，真是要多少有多少，在网上传得热火朝天。单从照片上来看，穿着朴素，未施脂粉的仙度瑞拉，温柔地扶着流血的老人家，那样子真像是仙女一样。各式各样的邀约，如雪片般飞来，全都到我的手里，由我来过滤和判断。

我看着那些工作邀约，表情懊恼，白芳婷也显得心虚。之前我告诫过白芳婷，杂志专访之类的邀约，是绝对不可以接的，可金雪说要介绍这类机会过来时，因为想要趁机拉上林红，白芳婷大着胆子接下来。

金雪积极地帮助白芳婷和林红，表面上看起来似乎是好心，或者是看好两个新人，实际上的态度非常明显：她是冲着我来的，她想着为我做这些事情。

“对、对不起啦，如果真的不行，我再想办法去道歉推掉好了……”

“不，你就接下吧，其实这也是个机会。”我耸耸肩，突然改变主意说道，“如果你真有意要持续发展下去，多点历练机会也好。我不可能一辈子都陪在你身边，有些历练还是只能靠你自己去闯……”

“你、你这次怎么那么好讲话？”见我如此反应，白芳婷颇为惊讶，“我……我本以为你会说这种事情节外生枝，打乱你计划呢。”

“也没什么，这毕竟是你自己的演艺事业，既然你有心要做下去，不是比完就跑，那本来就应该尽量去多方面发展……放心去吧。”我淡淡说道，“更何况，这些可能就快没有意义了……”

我心里想的是另外一件事。从日本的情况来看，秦守明显是背后有人的，虽然始终搞不清楚萧天泉的来路，但一直拖着也没有意义。不如早点结束这场无聊的大赛。或者也许等不到我结束比赛，白芳婷的真实身份就要暴露。在我调查秦守的同时，我感觉也有一股势力在调查我。

“咦？这是什么意思？”

“……也没什么意思。”

我笑得古怪，白芳婷也是一脸疑惑。

Chapter 14 谁在黄金海岸，谁在烽烟彼岸

“……一下不留神，越来越耀眼了……”

DM公司秦守的办公室内，蓝澜看着电脑屏幕上热火朝天的消息，显得坐立难安。

“原本以为真正的敌人只有金雪一个，这个意外跑出来的灰姑娘，越来越碍眼了。”

蓝澜自语道：“普通的小模特或美女都还好处理，可拥有相当知名度与支持的人物，就很难处理。”

金雪之所以说是强敌，不只是因为她实力强、人气高，更因为这些优势叠加起来，变成了一道坚不可摧的防壁。

一旁坐着的秦守冷声道：“一个金雪已经很麻烦了，还又来一个灰姑娘，随便扶个老头也能搞出一堆新闻。这样下去，早晚就是第二个金雪了……”

目前女神大赛的前三名，由金雪、仙度瑞拉和蓝澜包揽。三甲之中，情势最为不利的人，反而成了蓝澜。这个情况，远远超出了秦守的计划。此刻看着愁眉紧锁、陷入沉默的蓝澜，秦守的思绪回到不久之前的那个晚上……

当时，为了要打击孟衍，特别是取回其手中百分之五股份，秦守在弄清楚孟衍的详细资料后，透过自己的一名旧友，将蓝澜约出来晚餐。双方私下见面，他表达了身份，正想着要怎么表达目的，才能够得偿所望，蓝澜竟主动站起来了。

“秦总经理，来得好快啊，我预期你这几天会来，没想到还不满

二十四小时，你就出现了。也没想到，你居然是透过萧总约我出来……”

“你知道我会来找你？”

“男人的眼神，我熟得很呢！那天分开时，你眼中有不甘心，我就知道你会找来。唯一意外的，是我没料到你来得那么快，又那么凑巧，刚好就是我们的新总经理，这还真是奇妙的缘分……”

蓝澜缓缓站了起来，举手投足间透出妩媚妖娆：“那么，总经理找我有什么事呢？看你不像是一个温吞客气的人，这么单刀直入地找上门，应该不是单纯想约我吃个饭、喝喝咖啡什么的吧？”

“你很聪明，而我也不想浪费时间，不错，就和你想的那样……”

“好啊，我答应。”

连半秒钟的考虑都没有，蓝澜一口就答应了，这回答在秦守的意料之内，只不过，没有料到的是，如今的主动权完全落在对方手里了。

“不过，容我先提醒总经理一下，我不是刚出来的小女生了，要买下我的价钱……不便宜啊。”

“我自认不是一个小气的男人，想要什么尽管说，房子？名车？钻石？珠宝？还是现金？开个数目出来吧，你是个很聪明的女人，我相信你不会狮子大开口，说出你觉得合理的价码。以后我有些事要你帮着做，只要你能完成，我会尽量满足你。”

“呵呵，总经理信心十足，不愧是萧总的朋友，你果然是一个有魅力的男人，豪宅、名车、金银珠宝，我确实都有兴趣，也自信我值得这个价码，但比起这些，还有一件事是我坚持的，只要你能做到，那我们的交易就算成立了。”

“你要什么？”

“一场比赛……一场……能够为我垫足，让我成为女神的比赛。”

蓝澜笑着说话，笑容极度妩媚动人，但眼中却闪烁着一份坚持。秦守看着她的眼神，益发感觉到……这女人不是在说笑。

“有意思，刚好我也有一个类似的企划案，也还欠了一个执行人，这样子算起来的话，你来得正好，我会为你开一个比赛，让你如愿成为……女神。”

“那我们……就一言为定了。”

蓝澜笑着靠了上来，像是一个熟稔的情人，双臂环勾上秦守的脖子，在他脸上轻轻印下香吻……

回想起那时的种种，秦守不禁摇头，这个女人心中的尺度与常人不同，做起事来不但聪明、放得开，而且胆大心细。想要驾驭这样的女人，难度非常高，稍微一下不小心，反会被她牵着鼻子走。

“……不知道孟衍那家伙以前是怎么做的？以那家伙的蠢样，只怕更加不堪。但之前看到的感觉，并不是这样的……”不知为什么，秦守的脑海掠过这样的念头。正待思索，却被蓝澜温柔的话音打断了。

“不管怎么说，我都非常感谢你给了我这个机会。”蓝澜小鸟依人般倚靠在秦守的肩上，纤细的手指轻轻拂过秦守按着鼠标的手背，“和你商量一件事……你不觉得那个仙度瑞拉很碍眼吗？”

“美女对我而言，都是赏心悦目的，不过，她签了的那个经纪人，确实越来越碍眼了。”

“我有个问题想问你……”秦守转过面，望定蓝澜的一双美目，“那天我来找你，你那么果断就答应我，把那小子一脚踢开，他对你……一点都不重要？听说你们两个差点就结婚了？”

“这个嘛……人生本就有很多问题……”蓝澜继续勾着秦守的脖子，印上香吻，“我从不把时间花在不重要的问题上。”

蓝澜这个女人，身上有太多的秘密，如果仅仅用“蛇蝎美人”来称呼她，都有些低估了她。

林红和白芳婷随金雪拍摄MV的时候，冰冰带来了秦守的背景资料。

“通过我家里的帮助，结果总算是出来了，基本上，秦守的经济状况并不好，他的新日皇集团本来经营钢铁、重工，规模不算大，起初获利不错，又利用股票上市，捞了一大票，2006、2007两年着实风光了一阵。”

我若有所思，示意冰冰继续。

冰冰点头道：“但金融海啸发生后，他扩张过快、炒股炒过头的公司，受到严重打击，一直都没能恢复过来，债主和银行都追着他讨钱。新日皇集团风雨飘摇，眼看就要倒闭了，后来是奥斯卡公司给他做的担保才让他没事。另外DM公司的董事长中风后，帮了他一个大忙，让他风光体面地回到国内，捞了总经理的位置……要不然，现在还不知道会在哪里。”

照冰冰说的，秦守这家伙自己都快破产了，还跑这里来充土财主，完全是打肿脸充胖子的节奏，如果不是疯了……就是另有什么打算。这家伙在日本靠炒股捞金，这是他的惯用手法……之前我在他面前提到股价，他的反应也很大，看来我之前的推断基本得到了验证。

我摸着下巴：“这家伙在日本快破产，就跑回国内，想要借着炒股来赚钱？他是总经理，公司营运归他来管……”

“但他手中没有股权……”

“老爷子如果过世，搞不好他就能继承股票了，即使没过世，现在他大权在握，股票也由他代管。就算他没有权买卖，仍可以向银行质押贷款。”

“也就是说，他有随时卷款潜逃的可能？真恶劣，那这样说来，他砸钱办这个女神大赛是……”冰冰领悟力非常好，马上明白了过来。

“公司归他管，他说自掏腰包出奖金，是不是真的只有他自己清楚。要是到时候卷款潜逃了，看谁有本事找他拿奖金！别说一千万，就是说一千亿也无所谓……”

我一面说，脑里飞快转动，很多念头都冒了出来。

“……等下，我记得女神大赛的消息传出后，公司股价应声大涨，后来水涨船高，现在已经涨了不少。”

“三成差不多有吧。”出身豪门世家，冰冰对股价、商业经营远比我熟悉得多，随口就说得出DM公司的股价走势，“之间有过几次暴跌，全都是因为你的兴风作浪和丑闻见版面。要不是因为你，股价可以飙更高的……”

“难怪他那么恨我，看到我像是看到杀父仇人一样……”我笑了，“那事情大概清楚了，他是想炒股捞钱，办各大活动来造势，提高曝光度，把公司股价提高。估计不用等比赛完，他就会卖股套现，甚至卷款潜逃，顺便赖掉那一千万的债。”

“那……你现在有什么想法？”

“这个……其实不难，敌人想要什么，你就不给他什么，打仗无非就是抓住这一点。我有一些主意了，但要靠你帮忙，你不是很想加入团队吗？现在要看你的了。”

我贴在冰冰的耳边，说了一串话，说完后还补充道：“我对股票不是很熟，但多少也知道，炒作股票这种事不可能靠一个人单干，要有足够资金垫高股价，他一个人干不来的……他身边还有多少人？有哪些人在背后支持他？这些我全要知道……如果顺利的话，让他滚回日本，不是什么问题了。”

一边说着，我脑海里逐渐形成了一个大概的计划。

“我认识这方面的行家，可以帮你找出来，只是需要时间，不过，这样就够了吗？”

“确实不太够，之前我也想了，还需要你帮忙找几个人，一个是解铃还需系铃人，另一个……技术人员里行家多，你能不能找个善于模仿声音、模仿得惟妙惟肖的人给我？这件事要秘密进行，不能让人知道。”

渣男这是要放
大招的节奏！

冰冰不明白我的打算，但既然受了委托，她也就照着执行了。

Chapter 15 若你喜欢犹大

秦守

性别：男

职业：DM公司总经理

经历：曾在日本经营实业，兼从股市获利，一时风光无限。金融海啸后，财务状况江河日下，可谓濒临破产。DM公司董事长钟老意外中风，使得秦守以“钟老干儿子”的身份返回国内接手公司，通过举办“女神大赛”展开自己的计划。

技能：使阴招。

属性：高富帅/阴险毒辣/邪恶法师

本来要赶去工作的林红，被人拦下，带到DM公司去，就如上一次那样，秦守正在办公室里等着她。

“……我不想多话，该是你派上用场的时候了。”

一身西装的秦守，拿着高尔夫球杆，在办公室里悠然地做着推杆练习，仪态从容。

之前已经无数次想过这场景的出现，林红硬着头皮答道：“我可不记得答应过你什么？你要我考虑，我也考虑了，现在答案还没出来。”

“以拖待变，不错的主意，但你该不会以为，我是一个可以讲道理的人吧？”

秦守冷冷地说：“三十万，算是我借你的。一月一分利息，就是三万。你想想，你要怎么还我？”

“明明是你要给我的，怎么变成借你的了？”林红皱眉道。

秦守好像听到了很好笑的事情，哈哈笑起来：“小姐，你几岁？天下没有免费的午餐这个道理，难道还要我教你吗？”

“我，你，你没有我的借条！”

“呵呵。是的，我没有借条，但是我有律师团呀林小姐。当初你母亲病危，苦苦求我借钱给你救命。我好心，借你了，一时大意忘了让你签借条，你现在要赖账，我只能把你告上法庭了。”秦守装作无奈地耸耸肩。

“不，不是这样的！”林红带着哭音，声嘶力竭地喊出来，“不是我求你的！你到底想做什么？”

“林小姐，你有当初的录音吗？你有人证吗？那你凭什么说当初的情况不是这样的？呵呵，你现在明白了吗？打一开始，你就不该拿那笔钱。”

“我……我还钱，我把钱还给你……钱我全都不要了……”

“你还不出，那钱你已经全部交给医院了，你以为我不知道吗？再说，你还是没搞懂，我说过，你没有选择的余地。”

秦守来到林红面前，俯视着她：“我有件事要你去做。”

“你……你要我做什么？”

林红不安地问，秦守没有回答，只是悠然地剪了一支雪茄，点燃，惬意地吐出烟圈：“你又弄错了一个重点，现在不是让你问，你能说的就只有做与不做，如果不做……”

秦守没有再说下去，眼神中隐隐透出了杀气。

“听说，你还有一个宝贝妹妹？”

在冷笑声中，林红尖叫起来：“这是我的事！别把我妹妹牵扯进来！”

秦守含着雪茄，将惊慌失措的林红邀到座位上坐下，故作亲切地拍了拍她的肩：“我很高兴……你终于明白了自己该站的位置。”

“要你做的事，没有那么困难。我知道你们明天要去拍摄封面，我会给你一瓶药水，你让仙度瑞拉把药水喝下去，后面就没你的事了，你欠我的所有债务，一笔勾销！”

“……什么药水？你不会让我去毒杀人吧？”

“有可能吗？”秦守一派鄙夷的眼神，好像林红问了一个多蠢的问题，“给你的东西，喝下后会短暂神志不清，手舞足蹈，到时候会有记者到场……”

就算再怎么不看报纸，林红也不会不知道什么叫摇头丸、K粉，知道这些东西对艺人名誉的杀伤力。她暗暗骂了一声卑鄙。

为了让自己显得镇定一点，林红努力让自己思考，想着各种可能性。她忽然生出一个想法，就是秦守该不会利用自己下药，然后……向警察举报，让警察把仙度瑞拉带走吧？如果真是这样，仙度瑞拉就真彻底毁掉了……

惊魂未定的林红被秦守送出办公室，正在胡思乱想，走廊的另一侧，有个人影朝这边缓慢靠近。虽然背着光，看起来很阴沉，可黑暗中的那个曲线，看起来仍优美亮丽，充满着性感风情。

“谁？”

人影越靠越近，林红一下认了出来，对方是之前见过几次的蓝澜，DM公司的第一美人。

“你……你怎么会来这……”

林红说话倍觉紧张，慢慢走过来的蓝澜，看着她的慌张，只是一笑，从提包里拿出了一瓶矿泉水，递了过去。

“口渴吗？喝点吧。”

林红本能地接过，却见这位大美人戴着蕾丝手套，陡然醒悟。她看了一眼那瓶外表毫无异状的矿泉水，警戒道：“你是替他送药过来的？一个让人送药，一个不留指纹，你们两个是一伙的吧？”

蓝澜摇摇头，笑得异常甜美，道：“不知道你在说什么，不想喝就扔了吧，我无所谓的。”

说完，蓝澜头也不回地走了。她到走廊尽头，扭开经理办公室的门，进去后关上了门，就留林红一个在外干瞪眼。看着自己手上的矿泉水，林红感觉无比复杂。

哪怕再怎么不愿意，第二天还是到来了。白芳婷一早就出门了，说是去学校。两个小时以后，孟衍载着仙度瑞拉过来，接林红一起去封面的拍摄地点。

在这之前，林红已经与仙度瑞拉合作过几回，算得上熟了。看着众人簇拥着的仙度瑞拉，林红心事重重。

“林姐，你怎么了？脸色不太好看啊……”

仙度瑞拉关切问话，林红忙说：“不敢当，我们并不熟，我可受不起大明星这么关心啊。”

“哪的话？您比我年长，又是前辈，我应该……”

“前辈？你的意思就是说我老！你也太目中无人了吧？”

“我不是这个意思，你误会了。”

“那还有什么意思？你别太看不起人了。”

林红愤怒地吼叫回去，连她自己都觉得，她的样子像只张牙舞爪的花猫，更想不通为何自己会变得这么暴躁……似乎，有意无意间，她就是想引起仙度瑞拉的讨厌，让她有点戒心……

只是，这个想法不是很奇怪吗？林红明明还没想好，到底该不该照着秦守的话去做，怎么现在却考虑起这个来？难道……已经打算照着做了吗？

越想就越觉得自己愚蠢兼失败，林红对自己的处境着实懊恼。而一向最为聪明、敏感的孟衍，这回什么都没说，只是专心开着车，并在到达目的地时，皱起了眉头。

“有点意外的麻烦啊……”

孟衍低说了一声，白芳婷与林红抬头看去，发现在目的地大门口，一堆车与人群聚着。虽然不知道是来干什么的，不过当认出里头黄丽的身影时，三人就知道有麻烦了。

前一阵，黄丽在微博发声，公然质疑仙度瑞拉整容、造假，说仙度瑞拉的眼睛、鼻子、嘴巴都动过刀，根本是人工造出来的假货。黄丽还扬言，下次要和仙度瑞拉当面决斗，撕下她的伪装。

“这家伙……还真活在三百年前啊。”林红道，“决斗、PK，她把这当成是什么了？”

“不管她。”孟衍道，“我把车开到后门，你们从那里进去吧。”

拍摄封面的地点，是在泳池边，拍的也是泳装照。大批人马在泳池边准备，拉起反光板与大小灯光，还有专门的化妆师帮着往身上喷水雾，营造阳光下流汗的性感美丽。

林红是第一次碰上这样的工作，她对自己的身材充满自信，也没什么尺度上的顾忌，接过了制作方递来的三点式比基尼，换上之后，尽显火辣身材，在镁光灯底下，摆弄姿势，拍出一张又一张照片。

相形之下，仙度瑞拉就保守得多，一袭白色的连身式泳装，典雅而不失性感，把身高腿长的优势尽显无遗，连林红看了都不得不承认，仙度瑞拉有着天王巨星的美丽与气场。

拍摄过程中，摄影师的重点完全放在仙度瑞拉身上，两边的拍摄比例完全不同。林红这边简单拍完十几张后，就被请到一旁，说得好听是等着再上场，说实际一点，就是整个被晾在一旁，像个跑龙套的小角色。要不是仙度瑞拉事先通过孟衍要求，必须要确保两人一定比例的拍摄量，林红相信，别说她沾不上这个机会，就算拍完了，后面也会被删掉。

要说被这样对待，不生气、不嫉妒，那是不可能的，林红真觉得自己被人看不起，好像是因为人家施舍，自己才得到这个机会，这让她感到屈辱。但现在她却无心沉浸在这份感觉中，因为她的心思都用在了另一件事上。

那瓶蓝澜交付的矿泉水，林红放在自己包里带来了，现在也倒进了一次性水杯里。那是拍摄方摆放在旁边桌上，供所有工作人员饮用的，有可乐、有果汁，也有矿泉水，二十几杯摆在一个大托盘上，随人取用。

所有人都忙着讨好仙度瑞拉，迷醉在她的光彩之下。林红趁着没人注意，把那瓶水倒入杯中。只要找个拍摄空当，把整个托盘拿过去，趁所有人喝水的时候，把那一杯让仙度瑞拉喝下就行了。

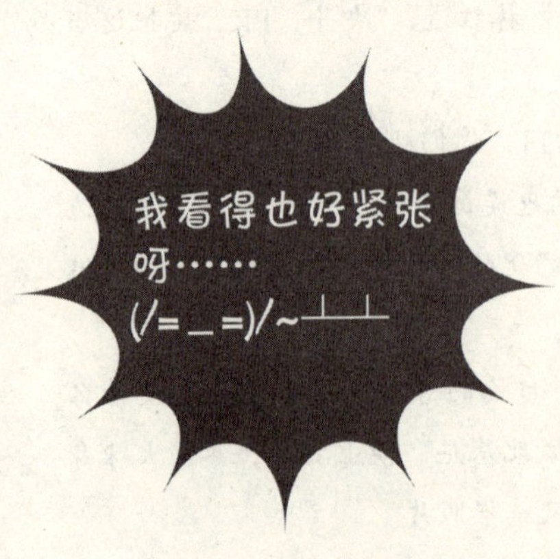

她端过去的水，林红相信仙度瑞拉会当场喝掉，这是可以想见的。但可笑的是，已经到了这时候，水都倒好在杯里了，她居然还举棋不定，不知道该不该把这杯水拿过去……

好人也罢，坏人也罢，再没有比到了该做决定的关卡，还迟疑犹豫更让人看不起的事了。林红知道这点，可偏偏就是还跨不出那一步……

“……我要一杯。”

就在林红站在托盘旁边，胡思乱想的时候，一个声音响起，一只手伸过去拿饮料。林红被惊醒，吓了一大跳，连忙抓住那只横伸过来的手，以免被人抢了那一杯去。

抓着那人的手，林红发现那是一个很可疑的人，穿着草绿色的厚外套、白色衬衣、牛仔长裤和布鞋，还戴着一顶鸭舌帽，遮住面孔。要说这人是工作人员，林红就第一个不信。

“你是什么人？当心我喊人啊！”

“这边连饮料也有管制吗？”

说话的是个女声，林红入耳有些熟悉。这时对方抬起头来，鸭舌帽底下的那张面孔，把林红吓了一跳。

“金、金雪老师？”

“嘘！小声些。”

比了一个噤声的手势，金雪微微一笑，打量了林红一眼，道：“身材很好喔，加油！”

“你……你怎么会来的？”

林红觉得自己像做梦一样，难以置信地看着天后。总是以华丽女王形象出现的金雪，一派平民打扮，就这么站在自己身前，那情形就像看到外星人一样。

“你们的工作，是我牵线的，你们的表现如何，我当然要来看看。”金雪道，“很不错，虽然是新手，但很进入状况，我白担心了。”

“你……怎么会有空？报上都说你在忙拍戏，你不是……”

“喔，拍摄的地方离这不远，刚好又没有我的戏，就顺道过来看看你们，探探朋友的班。”

金雪淡淡地说着。林红想，打从拍摄MV……或者说从那天晚会上仗义相助开始，这位天后就一直对自己和仙度瑞拉，提供各种有形无形的帮助，而且还不是普通的顺手提携，她这样的大人物，连喝个水都要计算时间，哪可能多出一个偶然闲空，顺道跑来探班？

上次的练习也是这样，这位天后根本就是刻意排出时间，还想方设法把跟踪的狗仔甩掉，专程过来的。这种关心照顾的程度，已经超过萍水相逢。

“你还好吧？脸色有点难看，别着凉了。”

金雪笑着说话，伸手去取杯。林红大吃一惊，连忙主动拿了一杯水，递给金雪。金雪看了她一眼，没说什么，就把水喝完了。金雪看着不远处仙度瑞拉的拍摄，怔怔出神。

林红站在一旁，小心翼翼地看着金雪，过了半晌，忽然听见她开口："其实，我还挺羡慕你们两个的？"

"咦？不会吧？这怎么可能啊？你和我们根本一个天、一个地……呃，不好意思。"

林红不好意思地低下头，金雪笑道："不用和我那么客气，我也是说认真的。看你们两个跳舞的默契那么好，又能互相合作，一起努力。她签约的时候要求提上你，不然就不接……这样的气氛很好。"

"哪有……你说得太好了……"

金雪望向林红，道："你和仙度瑞拉，也算一起出道的同门师姐妹了。看到你们两个一起携手努力，感觉很好，让我想起许多刚出道的往事。或许是因为这样，我对你们也特别关注，希望你们能够维持这份情谊，在未来的路上一起努力，良性竞争，别让彼此留下遗憾。"

"其实，我们两个……"林红感觉复杂地叹了口气，"有很多事情是你不知道的。"

"我可以理解，人生就是有着许多的无奈，很多时候，人会觉得自己没有选择，身不由己，但就是因为这样，才需要朋友的支持，大家一起努力。或许你会发现，自己还是有别的选择的……无论如何，做决定之前多想一想，别让自己在多年以后仍为此抱憾就是了。"

金雪说着，拍了拍林红的肩膀，以示鼓励。虽然林红问她要不要和仙度瑞拉说个话，这位天后却笑笑不语，就那么离开了。林红看着盘中的水杯，呆立了半晌，羞愧和不安让她觉得还是应该把这些都拿去倒掉……

Chapter 16 这吻别似覆水

黄丽

性别：女

职业：不明

经历：富豪黄百万的独生女儿。在公众场合出现时，通常随扈若干保镖与记者。

技能：原地召唤保镖、记者；用钱收买对方，该技能失败几率很大。

属性：胸大无脑/壕/怒系金钱召唤士

将林红与白芳婷都送入那所温泉会馆后，我本打算悠悠哉哉地抽口烟，再打几个电话，遥控事情发展，却忽然看到几个人拿相机走过，说是有什么长腿名模也在这里拍摄，而且是泳装秀。

我一听这种话，就感到满满的正能量，顿时加快脚步，准备去追寻真善美。这所温泉会馆设置了若干个分区，每个区域内都配有精心布置的泳池和外景。正当我即将来到长腿姐姐所在的区域时，忽然在前方侧面的拐角处，瞥见一个熟悉的身影！

蓝澜！

我分明看见蓝澜犹如忍者一样缘墙而行，推开一扇房门，继而飞快地闪身进入。

奇怪，她放着正经事不干，跑到这里干吗？原本准备追寻真善美的我，觉得必有蹊跷，于是不动声色，改变线路，悄悄尾随蓝澜，来到了刚才她推开的那扇门前。

只见蓝澜站在一个窗口，拿着手机，像是在拍摄些什么。我环顾左右，确定无人注意，随后悄无声息没入房间。我从那窗口看见，林红偷偷在放饮料的托盘旁，把其中一杯水倒掉，又从背包里取出了一罐矿泉水，倒了进去……蓝澜开着录像，把这一切全拍了下来。

我心里暗暗骂了一声，眼前是什么状况，已大致可以判断出来。如果只有林红在下药，或许还比较复杂，但还有一个蓝澜在后面跟拍……

看蓝澜一面偷拍，还一面阴冷地偷笑，我实在忍不住义愤，当即一下扑过去，冷不防地抓住蓝澜的手，一把抢过她的手机。

突来惊变，蓝澜吓了一大跳，还未及反应，就被我一把按住嘴，推靠在墙。

“是你……”

昏暗的斗室内，蓝澜认出了我，眼中惊惧稍减，想要开口，我却已低声道：“不用我提醒你，太大声把所有人喊来的话，会有什么后果吧？”

“你想怎么样？”

“好说了，之前你有事没事总说分手了也可以做朋友，合作做生意，我本来没当回事，这两天忽然……哦，又对你心动起来，想找你叙叙旧……情，就成现在这样了，你该不会忽然变脸，说大家不是朋友了吧？”

我的揶揄，蓝澜无暇理会，但既然有得谈，就还有交涉余地。她挤出一个不自然的笑容，尽力让自己表现得从容些，看来别有一番风情，特别是脸上戴了一个眼镜，呈现出不同寻常的知性美。

“啧，以前从没看你戴过这眼镜，总说什么这样伤形象、不漂亮，这次为了跟踪，还挺下本的啊。”

“你自家艺人内讧，被我抓个正着，你该谢我了。”

“哇哇哇，这种话你都说得出口，真当我是你儿子一样哄啊？老实说吧，要是只有林红一个，事情就复杂得多。人心变化无常，我既不是警察也不是心理医师，真没法去抓她的背后动机。可有你在这里，事情就简单多了。”

我笑道：“好好花点心思，给我一个你在这里的合理解释，可别扯说你是路过这里打酱油的，这解释已经过时啦，想个有点新意的出来。”

“……就说是我想念你了，忍不住追着你的脚步，来这里看看你，行吗？”

蓝澜也已经笃定，我既然这样与她说话，以她对我的了解，也明白我肯定不会有其他的过激行为，心下镇定起来，脸上益发显得笑靥如花、娇媚动人。

我笑道：“老情人，我很同情你！你们那边就没有跑腿的喽啰，连偷拍留证据都要你亲自来？当坏人当成这样，也未免太惨了……还是说，这件事你的霸道总裁不知情？”

“你想怎么样？报警吗？那个林红会先完蛋。”

“嘿，我想的是……”

外头传来大声异响，好像有人在打架，我往外瞥了一眼，忽然皱起眉头。外面的情况瞬间发生了几个变化，黄丽那女人不知道什么时候冒了出来，正和林红打成一团，白芳婷似乎也牵扯进去了。

更出乎意料的是，我转头看蓝澜时，居然发现窗户的反方向，也就是这间房间入口处的门框上，有小半截的手机露出来。

不用说了，一定是什么狗仔队娱乐记者在这里偷拍我和蓝澜。啧啧，互联网时代，果然人人是监督员。我不好好表现下，岂不辜负了业界的期待？演艺界的前辈说，艺人和媒体，其实就是相辅相成、相互帮助的关系，我此刻才觉得大有道理。

我索性就搂住蓝澜，做出热情奔放的姿势，几乎是恶狠狠地亲吻着她。这样做，一是为了屏蔽她的视线，二来也可以为常年辛苦在一线的记者朋友提供素材。

“我发现，我最爱的始终还是你，我要和你再续前缘。”

“哦……我也爱你。”

我的真情告白，只怕蓝澜半句也不信，但虚与委蛇向来不是问题。

她无比投入地和我拥吻起来。我想，那位正在偷拍的记者朋友，一定会以为我和蓝澜正在轰轰烈烈地热恋之中。

话虽如此，蓝澜却将手缠绕到我身后，试图去碰我裤子后袋中的手机……

就在蓝澜的指尖碰着手机的一瞬，她的手忽然被我生生擒住。我收势冷对着她，神色鄙夷道：“别以为自己真的是什么万人迷，你的所作所为，真是令我恶心到了极点。在你利用别人上位之前，多注意一下别人利用你做什么吧。”

我知道蓝澜对自己的美貌十分自信，哪怕此刻面对的是我，她依旧能够从容地展示风采，令我丧失警戒，继而寻觅有利战机。

然而，当我的诛心之言字字传出的时候，我分明看见她的面色瞬间铁青，平日里的风采神韵，统统丧失了。

我又啐了一口，猛一纵身越出窗去，留她一人尴尬地僵立当场。

十五分钟之前。

金雪离开的时候，林红还在发呆，想把这盘饮料全部拿去倒掉。可能是因为被金雪吓过的原因，林红一直心惊肉跳，总觉得自己的所作所为，好像有什么人在背后看着。可还没动作，拍摄现场就乱了起来，一群人无视这里正在进行拍摄，大摇大摆地闯了进来。

为首的一个，身穿大V字形的连身泳装，尽显大好身材。金属光泽的亮眼颜色，让泳装看起来充满贵气，穿在身上，美艳大方，现场的人看了，都不禁露出一副迷醉表情。

不过，当看清楚这泳装的主人，所有人的表情就变了。在这一两年的媒体版面上，黄丽确实是一个红人，想要不认识她，实在有点难度。但她今天来到这里，看这架势，估计不是什么好事。

而且，黄丽不是一个人来的，在她身后，除了保镖，还有一群拿着相机、摄影机猛拍的记者。这女人似乎带记者过瘾，到哪里都跟着一堆记者，怕人不知道她有多红一样。

“仙度瑞拉在哪里？出来见我！”

仙度瑞拉被一堆人包围着，黄丽不可能看不到，但她摆着大架子，高高抬着下巴，要求仙度瑞拉出来迎接她。拍摄方的维护人员过来请她离开，却被她人高马大的保镖给架开。黄丽长驱直入，完全就是一副准备周全、不怕任何阻碍的架势。她在镁光灯下，骄傲地挺着胸，直线朝仙度瑞拉走去。

“仙度瑞拉，你出来啊！如果心里没有鬼，为什么站在那里不敢出来？”

黄丽高声嚷着，本想叫出仙度瑞拉来，但一道红影跳了出来，拦住她去路。

“嫌你素质低，不想被你拉低了素质，所以才不屑理你，你还真把自己当一回事了？”

拦在黄丽前头的是林红，黄丽忽然被人挡下，多少吃了一惊，定睛一看，登时蔑视地笑了起来。

“我还以为是谁？这不是上次被我教训的小妮子吗？你在这里干什么？不说我也看得出来，瞧你这脸、这身材，就是万年绿叶的命，在这里你是当配角吧？呵呵呵呵，配角就是配角的命。”

黄丽毫不掩饰地表露出轻蔑，也相信后面那些媒体之所以追逐着自己，就是因为自己这独一无二的女王气场，所以一见到林红挡在前面，马上表现出最高傲的态度。

“世上本就有红花有绿叶，我当配角没什么可奇怪的，每个主角还不都是从配角慢慢熬起？但努力的配角能得到尊重，不知羞耻的丑角，就只有让人唾弃的份了。”

林红义正词严的回答，得到在场众人的喝彩，相形之下，黄丽的反应就让人无言了。

“什么？你说我是丑角？”黄丽怒道，“你这小角色，居然敢说我是丑角？我到哪里都万众瞩目，哪里像丑角了？”

对于这种自己跳出来对号入座的人，林红真是不知道该说些什么了：“我没有说你什么，但你自以为些什么，我就管不到了，看来你也不是一点自知之明都没有嘛！”

“你、你……”

黄丽气得说不出话，一巴掌就挥过去。林红打一开始就防着她这招，在早有预备之下，轻易闪躲过去。黄丽收势不住，险些扑倒在地上。

旁边的镁光灯闪个不停，记者们暗暗叫好，深感这一趟真心没有白来。

“你们、你们帮我打死这女的。”

动手失败后，黄丽气急败坏。

黄丽叫归叫，这些保镖就像没听见一样，纷纷把头转开，拒绝执行。其他人见到这光景，知道没戏，镜头对准了倒在地上、败犬似的黄丽猛拍。

林红暗暗松了口气，瞥了仙度瑞拉一眼，心想事情能这样解决，其实再好不过，自己没有做出令人遗憾的事，也没有对不起这个天真的灰姑娘。

“你这贱货！少在那边得意，别以为没人知道，你就是一个陪酒卖淫的，还有脸在这里充什么女神？最不要脸的就是你！”

黄丽在地上一串尖叫喊出来，传入林红耳中，把她震得呆若木鸡。林红一时间惊愕得失了神，甚至没看到黄丽扑了过来，响响亮亮一巴掌就打在她面上。

“啪！”

情势忽然逆转，本来已经打算走人的记者们，又重新回头。黄丽趁势一推，将林红推倒在地，接着就想要一脚踩下去。旁边所有人都像傻了一样，危急一刻，一条白皙的粉腿从旁踹出，重重踢开黄丽的高跟鞋。

“呜！”

黄丽滚倒在地，周围一下哗然。从惊愕中定过神来的众人，这才发现那条美腿的主人，就是一直站在大后方的仙度瑞拉。

镁光灯交错闪起，仙度瑞拉踹开人后，没有接着对黄丽丽怎样，而是立刻转身扶起林红，把一块大毛巾盖在她身上。接着她才转过头来，怒瞪黄丽。所有人都看得出来，这位大美人确实动了真怒，倾城艳容因为怒火而烧红。

女神威武！
(O₃O)

黄丽在地上捂着肚子，痛到飙泪，却还是不依不饶地喊着：“你这个贱人……你肯定整容，脸是假的，全身都是假的……”

“给我住口！”

仙度瑞拉用身体护着林红，瞪向黄丽，也瞪过那些本想冲过来的保镖，绝美的丽色之中自有一股凛然之威，让人不敢造次。

“你也是受过高等教育的人吧？为什么这么不把人当人，开口闭口就是贱？人与人之间天生是平等的，你还活在三百年前吗？整天开口闭口脸啊胸啊的，在你眼里，人的价值就只有这些吗？”

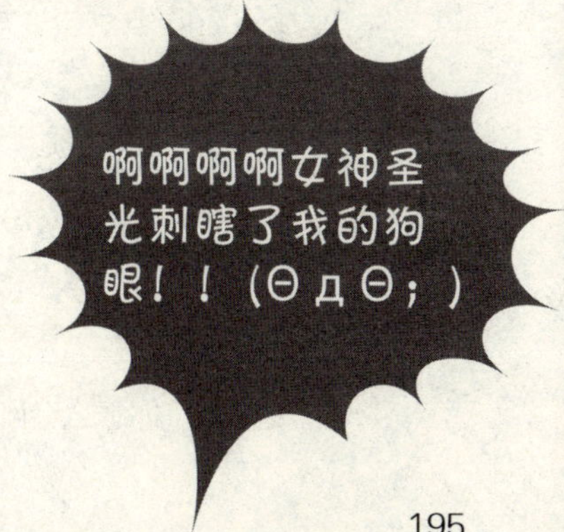

仙度瑞拉拍了一下自己的胸口："是心！一个女人美不美，是看她的心，如果灵魂丑陋了，再好看的容貌和身材，都美不起来。你今早出门前，看过镜子里的自己吗？"

一番话掷地有声，旁边隐约有记者叫起好来。林红如梦初醒，看着这个差点为己所害的同伴，心中感触五味杂陈。被劈头骂过的黄丽，恼怒起来，想要还击。她侧目一瞥，见着不远处有个小桌，桌上托盘里摆着满满的水杯。她一步冲去，抢了水杯，就开始一杯一杯往仙度瑞拉泼。

仙度瑞拉本能闪躲，躲过了开头两杯，却被第三杯可乐泼了一脸，视线受阻，脚底更一下踉跄。林红也好不到哪去，同样被黄丽的水泼到。现场陷入一片混乱。

林红想要出去阻止，却看见一幕令她整颗心紧张到快跳出来的画面。黄丽抓起了下过药的那一杯，用力泼洒出来。仙度瑞拉眼睁不开，浑然无觉，眼看就要被洒中……

"不——"

林红尖锐地喊了一声，白芳婷听见了，可视力还没恢复的她，也不知道该怎么躲，正自紧张之际，一股大力从旁而至，拉住白芳婷，往旁边扯了过去。

正是孟衍及时跳窗而出，伸手一拉，使白芳婷离开原地，生生撞入他怀中。二人收势不住，连转了几个圈，隐约听见身后一声惨嚎。白芳婷头晕脑胀，站定后睁开眼睛……

"……孟衍？"

白芳婷微眯着睁开眼睛，仰躺在孟衍的怀抱中，虽然皱着眉头，像很不开心一样，可眼中写着关心。而想到刚才千钧一发，是他及时出现来救，让她不用出丑，白芳婷就打从心里笑了起来。

"……你没事吧？"

"没、没有……你怎么会刚好……"

话刚问出口，就被旁边的尖锐痛叫给打断了。白芳婷愕然转头，看见一名摄影师因为被那一杯水泼个正着，此刻滚在地上，双手捂着脸，凄惨地哀嚎。

直至这时，蓝澜才明白我的打算。我刚刚越窗而出，高速冲向正混乱的人群，刚好赶上危机一瞬，把仙度瑞拉给拉开，而一杯水恰从黄丽手上抛出，洒在后方那个摄影师身上。

最初，蓝澜还没有联想到那杯水有什么问题，直到那个摄影师倒地哀嚎，蓝澜才如梦初醒，意识到大事不妙，立刻掉头就走。

“怎、怎么回事？”白芳婷愕然看着这一切，不明白一杯水怎么会造成那么严重的伤害。

我发现摄影师的衣服上，沾着水滴的地方，似乎发着异味，顿时明白了这杯水的内容绝不单纯。

林红很幸运地没有成为注目焦点，得以隐没在愤怒的群众中。她脸色惨白，不敢想象这一杯东西如果给仙度瑞拉喝下去，会闹成怎样的大事，更会造成怎样的遗憾！

事情很快就从连场意外，变成了一起性质恶劣的严重事件，被毒液泼中的摄影师有毁容、失明的可能，被紧急送医，黄丽理所当然成为头号凶手嫌疑人。警察获报到场，立刻将她扣押起来。

偏巧上车前，黄丽迎面撞见仓皇避走的蓝澜，黄丽好似遇见救命稻草般急呼：“蓝澜，蓝澜，你替我向他们解释啊，是你要我来这里挑战PK的，我不是……”

蓝澜对好友的呼救充耳不闻，匆匆上车离去。

载着白芳婷与林红，驾车回去的我，目睹了这一幕，心里也有了计较。

“原来……那个蓝澜才是坏蛋？”仍顶着仙度瑞拉的外形，白芳婷道，“刚刚黄丽说是她让蓝澜来这里的，所以蓝澜才是主使者？还是秦守也在幕后策划？”

“你听到哪去了？”我嘲笑道，“她只说，是蓝澜让她来这里挑战PK

的，有半个字提到泼毒水吗？都已经被带上警车了，如果是蓝澜主使她下毒，以那女人的简单脑子，这时候会不招供、不拖人下水？”

“那……会是谁主使？还是黄丽自己想干的？不对啊，那些水又不是她准备的，她怎么知道那里面有毒？总不会……她指甲浸在水里的时候下了毒……咦？这听起来好像变成武侠小说了。”

“肯定不是她下毒，她也只不过是一个被利用的小角色而已，至于是谁下的毒……那就要看碰杯子的人，有没有戴手套了。”

我说着，透过后视镜，朝林红瞥了一眼。看得出林红神不守舍，活像刚被人用毒水泼过的人是她一样，对我刚才的话有听没有进。我暗叹一声，持续开车远去。

而这天所发生的事，当晚就上了各家媒体的头条。素来爱惹事的麻烦女王黄丽，这回终于捅了马蜂窝，把自己送进了警察局去。经过调查，虽然排除了黄丽下毒的可能，但那杯毒水由她手中泼出，却是铁一般的事实。那名摄影师急救后虽然保住性命，却有失明之虞，更死死咬着黄丽，发誓要告到她坐牢。黄丽呼天不应，叫地不灵，人气狂跌，网上骂声一片。

人生有起有落，这边有人倒霉落下，那边就有相对的受益者。仙度瑞拉和林红在本次事件中的表现，获得无数支持者赞赏。林红挺身出来护卫同伴的义勇姿态，让许多人因此注意到她，称赞她的美丽与义气，人气一下水涨船高，甚至当晚就有导演、广告商打电话给我，希望请林红演出与代言。

至于另一个主角仙度瑞拉，人气更是直冲半天高。她堂堂正正斥责黄丽的姿态，通过各家媒体的播放，又成了网络热题。那一句“灵魂丑陋了，再好看的容貌和身材，都美不起来”，在各处微博与论坛热播。穿着连身泳装侃侃而谈，美丽、性感而又充满正能量的仙度瑞拉，无疑就是众网友眼中的女神。

网络上发起了一项投票：“如果今晚就是女神决赛，谁是你心中的女神？”投票结果是，仙度瑞拉以些微票数稍落后于金雪，排在第二，遥遥领先余人。这种情况，自然也造成几家欢乐几家愁的场面。特别是在DM公司内部，秦守看着铺天盖地而来的报道，气得脸色发白。

坐在秦守对面，蓝澜沉默着，不知道该说什么才好，事实上她说什么都没用。

“你教唆黄丽带记者去挑战，顺便拍下仙度瑞拉药性发作的样子，这是很好的，就算她供出你也可以撇得干净。但你放着正事不干，还亲自跑到那边去，这算是怎么一回事？黄丽被抓走的时候向你大叫，被媒体拍到，现在那群记者追着不放，都说这里头有阴谋，连我也被怀疑了。”

秦守说话的时候，手机不停在响，每响一声，秦守的脸色就难看一分：“你看，出事后我的电话就没停过，你说，这算是怎么一回事？”

蓝澜勉力挤出一个微笑：“我……我就想亲眼看一看事情进展，我也是怕事情出错，这才……”

“但你却让人抓住痛脚，因为你的出现，整件事充满阴谋的气味，谁看了都知道有问题。”秦守道，“还有，那个药是怎么回事？我转交给你的，明明是摇头粉，为什么会变成毒水？看新闻说，那水里有老鼠药的成分，虽然不是很多，服下后还是有致命可能，这是怎么回事？”

“这我也不知道啊，你给我的水，我确实转交给林红了，为什么会出这样的意外，我到现在也想不明白。”蓝澜道，“林红倒的水，混在那一堆饮料里，黄丽随便拿着就泼了，说不定，泼出的根本不是林红那杯，是另外有别人下药，也有可能是林红自己偷偷换了药，说不定……她和仙度瑞拉之间早有个什么，趁着这次我们逼她的机会，偷偷换药，反正出了事情也可以赖给我们，多个扛责任的。”

秦守瞪着蓝澜，对这些话半信半疑。他还是觉得，蓝澜嫌疑重大，恐怕就是这女人偷偷换了药，才惹出这局面。但蓝澜既然不肯承认，推得一干二净，自己也拿她没办法。说到底，她是自己手上最重要的一张牌，还有很多地方需要靠她……

“……希望以后不要再有什么事了。”

到最后，秦守只能抛出这样一句话作为总结。

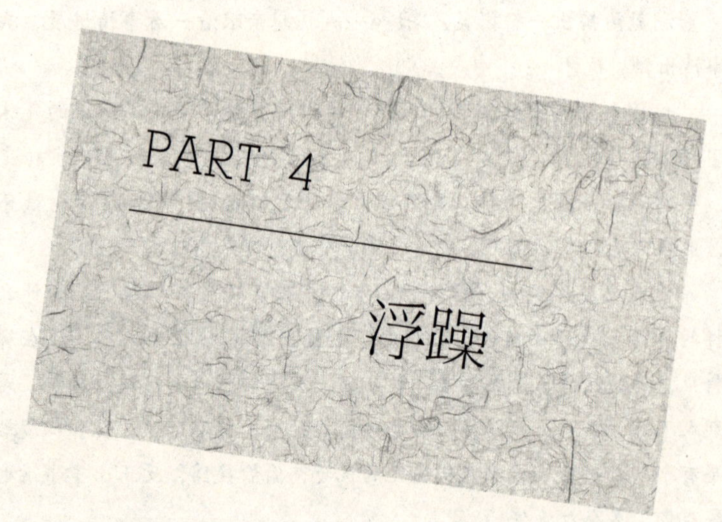
PART 4
浮躁

Chapter 17 来日纵使千千阕歌

“……什么？你是说……怎么可能？”

化妆工作室内，冰冰不可思议：“林红她下药……这怎么会？”

我说道：“没什么不可能的，我亲眼目睹，你要是不信，我还有录像为证，假不了的，还好这段录像到了我手上，否则……”

“她们两个是姐妹啊，林红怎么能……就算不知道仙度瑞拉是她妹妹，也不至于会……”

“世事无常，人心难测，本来就没什么一定的，不过……”我说道，“她做这种事情确实出乎我的意料。”

“那你打算怎么办？这种事情不能放着不管吧？等于抱着炸弹在身边。”

我皱眉道：“我会去处理这件事的……今天我来找你，却不是为了这件事，是为了要回礼给人家……上次委托你调查的事情怎样了？”

“有点眉目了，对方那边是一个小集团，秦守找了些股票作手与金主，一起炒作DM公司的股票，目标是从十五块拉到六十块，现在大概二十三四块，金主们对他很不满意。这次我打听到，那边马上有人递来橄榄枝，想邀我们过去一起赚钱。”

“二十三四块？距离目标还远着呢。”

“多亏你干的好事了，你每次闹出问题来，都让股价震荡，虽然只是跌个两三天就反弹，但已经让他们损失不少，要不然，现在起码该翻倍了。”

“其实我无心的……不过，反正他们也不会相信，我现在倒是想问问，如果我继续搞出什么事来，能让公司股价崩掉吗？”

“你还嫌自己的名声毁得不够啊？”冰冰正色道，“不可能的，这又不是你的公司，你不过是一名员工，丑闻闹得再大，顶多造成股价震荡，小小影响个一两天，最终还是回归基本面。公司有没有赚钱、营收是否正常，这才是股价的根本。”

“不可能啊？那你可以把事情做成可能呀！”

“……什么意思？”

“很简单，我虽然不太懂这个，但也知道，如果我委托你狙击DM公司的股票，反手卖空，数字一大，很容易就会被发现。但要是我们反过来操作，专挑在每一次DM公司出事的时候落井下石，大肆沽空，又分成多个来源，他们搞不清楚，就可能误以为是……大势所趋？”

经我这一说，冰冰若有所思，继而眼神发亮，点头道：“手续上有点麻烦，不过……确实可行。你还不错嘛，说是不懂，但一出口就中要害，有天分啊。”

“别逗了，这哪是我行？全是看电视学的，各种商战片那么多，看一看就能学上两手。”

“那你这么做……目的总不会是为了赚钱吧？”

“起码要赚到让你跑上跑下的车马费，不然怎么对得起你？但真正重要的，是要让对方心乱，心一乱就会做错事，也才更容易被我们抓住痛脚，绝不能让秦守那小子计划得逞！”

“只是这样的话，恐怕还不够。”冰冰道，“操作股票需要时间，现在比赛迫在眉睫，恐怕没有足够时间让你去打心理战。”

“这不要紧，我还有点别的招，我可以……”我是纯本能地说话，可这一句话到嘴边，我心念一转，忽然顿住，犹豫了一下，道，“让我再想一想吧，总之，能给对方施加压力的方法，实在是太多了，人心本来就是很脆弱的东西……”

“那林红的事？”

“不用担心，这个我会处理的。”

孟衍和冰冰简短商议的同时，林红的手机收到了一条短信。

“今晚九点，浮萍居酒吧。你来谈谈今天失手的任务，否则我们就请记者和网友一起谈。”

会说这种话的人，不是秦守就是蓝澜，但林红却有些摸不着头脑：“奇怪，这两个家伙之前不都是偷偷摸摸？怎么约我在大庭广众下见面？”

出发之前，林红回家与白芳婷见了一面，并且留下了很有悲壮气息的一句话：“芳婷，如果……姐这边有什么事的话，妈就交给你了，你要好好照顾妈，别让姐失望，知道吗？”

彼时的白芳婷，心境原也颇为复杂，不仅对当日的险情心有余悸，更因为孟衍又一次的英雄救美，令她心绪起伏、涟漪不断。蓦地听见林红好似诀别一般的“托孤”，白芳婷真是被吓到了。但林红却把手一摆，阻止白芳婷再问：

“没什么事，你别担心，不过是姐有感而发，不是什么重要问题，你别想多，姐走了。”

林红说完便急匆匆离家出门，剩下一脸错愕茫然的白芳婷立在门口。

林红准时赶到浮萍居酒吧，却没有见到秦守。她挑了张桌子，坐下等待，一直等到快十点，秦守压根就没出现，蓝澜也没有，只有酒吧里的那一台大电视，持续播放着早前关于黄丽的新闻，让林红越来越烦躁。

“真惨啊，不知道那个下毒的要被判多久！”

突然从背后传出的话语，惊着了林红。她一下跃起，却看到孟衍在后面朝她说：“抱歉，有点事情忙，路上耽搁，你久等了，应该不会发脾气吧？”

“是……是你约我来的？”

“是啊，不然你以为是谁？让你办事的秦守吗？他估计没空了。”

孟衍的一句话惊得林红满身冷汗。只见孟衍若无其事地坐下，笑道：

“你也坐吧，今晚，我们两个真有必要好好谈谈了。”

“有什么好谈的？我和你，没有什么话谈。”

“得了吧，都已经到这一步了，继续死撑没用了，大家还是坦诚一点。不然，你是想去向黄丽问声好吗？她在那边，估计很缺伴。”

此时的蓝澜也是思绪万千。躺卧在自家的浴缸上，看着屋顶的灯，她思绪起伏，感觉非常复杂，白天所发生的一切，仍旧在脑中盘旋，大半天过去，仍平静不下来。

“……这回是偷鸡不着蚀把米了，放谣言没成功，设好的局也失败，这个仙度瑞拉的运气真好，但我不信一个人真能那么没有破绽……说失败了也未必，下药的片子还在我手上呢，这张牌说不定还有用的机会……”

蓝澜自言自语，用手舀起一捧水，浇在脸上，水顺着颈项缓缓流下，带来一种好似放松的感觉。蓝澜疲惫地叹了一口气，连日来的比赛拼搏，确实让她累了，特别是在麻烦缠身的此刻，强烈的倦意涌上心头，很想好好歇息一下。

往往就是在这样的疲惫时候，一些画面会不知不觉地浮现眼前，通常是在梦里，但这时，伤感的画面伴随着回忆，一点一滴浮现出来。

在这些画面里，最清晰却又片段式的画面，是在一个四面土墙的小屋里。屋里没有桌椅，只有一堆收回来的废品，还有两个蓬头垢面、面黄肌瘦的小女孩，其中一个已经因为过度饥饿，哇哇大哭。

“姐……我饿……我好饿……呜呜呜……”

年纪较大的那个女孩，虽然年幼，却很沉着，稚嫩的脸上除了污渍，还有一种不属于她的年纪的过度早熟。她忍着同样的饥饿，安慰妹妹。

“别哭，坚强起来，忍一忍就会过去了。”

“姐……我们什么时候才能吃饭啊？我好饿……真的好饿……”

看着妹妹不住啼哭，姐姐显得很为难，还是打起精神，温言道：“姐姐现在没有吃的给你，但……我们还有希望啊。”

“……希……望……希望比吃的重要吗？”

“希望比什么都重要……”

声音仿佛近在耳边，回忆中的画面一下子破裂，蓝澜清醒过来，甩了甩头，让自己恢复意识。

已不知多久没有忆起这段令自己伤感又愤恨的画面了，蓝澜猛的一下用水泼在脸上，打醒自己，也洗去眼角滑落的水滴……

家里的电话响起，蓝澜定了定神，收拾心情，缠了条浴巾就走出去，接起了电话。

“蓝小姐吗？这里是天翼侦探公司，你手机怎么是个男人接的？你男朋友吗？他还告诉我这里的号码。”

手机在更衣室里被孟衍抢走后，蓝澜就一直没能拿回来。蓝澜想到孟衍就是一肚子火，猛把手里话筒举起来，想向桌上砸去，却听见话筒里的声音。

“蓝小姐，你委托寻找的那个女孩，目前仍没有线索，但你放的那笔钱已经用完了，如果要继续……”

“不用说了，钱不是问题，这两天我就会把钱打过去，你们继续替我去找，都找那么久了，你们尽快做出点成绩来。”

说完，蓝澜挂了电话，站在电话旁边，思绪如潮，久久平复不下来。

但在这个晚上，蓝澜注定不是唯一心乱如麻的人，和她相比起来，林红那边的心跳程度还要狂加一倍。

原本林红还没怎么打算实话实说，当我拿出手机，直接播放出她下药的那一幕后，这个素来强势而刚硬的女孩沉默了，她不知道该说些什么。

“……你怎么会有这个？”

“当然是从别人那里得来的。”我瞥了一眼仍在播放的新闻，“你最好祈祷你在过程中没有留下任何破绽，没有指纹什么的，不然要是警察一路查过来，可没人能替你开脱。黄丽可能会被追究刑事责任，他们家肯定很乐意找出真凶，来分担罪责。”

一面说着，我一面把这段影片删除，然后打开手机，取出里面存放影片的记忆卡，当着林红的面折毁。

“你自己好自为之了，这种情形再有下一次，没人救得了你。”

撂下这一句，我把手机一收，起身就要离开。

林红脸色陡变，连忙道：“你……你等一下！”

我道：“等什么？你有什么话要说吗？我还有约会要去。”

“你……就没什么要问我的？”

“有什么好问的？”

我朝周围打量了一眼，发现已经有人注意到我们，只得重新坐下，有些无奈地抓了抓头，道：“真是很麻烦的呢，这种事……问了又能怎样呢？不该做的你都已经做完了，而这肯定也不是你想做的，否则，怎么会那么巧，你一边下药，就一边有人帮你拍纪录片？”

“你是说，这段录像……”

“你肯定是被人逼着来干的，是谁逼你我猜得到，但怎么逼你的，你未必肯说，我也不想问，因为我没能力替你解决……”我故作轻松，“那你说，我们还有什么可浪费时间的？”

林红听罢登时惊呆，愣过片刻后，她说：“你、你别自以为什么都知道，你其实什么也不知道……我是被逼的，在这个家里，有太多事需要我来扛，也只有我一个人能做，妈妈的手术费……”

仿佛情感长堤打开了一道口子，林红的话一说，就停不下来了，她把这段时间以来，她所遭遇到的一切，全部倾吐出来。说着说着，泪水也跟着夺眶而出。

不知是羞耻还是愧疚，林红通红着眼，止不住的泪水，变成了大声哭泣，像崩溃了一样地痛哭着。

“他们说……只是放点摇头粉，喝下去闹点丑闻，出点小事，只要替他们做完这次，以后就各走各路，前债一笔勾销，我……我也不知道……为什么最后会变得那么严重……”

林红一声一声地哭着，我就坐在那里，静静地听着她说话。我知道林红只是需要一个倾诉的对象，并不需要别人安慰，事实上，我也不知道怎么安慰。而我基本知道，这个狠招是秦守安排的，幸亏当时我在，不然还不知道会出什么状况。

频频的哭泣声，引起附近人们的侧目，我叹了口气，向柜台方向打了个手势，很快就有服务员倒了三杯酒过来。那个年纪颇大的服务员，还特别看了哭泣中的林红一眼，再望向我，很不以为然地叹了口气，摇了摇头。

“你这是……”

“放心，肯定不是你想的那种目的！酒可以镇定神经，对你多少有点帮助，喝下它……或者你可以选择继续在这里哭下去。”

或许是我鄙夷的态度，激起了林红的自尊心，她二话不说，把这三杯酒都喝了个干净，喝完之后，身体晃了一晃，斜眼看着我。

“你……今天的事情……”

“今天发生的事，首先，你对你下的东西是什么并不知情；其次，你应该也不是自愿的。除非警察破案公布案情，或是你High到到处找人去说，否则，不会有别人知道，尤其是你妹妹。所以，你不用担心以后在她面前抬不起头来。”

我讲得斩钉截铁，林红的面部表情则是难以名状。一阵沉默过后，她竟偷偷瞥了我一眼，低声道：“……谢谢。”

“不用谢我，是你运气好，这件事刚好撞在我手上，我来得及挡下，给你一个机会，要不然，会是什么后果就很难说了。”我加重了语气，“这也是我给你的最后机会，今后有什么问题，你愿意说，可以说出来，大家试着一起解决，但不管你有什么苦衷、什么理由，如果这次之后，你仍替秦守做事，那么……普天下不是只有那家伙才懂得威胁，而你最好别天真到以为和我比起来，那家伙比较危险，我人畜无害，如果你有这想法……以后有你苦头吃。”

我发现林红正瞪大双眼望着我，目光中夹杂着欣喜和疑惑，仿佛她第一次认识“这个渣男”。

“我……一定是醉了……”

“不是吧？才三杯，你酒量这么差，以前怎么去跑业务的？”

“如果不是喝醉了，为什么我会忽然觉得你高大、英明神武？还觉得你突然之间变得……好像很帅！”

林红的话模糊不清，我微微皱眉，觉得有些危险了：“你估计真的醉了，胡言乱语的，先回去休息吧！明天还有一堆事要做，早睡早起吧……服务员，埋单！”

“等一下！”

林红叫了一声，狐疑地看着我，脸上微微泛红，看上去已有几分醉态：“你、你真的会帮我保守秘密……不让芳婷知道？”

“这种事需要怀疑吗？难道在你眼中，我是一个说了不算的人？”话才刚出口，我就懊恼地抓了抓头，“啧，也对，我是常常说了不算的……这个难怪你不信！不过，这回我没打算食言，所以你……”

“我不相信你！”

林红不留情地回呛，口中喷出的满是酒气：“我不相信你真能做到，除非，你能证明……服务员，拿酒过来！”

“你发什么酒疯？三杯下去就发疯？我真是用错镇定法了！服务员，你们可以帮忙送这醉女人回家吗？喂！”

话才说完，服务员已经拿了酒过来，不由分说，一大瓶酒重重地放在桌上，敲得桌子摇晃。我愣了一下：“哇……也不必这么大瓶吧？你们故意的吗？”

林红动作很快，开瓶倒酒，满满一杯马上就推到我面前：“喝！酒后吐真言，只有你喝了这些酒，说出的话我才信！”

“我才不陪你发疯咧。我每次喝醉了都没好事，已经很多年不这么喝酒了，你醒醒回家睡吧……呜！”

挣扎起身的我，被一下扯住，接着就被林红一杯酒倒灌下去，差点呛得连眼睛都烧起来。

“喝！谁说不喝谁就不是男人……”林红顿了顿，“谁不喝，谁就是孙子！”

“喝就喝！”

我咳嗽两声后坐下来，扯开领带，接过酒杯一饮而尽，把领带甩了开去，陪着林红你一杯、我一杯，很快就把这瓶酒喝得底朝天。接着，服务员被叫来，送了更多的酒上桌。

酒意上涌，完全喝开了的我俩，控制不住情绪，一边喝酒，一边说话，还像疯子一样痴痴发笑，口里说着一些连自己都未必懂的话。

“喂！渣男！你……嗝……你刚才……为什么只坐在那里不吭声？”

“哦，我……为什么要吭声？嘻嘻嘻，你……想听我吭什么声？我以前……是歌手，最会唱歌了，我唱给你听……”

“谁要听你唱歌了，我是说……你都不会来安慰我一下吗？你……那么坏，应该很会哄女人吧？”

“哄谁……也不能哄你啊……你多精明啊……拿哄那些无脑女人的话哄你……你肯定翻脸，我不是又要被水泼了？所以……我就沉默了……”

“敬你的沉默，我们干一杯！”

“干杯！”

干杯，一杯接一杯，桌上横倒的酒瓶也越来越多，两个人的话越来越与理智脱节。

“渣男……其实……你这人也没那么差……为什么你总把自己弄那么贱呢？”

酒一瓶接着一瓶，情绪也越来越失控。

“呜呜呜……我算什么歌星啊？连我的助理都比我红……我不是男人……什么话也没敢说，就那么灰溜溜地跑了……最差劲就是我这种了……”

“你在说什么啊？”

“没事，喝！喝完我……我要唱歌！”

酒瓶倒下，荒腔走板的歌声，闹到客人都受不了，最后我和林红一起被赶了出去。一对醉得乱七八糟的男女，尖笑着出门，脚下踉跄，跌跌撞撞。终于，林红一下险些跌倒，我在旁边一把扶住。

“小心！”

我扶住了林红，两个人的脸近距离相对，灼烫的呼吸可闻，近距离四目对视之间。林红忽然生出一种很奇妙的感觉。

“渣男，你……长得真好看……”

话方落，林红的唇就主动盖印上来，我迷醉的眼神，一下子瞪得老大……

说实话，我真的记不清那一天晚上发生了什么事情。

我只记得林红以一个近乎霸道的姿势夺走了我当夜的初吻，然后不由分说地，拉着我跑出酒吧，拎着高跟鞋，在午夜的街道上赤足飞奔。当我累到跑不动了，仰面躺倒在地，她就停下来等我。有时会用高跟鞋来砸我，一边自顾自地又哭又笑。

酒精的作用，加上午夜的空寂，令气氛变得很不寻常。

看着这个酒后失态的女人，我似乎想起了很多往事，却又线索混乱，彼此交织。

林红忽然俯身下来，用一种好似幽怨的眼神望着我，一边挑衅似的拍拍我的脸颊：“渣男，敢不敢陪我去宝石山看日出？”

她说话的时候，长发就这样倾斜下来，轻轻抚过我的前额，令我感到一阵的微痒。

然后晚风就柔柔地吹过来。

宝石山距离浮萍居不远，位于市中心的MAYA公园。但我实在记不清我们是如何翻过公园的围栏，又是怎样一步步攀到山顶的。

我只记得那晚更深露重，山顶风势冷冽。我们背靠在一棵大树上，不断哆嗦。起初林红将双手插进我外衣口袋取暖。后来我索性从身后紧紧地抱住她，把脸颊埋进她长发间，呼吸湿暖，鬓角厮磨。

林红说，希望太阳不要太早起来。

我清楚地看见她呵出的白气。而此后的记忆，我又再次模糊了，大概睡着了也不一定。

也不知过了多久，太阳终于缓缓地升了起来。

我听到林红喊我的名字，没有答应她，只从身后抱紧她，一遍一遍，亲吻她白皙的后颈，好像沉醉在一场阔别已久的温柔中。

林红似乎问过我什么问题，但我记不得了。

再次转醒，已是次日上午的九点十五分。待我恢复意识，发现自己居然枕在林红的腿上，而她的指尖正轻柔地抚摸着我的脸颊。

“哇——”

我吓得不轻，迅速脑补前情，心知此事不妙。当下也顾不得看她表情，整个人便如遭电击般飞快弹出来，慌忙站起身，检视着自己的衣物。

“你，你，你……我，我，我们……我们，我们什么都没有发生哈！”

林红此刻的眼神，很难用语言准确地描述。从期待，到错愕？再到羞愤？

面对她复杂的反应，平日里伶牙俐齿的我，居然语无伦次，口齿不清。

“你你，你，你听我解释。”我意识到不妥，又开始慌不择言，“是不是大家都喝醉了……喝醉了哈？我，我……我早就说不要喝酒嘛……”

话没说完，一杯水泼在我的脸上。林红一句话都没有说，飞速整理好头发，怒气冲冲转身离开，沿着下山的小径狂奔而去。

剩我一个人靠在树边唏嘘，一边抹着被水打湿的脸。

“……啧，变魔术啊？那杯水她是从哪里来的啊？”

这个不明不白的夜晚，林红眼神中复杂的期待，让我如坐针毡。但是我能说什么呢？难道说我喜欢你？我爱你？还是我以后和你在一起？我只觉得好笑，这些话根本就无法说出口！或者说对不起？所以被泼水也许是最好的选择。

而这一杯水，也告诉我答案：这事情没完没了了。

DM公司之内，本已焦头烂额的秦守看向计算机屏幕上不住下跌的股价，脸色更加难看。

“每次闹出事，股价就跌，这次更扯，直接跌停，那票只出钱不干事的家伙，又要脸绿了……”

秦守瞪着自己摆在桌上的电话，虽然已经开了静音、震动，却还是在那里响个不停，搞得秦守心烦意乱。

“本来还考虑过，正正经经管理这间公司，稳当经营，如果再这么闹下去，那可就没什么搞头了。目前这样已经是极限了，每次比赛出事，股价就跌，这次直接跌停板，要是以后再出个什么问题……”

自言自语叹息着，秦守终究还是拿起了手机，恰好这时短信声音响起，他接过一看，是个全然陌生的号码，这让他感到一丝不祥，而当他看清楚里头的内文，双目为之怒瞪。

“仙度瑞拉不存在，是人伪扮！蓝澜与孟衍旧情复燃，秘密勾结！”

两个消息，如同重磅炸弹，把秦守给炸得不轻，他甚至没能坐住，一下跳了起来，来回走了几步后，拿起电话，立刻打了出去。

还不知道秦守那边状况的蓝澜正在公司大门口，她刚刚接到通知，孟衍留了件东西在大门口柜台，让她过去拿。她急急忙忙赶下去，就看到自己的手机搁在那里。

打开手机，略一检视，好像没有什么问题。记忆卡不见是意料中事，而孟衍也肯定料不到，蓝澜还另存了一份记录。

边走边想，手机响了起来，一看是秦守来电，蓝澜暗暗松了口气心想幸亏手机还得及时，这两个男人要是通过我手机讲了电话，那就不好了……

接起电话，蓝澜脸色一变，急急冲进电梯。没多久，她便风风火火地冲进经理室，抢着问道："仙度瑞拉有假是怎么回事？"

秦守打量了蓝澜两眼，慢条斯理道："不清楚，我们目前手上得到的消息，也只有这样，是我今天才收到的消息。这可能性不小，我一直觉得那丫头有问题，像是被设计好的童话，凭空冒出来，一出来就吸引眼球，那么高贵、完美……现实世界哪来的这种人？"

蓝澜道："我也觉得那女人有假，但……你有更可靠的消息吗？如果只有这一句的话，很多网络流言也在说同样的东西，意义不大。"

"没有，我也才得到消息，正在找人查，这种事情没有真凭实据，不能乱来。不靠谱的情报，也可能是陷阱，我不想没弄清楚就掉进去。"

"未必要你自己来查。"蓝澜脑筋动得极快，拿起桌上的电话，开始拨号，"靠自己调查不容易，我们可以把消息放给记者，他们的查证管道比我们多，消息传给他们，不用二十四小时，就能把人翻得底朝天，万无一失……"

"……不能找记者！"

秦守忽然伸手，抓住蓝澜，脸上表情相当严肃："仙度瑞拉异军突起，公司前期利用她来宣传比赛，现在的她，是女神大赛的一杆大旗，我们若在毫无准备之下，把这杆大旗砍倒了，对公司……危害很大。"

"有什么危害？把一个用虚假身份的骗子踢出去，有什么危害？"

蓝澜茫然不解，目光游移，看到了秦守计算机屏幕上的股票接口，虽然她是外行人，也看得懂DM公司的股票正在狂跌。

"……原来如此，是对公司的股价有危害吧？"蓝澜甩开了秦守的手，放下电话，目光一下子变得锐利，"别告诉我，你在炒作公司的股票……”

秦守不答，但沉默的反应，等同默认，让蓝澜心中有数。

“……好吧，那你打算怎么做？”

“仙度瑞拉如果有假……这女人行踪不定，很难调查，只能从她身边的人着手，目前她身边的人……孟衍那家伙看起来一堆破绽，实际上却让人很难着手，一不小心还会被他诱入圈套，我不想沾他。林红那边……之前给她那样大的压力，她什么也没说，估计是连她都不知道，很难指望……”秦守沉吟道，“剩下的人里头，还有……”

蓝澜道：“我记得林红还有一个妹妹，那个打一开始就被淘汰出局的。”

“对了！”秦守一拍掌，道，“我记得那个小女孩，在电梯里遇到过，一脸土气傻样……说不定真能是个突破口。”

蓝澜道，“那要不我去替你查查……”

“不必了！”秦守一口回绝，“你最近……运气不是很好，这件事不用你来办，我会另外找人，你专心比赛就好。”

“该不会是嫌我败事有余了吧？我明白了……那你回答我一件事。”蓝澜道，“当初你说会让我夺冠，成为女神，这个承诺……现在还算数吗？”

蓝澜瞪视着秦守，秦守抽着烟，表情在烟中有些朦胧。

“……你不是喜欢包吗？等会儿一起去逛逛当季的新款吧。”

蓝澜不是傻子，听得出秦守故意岔开话，也知道这是什么意思，脸色一变，正要说话，秦守忽然冒出了一句：“你能不能先回答我，你和孟衍现在到底是什么关系？你们……该不会还有来往吧？”

蓝澜闻言一惊，昨日在更衣室里，与孟衍耳鬓厮磨的画面，一下闪过脑海。他脸上表情有些异样，但仍是强自镇定，道：“你想太多了吧？我怎么可能会和他有往来？我们……根本就没什么可说的。”

“当初你们两个可是差点就结婚了……”

“你觉得这种事情有可能吗？还是你真的这么在乎这一点？”蓝澜道，“现在回想起来……我们，其实就是两个粉墨登场的演员，各自逢场作戏，在该表演的场合、时间，进行应该的演出。所谓的论及婚嫁，不过是在那个阶段，应该要表演出来的剧情。我说了台词，至于要不要进行下去，会不会真有那么回事……看后续剧情需要吧。”

说完，蓝澜的表情显得疲惫，在椅子上坐了下来。秦守倒了杯水递过去：“很难得听到你这样说话，虽然不是什么好听的话，但……算是你真心剖白了。”

蓝澜喝着水，并不答话。秦守道：“我之前听说，你好像在寻找失散的亲人，要不要我……”

“等一下陪我逛街吧，我想买个新的包。”

一句答得斩钉截铁，蓝澜脸上笑得妩媚，笑容之下，却带着一股强烈的抗拒味道，表明她不想在这问题上多谈下去。对她而言，这话题显然比孟衍要禁忌得多，甚至是不许任何人碰触的。

秦守点点头：“好，一会就去。”看了蓝澜的反应，秦守暂释疑心，但又纳闷起来，不知道那封匿名短信是谁发来的？

Chapter 18 闭起双眼你最挂念谁

林红失魂落魄地回到家中，想先洗个澡，然后再蒙头大睡一场，最好睡上几天几夜都不用起床，但刚一进门，就被一双满是血丝的通红眼眸给吓到。

“姐……早……”

“芳、芳婷！你怎么这样啊？”

来不及蹑手蹑脚，一进门就与妹妹撞个正着。林红这一下险些被吓坏，而白芳婷的样子也确实吓人，身上穿着保守款式的睡衣，厚重的被子卷披在身上，神情萎靡，两眼都是血丝，一看就知道是整夜没睡。

“你一晚没睡？为什么熬夜了？”

“我在等你回来啊，一边等你，一边喝咖啡、吃零食，不知不觉就天亮了。姐，你这一晚去哪了？为什么整晚都没回来啊？”

一句话问得林红语塞，只能含糊道：“有个以前的朋友约我，她老公爱拈花惹草，两夫妻正在闹离婚，她向我诉苦，我就去陪了她一晚上……”

强自镇定，林红说着这个自己都觉得不怎么样的谎言，生怕被妹妹听出破绽来，发现真相。幸好白芳婷反应迟钝，听完这解释，只是点点头，打了个大大的呵欠，这才道：“姐，我有些事情想和你商量……”

“等一下再说，我先去洗个澡。”

林红心虚，不敢多言，急急忙忙先进浴室去洗澡，想让精神镇定一点，不在妹妹面前露出破绽。

沐浴时，看着镜中的自己，林红有种莫名的伤感涌上心头，眼泪也不争气地流淌下来。不明不白的夜晚，和一个不明不白的男人在一起相拥、亲吻、抚摸、取暖、互诉衷肠，她原以为命中注定的爱情已经迫不及待地降临了。

然而所有的温馨，却在日出之后，顷刻消散于阳光。

更令她难以接受的是，孟衍一脸无辜、事不关己的态度。

难道这一切真的只是一场梦？

盥洗台上的手机响了一声，是短信来了，林红连忙拿起，用最快的速度滑开确认。果然是孟衍发来的，林红脸现喜色，可是点开一看，短信内容只是提示工作，叮嘱别误了时间，除此就没提什么别的，口吻一如平时，没表示愧疚或是请求原谅。昨晚的事——就像完全没发生过一样。

林红痛恨自己不争气，却还是简单回了三字“知道了”过去，对方也不再有回音。

透过浴室的氤氲，林红呆呆望着手机屏幕，眼泪更加不受控制。此刻镜中的她又略带同情地看过来，叹气道：“你知道吗？一个女人不怕爱错了人，悔改就好了，怕就怕……明知道那人错了，还是爱上了。”

脸上是止不住的眼泪，心中却反复响起“慧剑斩情丝”的声音。林红洗了足足一个小时，依然没有拾掇好心境。反而走出浴室的时候，迎上白芳婷的目光，林红的表情立即从容许多。

看着妹妹紧张兮兮的样子，林红拉着她的手，把她拉到桌旁坐下。

“行啦，你急什么啊？有什么话要讲就说吧。”

林红摇了摇头，有些不耐烦妹妹的神秘兮兮，却没想到白芳婷的一句话，就让她呛到。

“姐，你觉得……孟衍这个人怎么样啊？”

一句问话，问得林红心头火起：“你问这干什么？那渣男是什么德性，你会不知道吗？我和他也不是很熟，为什么要问我？”

“因为啊，最近看到很多电视、报纸都在揭他的事，说得都很不堪，品格低俗、作风浮夸什么的……”

“无聊，你第一天认识他吗？每天都看得到的事，需要看电视、报纸才知道？你吃饱太闲了？”

“不是啊，除了这些，还有人说，他泡妞的时候还借钱，人财兼收……”

“这都有人知道？那渣男真是该死了！”

骂一声，顿了顿，林红忍不住道：“其实也没那么恶劣，他向人家借钱，都是另有理由，再说了……他分手的时候不是把钱都还了吗？要不然，哪能到现在还不被人告上法院？”

“也有点道理，那他就不算是骗财骗色的坏蛋了？”

“也不能这么说，事情不是那么单纯的，那个渣男当然不是什么好东西……”

思索着孟衍的为人，很多发生不久的画面，在脑中飞速闪过，林红不自觉地说着话：“但他……至少，那家伙借的钱都有还，答应了要替人介绍机会，也都有介绍……算得上银货两讫，至于交易纠纷……生意做多了，多多少少，在所难免吧。”

说到最后，林红忍不住暗骂自己一声，实在太没骨气，居然反过来替孟衍讲话。不过，白芳婷关心的重点显然不是这个，听完林红的说明后，她兴奋得双眼放光，很急切地说话。

“那……既然他不是坏蛋，我可以和他交往吗？”

“什么？”

林红的声音一下拉高，就看见白芳婷像只雀跃的小兔子，兴致勃勃地道：“我想好了，我喜欢他，很喜欢很喜欢，只要你不反对，我就要向他告白了！”

真是做梦都没想到事情会有这样的演变，林红深深后悔自己

男主的存在感！

看了这么久，终于进入感情戏了……

刚才没把话说得严厉些，居然让妹妹对这渣男心存幻想，这下后悔莫及了。

“不行！”

林红一下怒拍桌子，咬牙切齿道：“你不能再对那个渣男心存幻想，他不适合你，如果你喜欢上这种人，将来一定会被伤得体无完肤，万劫不复。”

独自走在路上，白芳婷的心情很乱，刚刚林红的雷霆震怒，把她给吓着了，但除了惊讶，还有更多的错愕与不解。

“真奇怪，姐为什么生那么大的气啊？明明她自己都说，孟衍不是表面上那么坏的人了，我说要向他告白，她为什么又气成那样？真想不明白！”

白芳婷摇摇头，自言自语道：“算了，先不想那么多，好好来看看衣服吧，很久没有这样逛街买衣服了。以前没那么忙的时候，最喜欢这样和姐姐逛街了……”

一路闲逛，看着橱窗里的崭新时装，白芳婷一家接着一家看过去，最后，她大着胆子，进了一家名牌皮包店。

“哇……怎么……这么贵啊？每件东西后面起码四个零，这皮包真是给人用的吗？”

白芳婷在一个货架前，对着一个皮包看了足足几分钟，一脸的渴望表情，可当旁边的服务员过来问，要不要帮忙包起来时，她却很心痛地叹了口气。

“还是算了，你们这些皮包那么多零，根本不是给人用的……我……还是下次吧。”

急急忙忙转过头，白芳婷不住告诫自己，母亲病好康复之前，赚再多的钱也不能乱花。

“咦？”

一转身，看见店门口那边有个客人进来，白芳婷一下瞪大眼，找地方

想藏起自己，却还是慢了一步，与进来的蓝澜打了一个照面。四目对接，两人都是一顿。

奇怪，为什么这次看见她，有一种……说不出的感觉。

意外碰到了白芳婷，还真是把蓝澜吓了一跳，再想起秦守之前的话，蓝澜心中一动。

“这……或许是个机会。”

刚想拉秦守过来说话，蓝澜就看到白芳婷低着头，往旁边走了出去，一溜烟地出了店。

“不好接近啊……之前在她面前的形象太差了。”蓝澜不禁苦笑。

来不及行动，目标物就跑了，蓝澜也只有收起这念头，专心挑了几件衣服，在店员的服侍下逐一换装。

美人通常都是天生的衣架子，蓝澜连换了几套衣服，从普通的套装，到礼服长裙，每一件穿起来都有不同的风情，更把她的身材展露无遗。过程中，女店员们不住围着蓝澜，发出赞叹。

“蓝澜小姐，你真不愧是大明星，身材真好啊！”

“你是怎么保持身材的啊？为什么可以这么好身材？”

带着羡慕的惊叹，蓝澜听在耳里，脸上挂着礼貌性的微笑，不泄露过多的情绪，心里则是非常满足。

“其实，也没有什么，少吃多运动，就是这些……”

淡淡说着这些不着边际的话语，蓝澜觉得有点奇怪，回头张望了一下，很好奇秦守怎么那么长时间没过来。秦守一手拿水杯，一手拿电话，表情不怎么好看，似乎发生了什么事。

看到秦守这副表情，蓝澜也不换回自己的衣服，直接穿着这套礼服，就往秦守那边快走过去，正好看到他表情凝重地对着手机说话。

“……从现在起，公司不再支付这些费用。”

乍听起来，好像是什么款项问题，蓝澜本来不想多干涉，但看秦守表情实在不妥，又是在商店里，忍不住问道："怎么了吗？"

秦守一下抬头，四目接触的瞬间，蓝澜不禁一怔，感受到这双目光中的愤怒，那是一种极度压抑之下的怒火，如果不是在这样的场合，秦守肯定会大爆发。

"……你干的好事！"

短短的一句，咬牙切齿地说出，蓝澜还是首次见到这男人如此失态，而且事情似乎还与自己有关。她愣了一下，就看见秦守手中的那杯水，朝自己劈头盖脸地泼来。

"啊！"

距离那么近，想闪躲根本就不可能，蓝澜一声惊呼，被泼个正着，整个头脸，连带衣服都被打湿，狼狈到无以复加。

"你干什么？"

蓝澜又惊又怒，一句话问出口，秦守却不理会，转身就走出这家店，不作任何解释，也没再向蓝澜多看上一眼。

"……到底怎么了？"

正想不通秦守为何忽然失态，蓦地，店里正在播放娱乐新闻的那台电视，放出了一则最新的消息。

"女星蓝澜与前经纪人孟衍秘会忘情热吻！"

以这个标题为开端，女主持人神情腼腆地念着新闻稿。

"网上忽然流出一段视频，引起了轰动，虽然很快遭到删除，但已引发大量转发，散到各处……据悉，视频中的男女双方，是正在女神大赛中光芒四射的女星蓝澜，与其前经纪人孟衍……"

呼应着这些话，女主持人身后也放出画面，里头一男一女，虽然眼睛都被打上马赛克，可脸部轮廓看起来，谁都能认出正是那日在片场泳池旁更衣室内忘情热吻的孟衍和蓝澜。

"据悉，孟衍与艺人蓝澜曾为情侣，也有知情者透露两人曾经论及婚嫁，后因第三者介入，两人关系破裂，如今在公司化妆间上此般亲热，不知是否为两人重修旧好的征兆……”

画面告一段落，接着就开始回放。女主持人道：“碍于尺度，视频只播放到这里，也许后面什么事情都没有发生，这是DM公司公关部给出的解释。”

蓝澜站在那里，动也动不了一下，全身如坠冰窖。她当然知道后面什么也没发生，因为孟衍立刻就跳窗跑了，问题是……只看这一段影片，谁也不会相信的。

“……不知道蓝澜小姐的粉丝，对于这段恋情是否会祝福呢？我们衷心祈祷天下有情人皆成眷属。但情况或许不是那么乐观，因为自从这段影片曝光后，因为当家女星丑闻的影响，DM公司的股价重挫，几分钟内达到跌停，引发连锁性恐慌卖压，目前已经跌停锁死……”

女主持人吐了吐舌头，显得很俏皮，接着又端正表情，道：“我们来看下一条娱乐新闻……”

后面到底说些什么，蓝澜基本上已经没有印象了，脑里盘旋着的念头，就是这回大事不妙，怪不得秦守怒气冲冲走了。自己这么多年来所累积的一切，恐怕就要这么毁了，堪称是从业以来的最大危机……

蓝澜整个身体，一下冷、一下热，心里则是空荡荡的，足足过了好半天，这才回过神来，发现周围的那些店员，表情诡异地看向自己。蓝澜不知道花了多大的力气，才压抑下想要尖叫的冲动，她用最优雅的一面，淡淡道：“埋单。”

“不好意思，蓝澜小姐，这套礼服已经被您打湿，我们……”

“我知道，所以我说……埋单。”

蓝澜竭力维持着起码的体面，不想失了女明星的体面。

这一刻，蓝澜的心情很复杂，她怎么都想不到，孟衍会来一个这么厉害的回马枪，回敬她之前的兴风作浪，而这一下打得实在太重，不但大伤自己的形象，更打坏了自己与秦守的默契。DM公司股价大跌，光看秦守气急败坏离开的模样，就可以想象他的损失，而这笔账只会记到自己头上……

“请问……现金还是信用卡？”

女店员的提问，让蓝澜稍稍惊醒，她苦笑着从皮包里拿出信用卡，交给店员们去刷，想要尽快结束这场闹剧。不料屋漏偏逢连夜雨，卡交出去，店员操作刷卡，几秒后，店员的表情变得非常古怪。

“抱歉，这张卡……刷不过去。”

“怎么会？”

“您还有别的卡吗？”

“有，试试看这一张。”

蓝澜生出一股不祥的预感，连忙从包里拿出第二张卡，交了过去。不久之后，当店员用一种质疑的目光，看着她猛摇头，蓝澜就知道发生了什么事。她一面取出第三张卡交出去，一面也打开手机，启动里头的信用卡管理软件。

果然，软件显示，自己手上的几张信用卡，都被停止支付了。这些卡都是公司支付的副卡，再想到秦守拂袖而去前的那句话，蓝澜马上明白了。

“很抱歉，你这几张卡都刷不过，还有别的吗？或者，现金也可以？”

店员说话的口吻很客气，可那双目光就像在看贼一样。蓝澜清楚她的想法，有些犹豫地拿出一张卡来。

“这是我个人的卡，应该可以刷过，有两万的额度。”

“……还少八千。”

“……我付现。”

蓝澜觉得自己从没有那么糗过，被泼得满身湿，披头散发，一堆人看着自己的好戏，信用卡被停止支付，让自己只能翻皮包、找皮夹，狼狈地试图翻出钱来付账，最后，连所有的零钱都掏了出来，堆在柜台上……

“一共两万五千四百三十，还少两千五百七十……”

女店员看着蓝澜，蓝澜努力维持着典雅姿态，道：“剩下的，打个折扣可以吗？我是这家店的老顾客，VIP……”

蓝澜忍着羞耻，鼓足勇气地说这些话。这对她来说，实在不是一件容易事，剧烈的心跳，让她背后淌满汗珠。

“折后……还有两千五，付现还是刷卡？或者，您可以找朋友来帮忙付。”

很可惜，这番努力被毫不留情地打破，当店员用一副难看的表情，这么冷冷宣告着，蓝澜几乎有种尖叫的冲动，她没有人可找，没有朋友……

“两千五！”

关键一刻，一只手把两千五百推上柜台，蓝澜错愕地回头，难以置信地看着替自己补足钱的白芳婷。

白芳婷的突然冒出，不在蓝澜的预计内，她做梦都不会想到，自己居然在这种时候，被这个不起眼的丫头给救了。在短短十几秒前，她才意识到那个悲哀的事实……当自己真出了事，整个世界那么大，能帮忙的人一个都找不到。

正因为太过震惊，所以当结账完成，离开那家店的时候，蓝澜连一句谢谢都说得结结巴巴。她没法立刻镇定下来，反倒是白芳婷，虽然脸色不好看，还一副小心戒备的模样，但却镇定得多。

“不用客气，这件事……我觉得我们也有点责任。”

“咦？”

“孟衍……算是我的老师吧，刚刚的事，我在门口附近都看到了，觉得……我们有点责任。不能袖手旁观。”

白芳婷说着，一脸的无奈，好像一个替老师收拾善后的助理，但蓝澜却从这表情里，看出了其他的东西。

“你……是不是对他……”

“你的信用卡，怎么忽然都不能用了啊？好像不是刷爆，是被停卡了吗？那个总经理不是你男朋友吗？他停的？他怎么能这样啊？”

连串问题，把蓝澜问得心里直打鼓，更对白芳婷另眼相看。本来在她的记忆中，这个女孩子土里土气，傻乎乎的，不是什么聪明人物，但这几句话一问，立刻让她注意到，这女孩不是自己以为的那么傻，而这些问题……确实也问到自己心坎上。

“这些男人……关键时候，本来就没一个能信得过的。”

蓝澜一下叹息，白芳婷却冷不防冒出一句。

“那……那两千五大概什么时候可以还我呢？”

“呃……”

“很不好意思啦，但我并不是你这样的大明星，不久前我还只是个学生，两千五对我很多的，没办法就这么白给人了，我要存好久的，而且……我们关系也不是很好……”

白芳婷边说边低下头，感觉相当心虚：“你和那个总经理，我们应该算是敌人的，老师如果知道我这么做，一定会气炸了。他说过，只要看到你带着笑走过来，什么都别和你啰嗦，直接一杯水往你头上浇下去就对了。如果他知道我……”

偷瞥蓝澜的反应，白芳婷有些担心这话触怒对方，却没料到蓝澜愣了一下：“那个男人……会被你气炸？”接着就有些遗憾地笑了起来，“那可不是一件容易事呢，说明你在他心里的位置很不一般，我就从没有看过他气到炸的样子。”

“那是因为你优秀吧，才不会惹他生气。”

“不是的，那个男人……”

蓝澜说着，忽然生出一个念头，看了白芳婷两眼，笑道：“我的银行卡没带在身上，现在又有急事要去处理，不如这样吧，我去处理一下，过两天……或者明天，我打电话给你，一起出来喝个咖啡，我把钱还给你……这事别给他知道，他一定会很生气的，我知道他一直放不下以前的事，对我……很多误解。”

镇定下来，蓝澜恢复了平常挥洒自若的女明星姿态，更把孟衎的名字也拿来利用，说得白芳婷频频点头。之后，双方约定了联络方法，各自离去。

蓝澜在紧要时刻，被白芳婷解了围，这可以说是非常幸运，但却也有没那么运气好的人，正为着忽然遇到的危机，焦头烂额。

“……截至目前为止，DM公司的股价仍处于跌停，底部爆出大量，分析师指出，该档股票卖压沉重，估计未来两到三天，股票将会持续破底，建议投资人卖出……”

悲观的预测，恰如秦守难看到爆的脸色。与此同时，他的手机也快被打爆。他接了起来，电话那头的声音，满是压抑不住的愤怒。

“……是的，我知道你们很火大，我何尝不是？这次不光是你们亏钱，我自己的钱也在里头，你们损失惨重，我又好到哪去？我也想不通，明明就只是一条很普通的艺人绯闻，天天报上都看得到，为什么这么普通的一件事，却搞到我们股价大跌？还跌了又跌……”

听着里头的连串骂声，秦守几乎忍不住想砸掉手机：“你以为我愿意吗？事情本来都计划得好好的，鬼才知道为什么意外那么多？这间DM公司简直是邪门，到处与我相冲……哼，陈总，你少说这种话，大家不是第一天出来做生意，你们也不是第一次和我一起炒股了，赔了就全怪我一个，之前赚钱的时候，你们怎么不说？”

电话那头大声咒骂，更传来威胁的声音，秦守眉头皱得更厉害，眼下还不好撕破脸，不得不放软态度：“陈总，我的钱也全在里头，现在大家扯破脸，对谁也没好处，不如一起商量看看，怎么才能让事情有点转机？”

那边似乎提供了某种方法，秦守想也不想便摇头：“不行，办不到的，不是我不想，是根本没这可能，DM公司不是大公司，流动资金有限，基本都已经用在女神大赛上，现在根本就没什么钱了，更别说收购库藏股护盘……什么？”

秦守的声音一下拉高：“把公司资产押给高利贷套现？你疯了吗？这么做是犯法的，如果被追究起来，光是这个，我就要去吃牢饭了……姓陈的，少说这些没用的，我奉劝你，别那么沉不住气，否则大家一拍两散，对谁都没好处，哼！”

秦守愤然挂了电话，本来想要把手机往地上摔的，最后还是忍住，放在手上看了一看。他开始沉思，脸上表情阴晴不定，最后他咬牙又拨起电话。

“喂，小麦吗？我有几笔公司的房产与土地，老董事长以前买的，我现在急着想要换点现金……不，不是银行，审核时间太久，放款没那么快，我急着要钱，等不下去，你帮我找点其他的渠道，抵押也好，有人要也行，只要能尽快换到钱就好……手续你不用担心，公司这边我会搞定的。”

又一次说完电话，秦守的表情没有变得好看，反倒像是做了一件违心的大事，一脸的不愉快。最后，他猛的一下重拳打在桌面上。

“哼！就算真要转卖公司资产，也不会便宜你们……要我拿去护盘，当我傻子吗？我有了钱也只会进自己口袋！”

狠狠恶恶的说话，似在宣誓决心。秦守脸上满是煞气，眼睛直直瞪着电视屏幕，心头的恨意，怎么也平复不下来。

这注定不会是风平浪静的一天，不但各家媒体追逐，还有人存心让这阵浪头停不下来，一浪又跟着一浪。当那段网上视频被炒得火热，一直巧妙与媒体保持距离的孟衍，很“意外”地被媒体堵个正着。

“啊？问我想法？我没什么想法啊？”面对一堆麦克风与摄影机，孟衍表现得异常淡定，“这些事情你们去问当事人好了，反正我这里什么也不能说的，你们知道……这种事，男方不好说什么的，总之，如果有错，那一切肯定都是我的错，所有责任我一力承担，你们就别追根揭底，人家以后还要做人呢……”

痞痞的男生招人爱呀
哈哈哈！O(∩_∩)O

脸上挂着微笑，孟衍的这段话，尽量说得平静而诚恳，确实有不少人

看了觉得感动，感叹他有担当。但同样的画面，看在他熟人的眼中，就是不同感受了。

“这个渣男，太阴险了！”林红看着电视机里的孟衍，摇头道。

白芳婷偷瞥林红一眼，悄声问道：“这样……会不会不太好啊？”

“不会！”林红答得斩钉截铁，“对付蓝澜这样的坏人，让这渣男去正好，你都不知道……她太阴险了，我遇到她，肯定泼她一脸水。”

正说着，白芳婷的手机接到短信，打开来一看，居然就是蓝澜发过来的，要约白芳婷出去见面，顺道还钱。

见面的地点，约在浮萍居，白芳婷和蓝澜在一个偏僻的角落座位碰了头。蓝澜戴着大黑墨镜，装束也比较低调，一看就知道是打算要掩人耳目。

“抱歉，用这样的形式和你见面，我这几天……有点不妙，记者都追着我跑，只能约在这里，偏僻了些。”

“别这么说，我也知道你有难处，幸好你是约在这里，如果是约在某个废弃的铁矿工厂，我还真不知道敢不敢出来赴约呢。”

“呵呵，你真幽默。”

蓝澜笑得有些尴尬，不知道该不该把这当笑话来听，着实花了几秒，才确认这段话是单纯的有话直说，不是刻意拐着弯要讽刺自己。这女孩胸襟坦荡，一片光风霁月，倒是现今社会那种少有的坦诚之人。

“其实我还挺羡慕你的。”蓝澜道，“成了名，变成公众人物以后，一举一动都会被放大检视，没事的时候还好，一出事就是千夫所指，跑都没地方跑。如果我还像你一样，今天出来和朋友见面，就不必这么偷偷摸摸的。这种感觉……你大概没办法理解吧？”

“哪会啊？这种感觉我超熟的，你都不知道，我在这方面的技术很有信心，上街都不怕被人……呃。”察觉到自己的话不妥，白芳婷脸色一变，用很平板的声音，一本正经道，“不怕被人跟踪，因为像我这样的普通女孩，根本不会有人注意我，也不会被人注目。蓝小姐，我还真羡慕你呢，呵呵，呵呵，呵呵呵。”

笑声生硬，一听就知道白芳婷言不由衷，蓝澜几乎立刻就能肯定，这女孩有问题，如果不是她身上有什么，就是她肯定知道些什么。

“别叫得那么生疏，我挺喜欢你的，你让我想起了一个亲人，可以的话，我很希望能交你这个朋友。”蓝澜豪爽道：“你就直接叫我蓝澜吧，蓝小姐什么的，太生疏了，我不爱听。”

“咦？这样不好吧？要是被老师和我姐姐知道，那我就惨了……”白芳婷很为难地道，“我们还是保持点距离，否则我怕他们会不高兴……今天的事情要是被他们知道，我就吃不了兜着走了……不然，那两千五我不要了，我先走吧，你保重。”

简单的拉近距离不成，蓝澜连忙起身，拉住白芳婷，准备另外寻找突破口，道：“好吧，是我冒昧了，没考虑过你的难处，先把钱还给你吧。”

蓝澜说着，从旁边的大手袋里取出一样东西，往桌上一放，推到白芳婷的面前：“这是要给你的两千五，你点收一下。”

白芳婷看着蓝澜推过来的这件东西，眼睛一下子瞪得老大，这是那天在店里，自己看了好久却没舍得动手的那个皮包。

“这是……”

“那天我看你好像很喜欢这个，又没有买下，就自作主张，买下来送你当礼物。”

蓝澜不只把包推过，还把包打开，里头除了有两千五百块钱，还有一个新的手机。

“谢谢你帮我解围，这是一点小礼物，我也不知道你喜欢些什么，只能靠自己来猜猜……希望你会喜欢，也希望，这两件礼物，能成为我们真挚友谊的开端。”

“这……这礼物实在太贵重了，我不能收的。”

白芳婷拼命摇手，蓝澜却站了起来：“抱歉，我先去一下洗手间，等会儿回来，你稍等我一下。”

蓝澜前脚离开，白芳婷确认她背影消失，马上拿起皮包，还有皮包中的手机猛看，一副爱不释手的模样。她仔细把玩，还把脸贴在这两件东西上，仿佛做美梦一样婆娑着，对这两件礼物喜爱到极点。

“抱歉，久等了。”

蓝澜重新回到位置上，刚刚她刻意离开，其实在后面偷看了白芳婷的反应，见她对手机与皮包十足喜爱，心里有了底，这才回来。不过，她刚坐下来，就看见白芳婷换了一副表情。

“对不起，这些礼物太贵重了，我真的不能收，谢谢你这么看得起我，但我实在……嗯，我只要拿回我自己的钱就好，其余的，谢谢蓝澜小姐了。”

白芳婷的拒人于千里，让蓝澜暗自皱眉，想不到这女孩如此难下手，自己说之以礼，诱之以利，她居然油盐不进，对自己的拉拢无动于衷，这样下去……想通过她了解仙度瑞拉的状况，等于一开始就完蛋了。

情况发展不顺，蓝澜心里正急，白芳婷忽然冒出一句：“……你……和孟衍还在一起吗？”

“啊？这个……”

意外的一句问话，让蓝澜愣了一下，再看一眼白芳婷的表情，她似乎对这问题非常在意，却又强忍着不敢多问，这种患得患失的表情，一下让蓝澜有了某种猜想：“也说不上什么一起不一起，在我心里，我和他从来就没有分开过……”

幽幽一叹，蓝澜说得很感伤，也很情真意切，却让白芳婷大吃一惊：“什么？怎么会？那你们当初……你怎么会那样对他？你不但甩了他，还设局坑害他，拍他的照片……你把他整得够惨啊！”

“你不明白，那都是为了他好。”

“为了他好？这……这怎么说得上啊？”

白芳婷被这答案弄糊涂了。蓝澜暗笑鱼儿上钩，表面上却显得有些惆怅、痛苦：“这里头的事，外人很难理解的。我先问你一句，你觉得他是那种很容易受情伤、很容易被女人伤害的人吗？”

侧头想了几秒，白芳婷使劲地猛摇头："不太可能，他是花心大萝卜，哪有可能被人伤害啊？"

"是啊，那你觉得，我有这个能耐伤到他这金刚吗？他对我有那么认真？我看起来像是他生命中唯一的真爱？像吗？"

白芳婷又想了想，这次明显动摇了，又摇了摇头："是不像……"

"我没有那种能耐的，也没有那个分量……虽然我不愿意承认，但在他心里一直另外有个人，他藏得很深，我进不去，也触碰不到……"

蓝澜叹道："我和秦守在一起，多少有点想刺激他的味道，另一个很重要的理由，就是想让他振作。在那之前，他已经好长一段时间，没有什么正经作为了，我不想看他这辈子都在胡混度日，希望他能干点成绩出来，才选择这样去刺激他……你看，他现在的成绩不是不错吗？证明他是有能力的。"

"这……这样吗……那孟衍他明白吗？"

"最初可能气糊涂了吧？但冷静下来以后，他到底还是明白了，毕竟我没有那样的分量，没能力伤他太深，他冷静得很快，明白我一切都是为了他好，就没太在意了，反倒是我还对他有些放不下……我们偶尔还有秘密约会的，那段录像你也看了，我们两个的样子……像是彼此记恨的模样吗？"

"……是还真不像。"

白芳婷无法分辨，觉得蓝澜的解释合情合理，又有那段影像为证，想不相信都不行，全然没察觉自己已经被蓝澜引上岔道了。

"所以，你也不用对我那么紧张，台面上，我与你姐姐，和孟衍都是竞争关系，但私底下，我和孟衍还是老朋友，敌对竞争只是演给公众看的一场戏，当不得真的。"

"那……好吧，我也希望能和蓝澜小姐交个朋友。"

"叫我蓝澜就好了，不用太客套。"蓝澜一下握着白芳婷的手，道，"我对你很有好感，我一直都希望能有一个像你这样的妹妹……"

"咦？蓝澜你的家人呢？你没有姐妹吗？"

“早就已经不在了，在我很小的时候，就都已经不在了……我有过一段很不愉快的成长经历，通常我不是很愿意提起，这段过去给了我往上攀登的动力，不管遇到什么，我都要克服，然后走下去。”

蓝澜说着，有些自嘲地笑了起来：“抱歉，说了一些无聊的话，真奇怪，我平常是不可能对人说这些的，或许是你……太像我那个无缘的妹妹，唉，如果她还在，今年差不多有你这么大了。”

“呃，其实我并不是……”

白芳婷欲言又止，一度想说自己并不是林家的亲生女儿，可又觉得对陌生人说这种话很怪，愣了一下，便笑道：“能有你这样的姐姐，肯定是种幸福。”

“嗯，对了，我有点事情想问你，你知道仙度瑞拉……”

“等一下。”

白芳婷歉然先接电话：“喂？啊，好，我马上去……你别催啦，我很快就到了。”

挂了手机，白芳婷抬起头，正想对蓝澜解释自己有事要走先，却见蓝澜先一步起身，对着她一笑：“你自己多当心，喜欢上他，会很辛苦的。”

一语被道破心事，白芳婷满脸通红，怔了一下，蓝澜却头也不回地走了出去。当白芳婷回过神，看着桌上的包与手机，想要还给蓝澜，已经找不到人了。

“……先……先用几天再还，应该可以吧？”

Chapter 19　当时桌上有一杯茶

“化妆只是第一步，后面的部分自己要小心，真正想要看起来完全变成别人，还得靠自己的努力。不是说伪装，而是彻彻底底相信你就是那个人，化身成为那个人，这是很多一流演员的必备条件。”

一面帮白芳婷打扮，冰冰一面道：“我相信你可以做得很好，因为这段时间以来，你已经很成功地扮演了仙度瑞拉……孟衍的眼光倒是没错，他第一次把你带到我面前时，我也没想到，你居然这么有潜力……”

“没、没有啊，这还不都是靠你的帮忙，没有你……哪有仙度瑞拉啊？”白芳婷看着镜中的自己，道，“每次看都觉得好神奇，通过化妆，人真的能变成另一个人。”

“只靠化妆的话，再神的化妆技巧也做不到这一步。”冰冰给白芳婷打气，“我只能给你灰姑娘的外表，是你完美地演绎了灰姑娘，给这个角色生命。相信我吧，以后会有一天，哪怕没有化妆，你也能成为仙度瑞拉的，因为灰姑娘和白芳婷都是你啊。”

“这……哪可能啊？”白芳婷道，“大家喜欢的，只是仙度瑞拉而已，拿掉伪装，我就是个很普通、很平凡的女孩，走在路上都没人注意。别说像仙度瑞拉那样万众瞩目了，我连红姐都比不过……远远比不过的。”

“哈哈，你之前不是还说，一个女人美不美，是看她的心，如果灵魂丑陋了，再好的面容和身材，都美不起来？”

“那是对着黄丽，我才有胆子这样说的，平常时候，这么嚣张的念头，我连想都不敢想啊。”

白芳婷摇了摇头，又玩起了掌上的新手机。这手机得自蓝澜的馈赠，是

市面上的最新款，价值不菲，她相当喜欢，很快就被新功能给迷上，玩得忘我，连那个新包都给扔在一旁。直到冰冰的工作快完成，白芳婷才想起一事。

“冰冰啊，孟衍……以前的事，你知道吗？”

“多少知道一些吧，我和他相识算早了，那时候他还没和蓝澜在一起，人也没像现在这样浪荡，不过……也有点这个味道了，这样说起来，他这些年还真是没怎么变。”

“那个，他以前……爱过什么人吗？刻骨铭心的真爱那种，你知道吗？”

“……我又不是他什么人，他爱上谁，我怎么可能会知道？我又不是每天闲着玩八卦的。”

冰冰话音未落，化妆间的门忽然被打开，孟衍快步走了进来，面色不善。

“你来啦？”

甫一见我，白芳婷连珠炮似的发问：“你跑什么地方去了？是你打电话把我叫回来，我还以为有什么急事，结果回来了你又跑不见，到底……咦？你为什么好像很生气的样子？”

“你和蓝澜见面了吧？”我斜睨向白芳婷的新手机，“这就是她送的礼物？”

白芳婷心惊肉跳，我的目光不只是怒气，甚至可以说得上是杀气了，这杀气是针对她手上的新手机。估计她本想装死说不知，但看我的表情，哪里瞒得过去？

“对、对啊……你怎么会知道的？”

话音刚落，我从身后亮出一柄铁榔头，然后不由分说从她手中夺过手

机，接着将铁榔头对准手机屏幕用力砸了下去——

碎裂脆响中，新手机废了。

“啊！我的手机……你发什么神经病啊？”

“有病的人是你吧！蓝澜是什么人？那女人和我一样阴险，她的东西你也敢拿？这手机里还不知道有什么花样……”

“你神经啊！又不是每个人都像你这样的，你以为所有人都……等等，你跟踪我？”

白芳婷难以置信地叫起来。我在手机残骸中一阵翻找，最后似乎没有找到想找的东西，随手便抛了榔头。这情况落在白芳婷眼中，更让她火气大了起来。

“没找到对吧？我就说不是每个人都这么阴险卑鄙的，蓝澜小姐也是个厚道人，这回因为你的事，被坑得那么惨，她也没一提到你就咬牙切齿，还很惦念着你呢……”

说着这个，白芳婷似觉不妥，转过话题道：“话说回来，你该给我一个交代，你为什么没事跟踪我？这不是一个经纪人该做的事吧？你……”

话说到一半，忽然被我堵住，我瞪着白芳婷，道：“蓝澜送给你的东西，就这一件吗？”

“啊……这……”白芳婷看了一眼桌上的手机残骸，再看看那把榔头，哪还敢说真话，“就这一件！你不分青红皂白就砸东西，我要你赔！”

“哼！”

我并不解释，二话不说就走，出门之前还扔下一句：“以后不许和那女人见面，你再拿她的东西，下次我连你的手机也砸了！”

“我相信你可以做得很好，因为这段时间以来，你已经很成功地扮演了仙度瑞拉……孟衍的眼光倒是没错，他第一次把你带到我面前时，我也没想到，你居然这么有潜力……”

经理室内，秦守看着眼前的屏幕，上头正播放着一段影片，影片的主角是白芳婷与冰冰。所有秘密全都在秦守的眼前摊开，把素来自负的他给震得不轻。

“仙度瑞拉……居然是这样一个土气的丫头？！”

秦守有些咬牙切齿，自从那天接到短信之后，他多少有了点心理准备，真相揭晓时，减了点冲击，可发现那个灰姑娘居然是当初电梯里那个自己根本看不上的土气女孩，他就觉得自己像是被重重打了脸，耻辱得要命。

“很吃惊吧？当初我也想不到，孟衍居然玩了这样的一手……”

站在秦守面前，蓝澜道：“上次偶遇，这丫头对我好像有些同情，我就趁机对她下手，送她一个她喜欢的包，在包里偷装了摄像头。本来以为还要多点时间才能查到结果，结果刚巧那丫头就是秘密的核心。两天不到，什么都泄底了。”

秦守看了蓝澜一眼，不可否认，这确实是大功一件，同时证明了这个女人的立场与能力，居然一个人把这个大秘密挖了出来，这本事可高得很。震惊之下，秦守甚至不想再追究蓝澜和孟衍的风流韵事。

“我真是太小看敌人了，那个孟衍……要是早察觉他有这样的能耐，一早就应该全力对付他。”

秦守觉得自己好像压根就不认识这个男人，他望向蓝澜，道：“你和他交往那么久，没发现他的真面目？没发现他是这样的人？”

“这个……真心没发现。”

说到这一点，蓝澜也为之苦笑：“是很难想象，我以前对那个男人的印象，好像整天都在游手好闲，混吃等死，要不是亲耳听见，我也很难相信他有这样的筹划本事。”

说话的同时，孟衍在画面中出现，二话不说就砸了白芳婷的手机。这果断狠辣的动作，让蓝澜、秦守都有一种颤栗感。

影片播放结束，画面消失，秦守皱眉道：“只有这样吗？”

“可能还有吧，目前就只有这样了。”蓝澜道，“我也不是整天待在计算机旁边看偷拍的，而且，摄像头里的电池，维持时间有限，估计再过两三天，就不会有什么画面传回了。”

“……那真是可惜了，这是一个不错的机会。”

“机会怎样并不重要，我倒是想问你一句，现在你打算怎么办？”蓝澜道，“我们已经知道仙度瑞拉是那个丫头扮的，甚至连证据都有了，只要往外头一公布，他们就完蛋了，甚至不用对外公布，只要直接宣布取消她们的资格，大赛就差不多是我们的囊中物了。”

“……直接宣布肯定不行，之前也对你说过了，女神大赛举办初期，利用灰姑娘的神话来宣传，现在她几乎是大赛的代表人物，我们如果主动戳破，证明这个都市童话是谎话，那就是一个天大的丑闻，这比赛再也办不下去了。”

秦守摇头道：“眼前，大赛与公司都禁不起这样的损失，如果是更早之前或许还好些，可现在一场大赛，丑闻不断，把公司搞得风雨飘摇……哼！连你也是罪魁祸首之一……”

“我知道你对我出的事很不满意，刚刚我也解释过，那是因为我想要去抓林红的证据，失手被那家伙占了便宜，设局坑害了，也不是我自己愿意那样的。信不信由你，但眼前的事，你总该有点动作吧？”

“你这是拼着让大赛办不成，也要拉仙度瑞拉下马了？女人的竞争心，都要走到这一步吗？”

秦守沉吟了一会儿，果断道：“行吧，但现在还不是时候，仙度瑞拉这个虚构人物，对我还有利用价值，再过一个月，等进入八强赛的时候，我们揭露她的身份，直接把她淘汰，让你晋级。而这一个月的时间里，我们要尽量榨取她的价值，做好准备。”

“……有道理，但为什么我总觉得你言不由衷，另有打算？看来，你还瞒着我不少事。”

“那很正常吧，本来就不可能什么都告诉你，你我是什么关系？再说，难道你什么事情都会告诉我吗？你花钱请侦探社寻人又是怎么回事？要不是在信用卡账单里看到，我也从没听你说过这件事。”

“……你真是给了我一个很好的教训，信用卡这种东西，实在是太靠不住，我以后还是别用了。”

蓝澜似笑非笑地说着，秦守的表情肃然，脑里在构思着别的问题。

“不用一个月的准备时间，只要两周，DM公司的土地、房产就转卖得差不多了，我拿钱入袋，直接就卷款走人。这大赛会怎么样，压根就与我无关，还管你们怎么狗咬狗吗？”

秦守的异样神情，蓝澜看在眼里，在她的心中也有了计较……

第二天，六十四强赛的结果公布，仙度瑞拉一如预期的那样气势如虹，和林红一起，成功晋级三十二强！这些都在我的意料之内。

“恭喜两位，成功进入三十二强的环节，虽然一早就是意料中事，不过，不得不说，你们的努力有目共睹，这是你们坚持的胜利。当然啦，那支MV的强力放送，也是重点，唱片公司这次砸了重金，那支MV这两天街头巷尾都看得到，连带替你们打了强力广告。你们的人气提升得那么快，这也是理由之一。”

一面开车，我一面说：“你们的票数与积分，成功将你们推上三十二强，换句话说，就是有那么多人肯为你们投票……”

坐在车后座，仙度瑞拉与林红分坐一边，各自手枕着头，画面看来虽然挺美，不过两人之间看不出多少熟稔气氛。

白芳婷道：“三十二强赛，说是要集体比赛，接受评委的考验，而且还是比茶道，这个……是要怎么比啊？应该不是每个人都学过茶道吧？”

林红哂道：“就算不是也没什么区别吧？像这样的比赛，什么茶道、插花，都只是走过场而已，就像泳装选美，难道是为了看选手的泳技吗？还不就是让一堆美女穿泳装，出来露露身材而已！”

白芳婷道：“咦？是这样？不是为了表现茶道的典雅与美吗？”

“那么高深的东西，有几个人看得懂？我和你打赌，等一下茶道比赛，我们穿的衣服如果不是旗袍，我跟你姓！”

林红的打赌，说得异常自信，开车的我点了点头，道：“这么说有点不太公平啦，但确实就是这样的情况……”

白芳婷道：“那……别人怎样先不管，我这边……我不会茶道啊！”

林红瞥了一眼，奇道：“你整天贵公主样的，没学过茶道？”

白芳婷道：“难道你会？”

林红道：“哪可能会？之前整天工作想买房，连喝茶的时间都没有，玩什么茶道？”

我插嘴道：“不用会啊，你就拿个茶壶，在那边摆摆姿势就好了，管他茶沏得怎么样，姿势有多美摆多美，弯腰的时候能露就多露点，那就够了。”

白芳婷讶然道：“这样也可以？”

“有什么不行？就算评审都给零分，只要场外的观众票够多，照样晋级，评审的打分就仅是个参考，你们还当真了？穿旗袍摆漂亮姿势，那才是灵魂！”

“可是……”白芳婷看了林红一眼，“我以前没接触过这个，怕连姿势都摆不好，你能不能让冰冰找个老师，紧急帮我们训练一下？”

“找老师？”我的声音一下拔高，“你不是说笑吧？我们现在正在去会场的路上，又不是还有两三天，你让我从哪里变出茶道师父来？”

“所以才让你找冰冰啊，她可以一下变出医师团队和五星外卖，茶道老师这应该很简单啊。”

“冰冰她刚才……帮某人化完妆以后，就上飞机回美国去了，处理一些那边的工作，估计两三天后才会回来，这两三天内指望不上了。”

我透过照后镜，看了后面两个美女一眼，道：“好吧，我想办法给你们找个很会摆姿势的茶道师父，但结果怎样我不保证啊，你们能学会多少，看自己本事了。”

白芳婷喜道：“太好了！我就知道你有办法，那现在打给茶道师父，请人家去会场吧。你开车不好打电话，我来打吧。”

“不必了……”我停了几秒，道，“以她的习惯，现在应该早就到场准备了。这种临时抱佛脚，只有靠超级老师来教！”

茶道大赛刚立项时，金雪就让助手来找孟衍，要他送仙度瑞拉和林红过去培训。孟衍考虑到如果不经过培训，加上秦守算计，两人过关可能会有风险。权衡之后，孟衍接受了金雪的好意。

比赛的地点，是一间茶道馆，DM公司包租下了这间茶道馆，也准备了旗袍礼服，让三十二名佳丽穿着。

在比赛正式开始前，有一段准备时间，三十二名佳丽分别梳妆、试衣，而负责转播的媒体也在那边架机械。一片忙乱的场面中，却也有一角天地，持续着宁静的气氛。

既然是茶道馆，当然有贵宾包间，此时特别空了出来，专供贵宾等级的女选手使用。林红自然不够分量，可仙度瑞拉却被安排了一间，只是她没待在自己的休息室里，却跑到另一位同属重量级的种子选手那边去。

“孟衍……你们的经纪人，说让你们来找我学泡茶？”金雪有些难以置信，不可思议地望向两人，“他真是这么说的？没搞错？”

白芳婷点头道：“他确实是这么说的，他说你泡的茶很好，喝了都会暖暖的，就让我们来向你学了。”

金雪会心一笑，继而微笑道：“……我懂的东西有限，说不上教，就是分享一下心得，你们坐下来一起看吧。”

助理早将茶具安排妥当，金雪和白芳婷、林红相对而坐，一面倒水泡茶，一面为她们讲解每个动作的基本意思，并小心纠正着她们的一些细节。过没多久，几杯黄澄澄的新茶，就摆在三人面前。白芳婷、林红举手饮下，很快脸上就都是笑容。

林红品味道：“这茶……有种很特别的感觉，虽然不是什么很特别、很名贵的茶，可喝起来的滋味就是很不一样，暖暖的，有种……不知道该怎么说的感觉。”

白芳婷接口道："幸福的感觉！"

"对！幸福的感觉！"林红道，"这茶喝下去，真的会感觉到幸福呢。"

金雪笑道："是吗？能够给你们这样的感觉，那就好了，我很久没泡茶了，没什么信心呢。"

林红道："你泡茶是从哪学的？手法这么好，一定是名师教出来的吧？大明星真是好啊，想学什么，公司肯定替你请最好的教练……"

金雪道："和教练没什么关系，是我自己泡着泡着磨出来的。"

白芳婷道："你喜欢泡茶吗？你身边不是都有助理，像泡茶、泡咖啡什么的，不都是助理的工作吗？"

"是啊，所以就是这么练出来的啊。"金雪笑道，"你们应该不知道吧？知道这件事的人不多，但我以前就是助理出身，是后来出了点意外，才转行出来当艺人的。"

"啊？"

林红与白芳婷吓了一大跳，急急忙忙抢问："怎么会这样的？以前从来没听人提起过啊，你是从经纪人转艺人的？从没听过有这种事……"

"不是经纪人，还没有到那么专业的程度，只是一个小助理，跟的也不是什么大牌艺人，完全就是一个被忽略的角色，所以没什么人注意到。"

金雪道："我没有刻意隐瞒这件事，偶尔也会对采访的记者提起，但经纪公司可能不太喜欢，记者们就特别略过不提，久了就没什么人知道了……"

白芳婷道："歌星当不成，去当经纪人的我倒认识一个，但从助理改当明星，这个……"

"一切都只是巧合而已，我从来就没有当艺人的想法，只是碰巧有个机会而已。那时，为了要替我家的艺人争取上节目，我常常要去拜托各个节目组，替他们跑腿，送些小东西，混好关系……"

金雪脑中闪过旧时的画面，自己穿着朴素的大外套、牛仔裤，戴着大眼镜，拎着厚厚重重的礼物，一个一个剧组跑和送，到处鞠躬哈腰。

“拜托，请给我们家艺人一个机会吧，他真的很有才华，歌唱得很好的，只要给他机会，他一定会红起来的！”

到处鞠躬的结果，就是到处碰壁，那些导播、制作人，不管金雪怎么恳求，总是摇手拒绝，但金雪从没有放弃过。没资源也没背景的金雪认为，这是唯一可以帮得上忙的方法。

“要吃这行饭，一本正经怎么成？你要是不肯付出，不懂得照规矩办事，走到哪里都只会看人家的白眼。”

“那……我该怎么付出？该做些什么才能让您满意？”

“嘿嘿，这还用得着说出来吗？你肯定懂……看看你，清清纯纯的，拿下眼镜，比很多女明星都还漂亮……还有……你身材很有料啊……”

这么说着，一幕往事涌上金雪的心头。露骨的言词，狰狞的面孔，曾带给自己很大的惊吓，有一次尖叫着逃离节目组，躲回家里，眼泪掉个不停。她把自己一个人关在浴室里，几个小时都不想出来，只听见他在外面不住敲门。

“阿雪，你怎么了？出来啊，别把自己一个人关在里头，是不是我惹你不开心了？还是怎么了？你出来，有什么事情，我们一起来面对。”

……当时，天真的金雪确实相信，这句话将会是一辈子的承诺……

“那些家伙……太可恶了！你以后别再去了，我就不信我在演艺圈混不出名堂来。我有志气，有本事，有手有脚，成功只是早晚的事！你不用为了一时的不顺，向那些人渣委屈自己！”

那时的他，是这么的自信、意气风发，脸上笑容犹如灿烂骄阳，沾不上一点污秽，总喜欢握着金雪的手，开开心心地说着未来，规划着以后的一切。

“等我大红以后，我要买一间大房子，很大很大，有花园有游泳池的那种，这样，我们就不用挤在这间又小又破的房子里了，你也可以住得舒服点。我还要带你去环游世界，像那些大明星一样，每次都带自己的亲友助理，整团人去国外旅游，瑞士啊，日本啊，巴厘岛啊……说多阔气就有多阔气！”

“只是……带助理去？”

“难道你不是吗？但当然不只是这样啦……我们就去巴厘岛，选一个最大最漂亮的教堂，在那里办婚礼，我要给你一个最浪漫的婚礼，还有一颗超大的钻戒，起码一克拉……嗯，太小了，两克拉！对了，先试试看！”

他摘下可乐瓶的拉环，套在金雪的手上。

“你、你干什么啊？有点痛……”

“先量量尺寸，看一下大小……现在我什么都没有，只能拿这个拉环来充个数，但早晚我会用大钻戒套上去的……阿雪，我一定会娶你做老婆的！”

他很认真地说，而自己也满怀期待地听，一对小青年男女憧憬着未来。金雪说得他的光与热温暖了自己，让自己有勇气去面对那些风霜雪雨。直到那一天……

“拜托，请给我家的艺人一个机会，他歌唱得很好的……”

“歌唱得好关我们什么事啊？这里是剧组，又不是演唱会？”

“他……他也会演戏的……能给他一个位置吗？”

“别烦了好不好？没看到我们正在忙吗？缺了一个演员，马上就要上场了，临时才说老婆生孩子……妈的，那家伙恐高，跳楼戏怎么拍啊？”

看见导演在烦恼，自己忽然生出一个想法，大着胆子，抢道：“请让我来试试看！”

“啥？”

“请让我来试试看，跳楼也好，被车撞也行，我什么都能做的，请让我试试看吧。”

对于这个自荐，导演似乎很怀疑，上下打量起来，道：“真的假的？你娇滴滴的样子，真的行吗？”

“我可以的！请给我这个机会！另外，如果可以……请以后也给我们

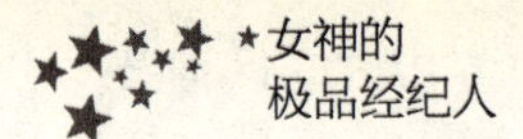

家的艺人一个机会。”

金雪深深地低下了头，就差没有跪下磕头，终于得到了这个“跳楼”的机会。在八楼顶上，她用颤抖的双腿，纵身一跳……

听到金雪的回忆，白芳婷惊呼一声：“哇！八楼！”旁边的林红也很吃惊：“你为了那个男人，从八楼跳下来？”

“没那么夸张，已经做好防范措施，只是拍戏而已。后来我自己当女主角，曾经还有场戏从十八楼跳下，不过背着降落伞就是了……相比之下，跳八楼根本不算什么。”

金雪道：“但那个时候，我可真是被吓得很厉害，脚不停发抖，差点当场尿裤子，回去以后还被噩梦吓醒……”

白芳婷道：“那……后来你就这样踏进演艺圈了吗？”

“算是吧，那次我跳完，导演就觉得我挺好用的，常常安排一些角色给我。我不好拒绝，就都接下，演着演着，糊里糊涂就被人注意，然后红了起来，一不留神就得了奖，奖杯一座接一座，戏一部接一部，电视之后就是电影……”

一边说，金雪露出回忆过往的神情，最后道：“……等我回过神来，就是今天这样了。”

林红道：“真……真想不到，大明星居然是这样诞生出来的……”

“可是？”白芳婷问道：“你大红了，那……你的那个艺人呢？”

“他……”

金雪的表情暗淡下来，有那么一瞬间，她脸上浮现的神情，不只是哀伤，是一种极度的伤心与遗憾。

“我接下第一部女主角的戏，当天晚上，我回去想把这消息告诉他……他不在，连同他所有的东西都搬走了，一个字也没留，就这么……甩了我。”

金雪的口气，非常低沉、忧伤，让林红觉得气愤：“什么嘛，真是烂男人，你拼死拼活，做这么多还不是为了他？结果他一声不吭就跑掉，太差劲了！你别难过，甩了这种渣男，那才叫福气！”

“也不能这么说，是我被自己的成功冲昏了头，没注意到他的情绪。在那天之前，我因为忙于工作，已经有两周没有回去……”金雪苦笑道，“我甚至不知道他是什么时候搬走的，我这么失职，也难怪……他会把我甩掉。”

金雪有些自嘲地笑了笑，很快调整表情，把往事沉埋在心里，恢复了从容自若的神情：“好啦，本来今天是教你们泡茶的，我这个不称职的老师，还跟你们说了那么多的题外话……咱们现在继续吧！孟衍……你们的经纪人，对你们的期望这么大，不要让他失望哦！”

林红与白芳婷收拾心情，专心看着金雪的动作，把握时间，做着最后一步的学习。

“……每一杯茶都有专属于自己的味道，品茗特别讲究的是察色、嗅香、品味、观形……”

Chapter 20　若这一束吊灯倾泻下来

前方高能预警！
此章题目太直白！
>_<

金雪

性别： 女

职业： 孟衍早年助理→大牌女星

经历： 多年前曾担任孟衍助理，与孟衍有过纯真的恋情。后来在机缘巧合下，凭借自身的勤奋和实力，成为天后级巨星，然而孟衍却早已离她而去……此番金雪屈尊参加“女神大赛”，给各方带来极大震惊。

技能： 自带女神圣光，随时随地被崇拜和敬仰。茶道高手。

属性： 爱与和平/女神/神圣大天使

金雪的茶道水平从何而来？又到底高超到什么程度，我心里最清楚。

当年她来应聘我的助理时，简历里很清楚地写着一条：茶道十二段。

什么叫茶道十二段，我从来没听说过，于是问金雪。金雪带着小眼镜，神神秘秘地告诉我，她家里世代以茶业为生，母亲更是杭州龙井世家的独女，族传茶道十二段沏茶法，独步天下。结果我笑了，完全不相信。

金雪生气之下，决定给我露一手，结果非常普通的茶在她优雅美丽的沏茶之下变得芳香四溢。这种芳香不是闻到的，而是直接透入精神中来。

世事无常，一至于斯。

想不到多年之后的今天，金雪竟在这里为我的艺人提供茶道技艺的速成培训。虽然时间仓促，但我对金雪的超凡实力和林、白两人的悟性颇有信心。

正式比赛转眼开始，三十二名换上旗袍的佳丽款款而来。在抽签决定好顺序后，她们将逐一登场，面向现场的评委、观众，以及屏幕前的网友粉丝展现茶艺。

“……现在上场的，是九号选手陆青，她身着青色旗袍，冲茶的手法相当娴熟，据说她出自云南勐海的茶艺世家……”

女主持人开口说话，主持着这一场实况转播，而那些还没轮到上场的佳丽，在旁边做着准备，仙度瑞拉也在佳丽群中。

难得有机会近身贴靠，这些佳丽都对仙度瑞拉投以好奇的目光，背着她窃窃私语不断。不过没有什么人想要与她贴近说话，这个浑身充满迷雾的女子，确实让人不怎么想要接近。

白芳婷并不反感这种情况，甚至觉得大大松了口气，掩饰自己对她不是易事，特别是在众目睽睽之下，每说一句话，都是一阵心惊肉跳。所以，她希望无风无险，早早把这关混过去就是。

心里正在紧张，旁边忽然有人靠近，碰了白芳婷一下，白芳婷抬眼一看，整个动作顿时僵住。

“蓝、蓝澜小姐，你好啊……”

看着忽然出现在身边的蓝澜，白芳婷有一种很不妙的感觉，蓝澜那过于从容的笑，笑得她浑身发寒，感觉非常不对头。

“你好，仙度瑞拉，你好漂亮呢。”

“哪、哪有……你才是真正漂亮。”白芳婷尽量稳住气息，不显出慌乱，慢慢道，“你从头到脚都那么完美，真是美女的典范，我不知道多羡慕你呢。”

“哦？是吗？”

蓝澜笑道：“但我这个人呀，也许是太追求完美了吧，打心底总是看不惯一些假的东西，尤其是看着有些人总带着一副面具，心里总是觉得很别扭。”

说着，蓝澜上下打量着白芳婷，锐利的眼神，让白芳婷心中不安，觉得好像被人看透了。

蓝澜微笑着，走到白芳婷的身旁耳语：“你说……我是该叫你仙度瑞拉呢？还是叫你白芳婷呢？”

突如其来的炸弹让白芳婷的脸色大变，她勉强镇定道：“你……是不是弄错了什么？我听不懂你的话。”

“听不懂吗？”蓝澜压低了声音，朝不远处的林红看了一眼，道，“你姐姐就在旁边呢，她好像还不知道自己妹妹，就是所谓的灰姑娘，如果让她知道这件事，不知道她会有多惊喜呢？”

林红就在不远处，蓝澜的这句威胁，比什么都更具杀伤力，白芳婷一时芳心大乱，呆立在当场，不知道该说些什么。

“怎么了？不回答？你不继续否认吗？也对，旁边都还有人呢，大声嚷嚷起来，拆穿了灰姑娘的谎言，你一定被愤怒的人群撕得什么都不剩。”

“……你别胡说，我……现在说什么都需要证据的……”

“这就不劳你费心了，证据是吗？我送你的手机里做了手脚，你和那个叫冰冰的化妆师，说的每句话我都听见了……”

“你骗人！”白芳婷不及细想，直接反驳回去，“不可能的，孟衍把那手机砸碎，我检查过了，里面根本就没有你说的……”

话说到这里，白芳婷猛地醒悟，一下呆愣住，看着蓝澜冷笑着离开。

白芳婷一个人傻傻的，脸色惨白地站在比赛会场。

“你怎么了？脸色好差。”

见到白芳婷的脸色不好看，林红又已经上场比赛，金雪来到白芳婷身边，道：“刚刚蓝澜是不是来对你说过什么？你的脸色怎么那么坏？”

“我……我……她说……”

白芳婷欲言又止，哪怕是对着金雪，她仍不可能把自己的心事全部说出。正在迟疑当口，经验老到的金雪已经看出端倪。

“你不用紧张，也不用告诉我，否则只会让你自己更紧张。”金雪道，“在演艺圈，这类事情常常有，比赛前通过一些不光明的手段，去影响对手的心情，以前我还差点被绑架，这些我都遇到过……”

“金雪老师……”

“镇定下来！别让你的敌人称心如意！”

金雪说着，旁边有一名工作人员来催促：“这一轮比赛马上就要结束了，下一轮的选手，大家抓点紧，动作都快点！金雪小姐，仙度瑞拉小姐，你们该进场了。”

“知道了。”

金雪打发了那名工作人员，转过脸来，双手紧抓住白芳婷的肩膀，一字一字坚定道：“仙度瑞拉，蓝澜究竟是什么意思我不知道，但她的目的就是要让你心神不宁，不能好好比赛，你知道吗？所以你一定不可以让她得逞！”

“嗯，我……我知道了，我会努力的。”

“记住我刚刚教你的那些要点，上场时放平心态就好，这些只是走个过场，评审根本就不重要的。记住，孟衍还在底下看着你呢，不要让他失望哦！”

白芳婷听到“孟衍”二字，受到触动，抬起头，眼神坚定，点了点头：“我不会让大家失望的！”

新一轮的赛事开始。茶道比赛现场，三个木雕茶几，古色古香，三位评委坐在对面。场下分别是三人的粉丝团。古色古香的音乐声响起，主持人登场，台下掌声响起。

身穿旗袍的蓝澜、金雪、白芳婷依次上场、落座。孟衍坐在底下第一排位置，看到白芳婷上场，做出加油的手势。

三人依次开始表演。礼仪小姐上台摆上茶具。首先是金雪，音乐声起，随着旋律，金雪的一双玉手轻舞着晶莹透亮的青花瓷茶具，冲，泡，滤，每个动作娴熟优雅。不仅台下的粉丝看得呆立，评委席上的几位专业评委也两两私语，面带笑容，连连称赞。表演完毕的金雪，端茶呈上给评委。

“请各位老师品茶。”

一位身着唐装、胡须花白的评委接过茶杯，配以致谢的手势，会心道：“我想到一个成语叫秀色可餐，这一杯茶还未入口，光是看金雪小姐的精彩表演就已经让人心旷神怡了。”

旁边的一名评委附和：“再细品这杯清茶，嗅之芳香扑鼻，汤色清莹明亮，滋味芳香回甘，好茶！”

主持人面带微笑，向评委席微微点头致礼，随即宣布：“好，现在请我们的评委老师给出分数！”

几位评委左右相互交谈，而后拿起打分板，板上是一个很高分数：93。观众席的粉丝们一阵经久不息的掌声。

主持人道：“金雪小姐不愧是国际巨星，除了有着如此脱俗的外貌，茶艺水平也是相当了得！好！谢谢评委老师的精彩评点，也谢谢金雪小姐，请您回位就座。接下来是蓝澜小姐带给大家的茶艺表演！”

周围群众爆出连串掌声，情绪一下子就沸腾了，鼓噪着催促比赛进行。

礼仪小姐摆好茶具后，音乐声起，蓝澜点燃一炷清香，一缕轻烟袅袅升起。蓝澜相比于金雪，多了几分妖娆，却选用了一套古朴的紫砂茶具，选用的茶叶形状有如葵花籽一般，看起来有些许奇怪。蓝澜也准备充分，举手投足，有模有样，一套动作完毕，表演结束，端茶向评委席走去。评委纷纷端茶品尝。

评委道："蓝澜小姐所泡的茶，可谓回味无穷，初尝时有些苦涩，再尝时有些许甘甜，每回滋味都不尽相同。从选茶到烹制此茶，可见用了一番功夫。"

蓝澜嫣然一笑，灿然若花。

"老师不愧为行家，可谓一语中的，此茶外形似葵花籽，当地人称'瓜片'，更有传说饮茶之人所尝到的滋味，或苦或甘，皆由自身心境而来。所以很多时候我都会感叹，这茶叶外形朴素，却藏有如此不同的内在。"

一面说，蓝澜不经意地侧过头，向不远处的白芳婷微微一笑，笑容很美，却笑得白芳婷打从内心深处发起寒来。

白芳婷好不容易镇定下来的心，再次被打破，又一次开始惶恐不安。特别是当她侧眼望向林红，发现对方也正用困惑的目光望向自己时，心头的紧张情绪进一步扩散，险些脚软。

不远处的金雪，皱了皱眉头，担心地看了一眼白芳婷。台下，孟衍的眉头也皱了起来，手不知不觉地攥紧了拳头。

评委道："今天蓝澜小姐的这一席话，也让我们思绪良多，关于茶道与人生这样一个深刻的话题，蓝澜小姐有着自己如此独特的思考，真是难得啊！"

蓝澜温言微笑："谢谢老师！"

主持人道："现在请我们的评委老师给出分数！"

几位评委讨论之时，白芳婷已经完全处在震惊之中，她的心跳加快，额头沁出冷汗，手有些微微发抖，以至于当主持人喊她的名字时，她才反应过来。

主持人道："哇！蓝澜小姐仅仅比金雪小姐少了一分！比赛进行得如此激烈，两人分数仅有如此小距离的差距，那接下来本届大赛的最大惊喜——

仙度瑞拉小姐的表现，就尤为重要了！此时此刻，我想采访一下仙度瑞拉小姐，你现在的心情是否有些紧张呢？”

说着，主持人看向白芳婷。递过了麦克风，白芳婷一开始未反应过来，停顿了三秒钟，猛然回到现实，更加紧张：“嗯？啊……是……是的……”

评委及台下观众看到仙度瑞拉如此的心不在焉，又是一片哗然。孟衍的眉头皱得更紧了。而白芳婷一方面因为身份已经被蓝澜知晓，另一方面又因为刚才的失误，越发紧张。

眼看场面有些失控，主持人急忙救场：“看来我们的仙度瑞拉小姐，用动作形象地来回答了我刚刚的问题。不过没有关系，大家对你同样有着很高的期望，相信你一定不会让我们失望的！”

白芳婷有些茫然地抬起头，与正坐在台下、用一副担忧表情往她来的孟衍四目交接。那一刻，白芳婷分明读出了孟衍眼中的关切和担忧。顷刻间，自她参赛以来孟衍的多次相救、金雪的几番鼓励、黄丽的飞扬跋扈、蓝澜的阴谋诡计统统像放电影一样飞快地掠过脑海，白芳婷回想着这一路的历程，分不清是快乐多一些，还是失望多一些。

然而当她迎着孟衍的目光，竟觉得自己忽而充满了力量。

“我不会让你失望的！”

白芳婷这么对着自己宣告，一度消失的勇气，一点一点地回到体内，原本颤抖的双手，一下稳住，神情也恢复常态，不受负面干扰，慢慢对着远端的孟衍点了点头。

“我……一定会加油的！”

主持人朗声道：“好！接下来的时间是属于你的，仙度瑞拉小姐，带着我们的期待，展现给我们你最美的一面吧！”

音乐声起，白芳婷已经从紧张不安的状态中调整过来，开始表演。提起水壶时，台下观众可以明显地看到白芳婷的动作流畅，倒水时，手又快又稳，不偏不倚地流进那小小的茶杯，一点水珠都没溅出。

动作做得漂亮，白芳婷的内心越发镇定，把敌人的干扰都抛诸脑后，脸上挂着盈盈浅笑，典雅的姿态，比之前的蓝澜、金雪有过之而无不及。

“仙度瑞拉好漂亮啊！”

“不是说有国外血统吗？居然还这么会泡茶？太不可思议了。”

“这也没什么好奇怪的吧？人家大户出身，肯定从小就请了老师来教，普通人哪比得上啊？”

观众窃窃私语，赞叹之声不止，构成了一个又一个赞叹的浪潮。评委席上的几位评委也在交头接耳，不住点头赞叹。

蓝澜看到了白芳婷的表演，嘴角扬起一丝冷笑。恰在这时，白芳婷也看了过去，相隔距离并不远的人，目光交接，瞬间的触碰，几乎要喷出火来。

“我……绝不会输给你的，绝不会的！”

透过眼神，白芳婷释放出这样的讯息，蓝澜读懂了眼神中的意思，脸上笑容更冷。在几乎没有任何人注意到的情形下，她右手一翻，做了一个小动作。几乎是同一时刻，白芳婷头顶上劲风响起，场地正上方的水银吊灯忽然松脱、脱落，近百斤的重物，连同铁架，一起掉了下来，凌空发出巨大的声响，飞快地坠落下来——

突如其来的意外，让白芳婷一下被吓傻，完全反应不过来，眼看就要被这东西砸中，忽然听见身后的一声大叫。

“小心！”

一股力量冲击过来，把白芳婷给撞开，霎时间所听到的，只有水银吊灯撞地的碎裂声响，还有一声凄厉的尖叫。

“啊！”

旁观的所有人都被吓傻，没有人来得及反应，就连下命令的蓝澜也被吓到。只有一直在底下紧盯着的我，一个箭步飞蹿上前，大叫出声。

“叫救护车！救人！”

我这一吼，把所有人都惊醒过来，纷纷抢了上去。水银吊灯砸碎在地，散了满地的玻璃，还有血……白芳婷瘫坐在地上，完全被吓傻了，但身上却没有什么伤。

没受伤的理由，是因为她及时被人推开，而推开她的人，这时正趴倒在地上，被水银灯底下的铁架给砸压住，整个人失去意识了。

“金雪！”

看到这一幕，我叫了一声，二话不说，上去动手拉开铁架，周围的人也乱成一团。

“金雪小姐！金雪小姐受伤了！快叫医生！快去快去！”

“当心玻璃碎片！慢点慢点！”

“你去维持一下秩序，你们退后！”

“快叫救护车！”

我嘶吼着，只觉得脑子里一热，眼睛瞬间就红了，本能地冲了上去，旁边的一切都没有了感觉，其余的话音、尖叫似乎全都消失了一样。焦急万分的拉开铁架后，我将金雪整个抱了起来，拨开人群向外飞奔。

救护车呼啸而来，在门口停下。医生动作迅速，担架从车内被推下，昏迷的金雪躺在担架车上，一群人簇拥着，将担架车推进医院里。

一阵匆忙后，楼道安静下来，我站在墙角，看着远去的金雪，抽了一根烟，缓缓恢复情绪，这才转头往回走。刚走进茶艺馆，就撞到了急冲过来的白芳婷。

“金雪怎么样了？伤得重不重啊？你……”

“不要大惊小怪，人已经送走了，身上有沾血，但没有什么明显外伤，估计伤得不重，就是点出血的皮肉伤。反正女艺人最重要的就是脸和胸，只要这两个地方不出事，就不会有事，你不必担心……也不用哭得连妆都花了。”

我说着，轻描淡写拂过白芳婷的脸颊，为她抹去泪珠。白芳婷有些狐疑地看了我一眼。

“真的没事吗？你又不是医生，你……”

“放心吧，我说不会怎样，就一定不会怎样，你不用紧张，难看死了。”

“……说得那样……那你刚才又第一个冲上去，还把人家抱起来走……你根本就比我还紧张得多！”

“那是……那是我紧张你啊，搞出这么大的事，如果不先把金雪摆平，牵连到你身上，那我不就前功尽弃了？”我借口道。

“……撒谎，如果你不紧张，你那只手为什么……啊！都烫到手了！”

白芳婷一声惊呼，我才察觉到早先点的那支烟，夹在指间，越烧越短，已经烫着了手指。我连忙把烟丢掉，拼命甩手。

“该死！该死……”我一抬头，看见几名记者正往这边跑来，连忙拉着白芳婷跑步，“先走吧，继续在这里的话，就有麻烦了！”

白芳婷跟着跑，边跑边说：“比赛中止了，真不知道为什么会忽然有东西砸下来？东西的质量太差了……”

我苦笑道：“什么质量问题，有人搞鬼才对。”

白芳婷陡然一震，抓着我的手，急忙道：“蓝澜，是蓝澜！比赛之前，她威胁过我，还说已经知道我的身份，没错，是她。一定是她！”

我皱眉道：“蓝澜……蓝澜……她怎么会知道……”

“我也觉得很奇怪啊，她说她在电话里头偷装了窃听器，但明明你就砸烂了，里头什么也没有啊？”

“嗯，估计是还有什么其他的手段……不过，有意思，她明明知道了，却没当众宣布，这要不是她没把握，要不……就是她不能。”

“不能？为什么不能？她直接对记者说就好啊！”

“如果能够这样做的话，她早就做了……你太低估你现在的影响力了，仙度瑞拉这个名字，已经成了女神大赛的代名词了，你如果是假的，那么整个大赛也是笑话了。”

“就算是这样，那也……”

“这件事对蓝澜的意义不大，可对她身后的那个人意义就很大了，他现在已经深信不疑，只要比赛出事，他就要大赔钱……啧，估计明天股票还有得跌，他只要不想立刻跑路，就不会让蓝澜去动你。”

我看了白芳婷一眼：“你保持好心态，不要露出破绽就行，我会在这一两周内，彻头彻尾地了结这件事的。”

白芳婷看着我，点了点头，手机“叮”的一声，跳出新的网络新闻，头条上赫然就是“金雪在比赛途中意外重伤，医院表示可能留下永久性疤痕”。

“糟了，金雪的伤看来很严重啊！”

白芳婷急急把手机给我看，我瞥了一下，只觉得脑子里又一热，说不出话来。

三十二强比赛出了这么大的状况，完全不是秦守想看到的，各界的质疑对女神比赛越来越严重。再加上金雪的粉丝集体到DM公司门口静坐抗议，引发了更大的关注度。

“我真是回来错了，什么都不顺，在日本的时候，明明就没有那么难啊……”

秦守瞪着眼前的屏幕，里面的记者正绘声绘色地描述整个事件：“……巨星天后金雪紧急送往医院抢救，目前已经没有生命危险，所属的星空经纪公司已经宣布，为了避免类似事情发生，金雪将弃权退出女神大赛……”

镜头跟着转到一个西装男人，底下的字幕写着“DM公司发言人”，正被记者追问。

“金雪的经纪公司决定退赛，是否基于对这场大赛的不信任？加上之前发生那么多佳丽争斗的伤害事件，这次的吊灯砸落，只是意外吗？”

“是意外，当然是意外！”发言人急急忙忙道，“整件事纯属意外，我们不希望外界有多余的联想。事情现在已经交给警察调查，如果有什么最新消息，会立刻通知各位。”

说完，发言人转身进门，给人一种落荒而逃的感觉。秦守看得直摇头，蓝澜更道：“太差劲了，这样的公关发言人，只会坏事，一点话都不会讲。”

“确实是差劲没错，不过……”秦守斜睨着蓝澜，“这到底是怎么回事？你该给我一个交代！”

“交代？我人在这里，就是为了给你交代。”蓝澜理直气壮道，“你该不会是以为这件事和我有关吧？我只是个局外人，吊灯砸下来，我也被吓到了，当时我站得很近，差一点就砸到我了，这你看得到吧？”

秦守点了点头，不得不承认这一点。

“如果是我搞鬼，我犯得着拿自己的性命来开玩笑吗？要真是我做的，事情结束以后，我应该有多远就跑多远，还敢这样出现在你面前吗？”

“唔……你说得……也有点道理，我想你也没有那么大胆，都对你说不行了，你还背着我搞一堆事！”

秦守皱着眉头，忽然手机响起，他拿起一看，脸色立变，挥手让蓝澜离开，蓝澜会意，出了办公室，带上了门，秦守这才接起了电话。

“喂……那块地找到买家了？这么快？买方连我们那几套物业也想吃下？价钱好谈，这么阔气？你知不知道买方是什么来头？”

秦守心有疑忌，语带谨慎，但迟疑片刻，还是果断道：“算了，不管那些，就卖吧！既然碰到一个这么阔气的主，就别错失机会，但不能拖欠，既然是急卖，就要立刻到账，明白吗？”

抢着把这些话交代完，秦守专心在电话上，全然没留意到应该被关上的房门，不知何时竟开了一条小缝。在门缝之外，蓝澜就站在那里，把什么都听进耳里，脸上表情阴晴不定……

PART 5

夜会

Chapter 21 漂洋过海来看你

该来的，总是要来，即使要躲也是躲不过。孟衍心里非常清楚，但是脚上像灌注了铅石一样，难以迈出。他从新闻了解到，金雪的伤并不算重，却始终放不下心来。几天来，孟衍好几次站在病房楼下，只是没有勇气走进电梯。

“金雪老师，你……还好吗？”

“没什么事了，真想不到，会是你来看我……”

医院的病房内，金雪看到走进房门的“仙度瑞拉”白芳婷，没有穿着华丽礼服，只是简单的T恤与牛仔裤，手上还拿了顶小帽。在戴着帽子的时候，完全看不到长相，要不然，恐怕又要引起骚动了。

“金雪老师，谢谢你，很不好意思惊动你，要不是你事先交代过警卫，我根本不知道怎么进来。”

“没事，其实我就一点皮肉伤，不是真的伤得有多重，全都是外头乱传。我根本就用不着什么警卫，只不过怕有些狗仔闯进来，打扰休息，公司才安排了那么两个大个子在外面，刚刚我已经让他们回去了……”

金雪说着，朝白芳婷身后看了一看：“只有你一个吗？没有其他人……”

“呃，红姐那边，我忘了通知……”

白芳婷说着，看见金雪一脸遗憾，心中一动，“孟衍老师在楼下，没有上来，他说他还有事要办……”

“嗯，我知道他会这么说，他的个性一直就是这样……”

“你们果然认识啊！”白芳婷道，“为什么我问他，他就说自己不认识大明星，不认识你呢？”

“大概……他很不喜欢大明星吧。”

金雪说着，忽然眼眶一红，低下头去，把白芳婷吓了一大跳，再看金雪双肩抽动，明显在啜泣的样子，更是慌了手脚。

“金雪老师，你……你怎么了？你该不是……”一句出口，白芳婷觉得自己在这里很不适当，连忙道，“我、我去给你削个苹果……呃，这里没有苹果，那我去给你买个苹果回来削。你等我一下，顺、顺便平复一下心情，我走了。”

白芳婷落荒而逃，独自一人在病房内的金雪，花了几分钟平复心情，最后从旁边桌上的皮包里拿出手机，翻动了几下，显示出一串号码。

看着那个号码，金雪只是看着，却迟迟下不了决心，过了几分钟，最终，金雪一下咬牙，拨打了那个电话，接着，就听见手机铃声在门外响起。

金雪惊讶地听着门外的铃声，转头向门口看去，手机铃声断掉，但迟迟也没人出现。又过了几秒，她正想开口，门一下被推开了。

“哎呀，真是不好意思，打扰你休息了……”

风风火火地跑进去，我脸上堆满笑容，看起来简直像是来吃喜酒的：“我家艺人给你添麻烦了，那家伙笨头笨脑，虽然长得漂亮，但脑里全是草，还害得你受伤，我已经狠狠教训过她了，你别介意。我本来是过来找她的，没想到手机忽然响起来，就吵到你了，真是该死该死！既然她不在这里，那我就不多打扰了，我现在就去找她了……”

话越说越快，最后一串话几乎一口气直接说完。我脸上带笑，后退要走。

“可以等一等吗？”

“有什么好等的？你是一个大明星，我是一个小经纪人，而且还是形象特糟糕的那种，和我独处一室太久，要是被那些狗仔记者知道就不好了……”

我边说边后退，金雪坐直身体，想要用手拉我，却被点滴瓶给限制住，一时起不了身。

“请你等一下！”

“还等什么啊？如果让狗仔看到，乱写一通，说你和我在病房怎样怎样，你大明星的形象就毁了。大家还是以后有机会再见面吧！”

“我让等一下！我说，站住！”

金雪一下急了，挣扎起身，“哐当”一声，整个吊水的架子和玻璃瓶都砸在地上。我一回头，看见金雪不但弄倒了架子，还正在拔手上的点滴针头，想要追过来，不由得脸上变色。

“住手！你干什么！”

“不关你事！”

“你疯了！”

我回冲过去，压住金雪的手，阻止她拔针的动作，金雪强拔，两边拉扯在一起。

“我是疯了！没理由只许你发疯，要我一个人保持正常。打从你一声不响搬走的那刻起，我就已经疯了！”金雪将我一把推开，“几年了？你什么都不说就走，我找你你就躲，电话不接，信息不回……你知不知道我是什么感受？你可以走，但不能连个理由都不给我！”

被推撞到墙上，我的表情沉静了下来，笑意不再，转为一种认真与……深刻，连说话的语气都不同了。

“反正都分手了，还要什么理由？人不在一起了，给个理由有意义吗？你是个好人，但我们个性不合适……像这样？”

“对我有意义！你什么都不说就走，有没有想过被留下的人是什么感受？我一直在等你回来，等你给我个答案！”金雪说着，泪水如决堤般崩溃，“那天，好不容易再见到你，你明明知道我想见你的，你故意装作不认识，说那些什么鬼话……我让人把你扔出去以后才想到，这就是你要的结果……你、你就那么不愿意见我吗？我做错了什么？”

“……你什么都没错，是我自己错了……”

“每个人都问我，为什么要来参赛……记者以为我是为了钱，公司以为我是为了还老董事长的人情，但你一定知道，我就是为了你来的……你出事以后，我听说你被人设计，还找不到人帮你，我就把所有工作推掉，什么都不管地回来了。”

“……我知道，你是想让我直接签下你，直接当我的艺人，这样参赛就稳赢的，就不用再自暴自弃了……”我靠着墙，苦笑道，“但你应该知道，我不可能会接受，如果这我都能接受，当初我就不会离开……我是个很差劲的男人，但仍然有些事情，是我怎么都无法接受的。”

“我知道，所以我才帮助仙度瑞拉和林红，希望这样能帮到你……被送到医院来的时候，我还在想，这样就能见到你了……结果……你还是这样……你总是这样……”

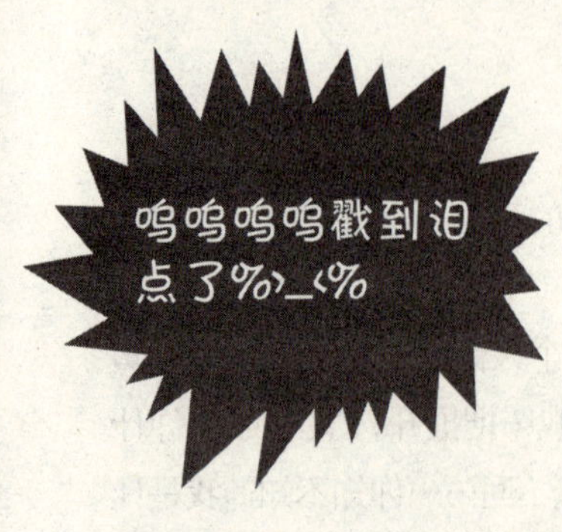

说到这里，金雪忽然泪崩，手捂着脸，一下子泣不成声：“你说我们要有大房子、要去环游世界、要去巴厘岛浪漫婚礼、还要有大钻戒……这些明明都是你说过的，我……我一直都在等你，一直都相信你……你……你……你明明说过要娶我的……”

止不住的哭声令我动容，我知道这是压抑多年的情感在瞬间的决堤崩溃。我默默取出一只红色锦盒，拉起她的手，轻轻地放落下去。

金雪抬起头，神色愕然。原来在红色锦盒里头，一颗两克拉的钻戒，正在闪闪发光……

“这是……我答应过你的，我没有忘记过……从来没有……”

我默默地在心里说道。

怔怔地看着那个出现在掌心的戒指，金雪有些反应不过来，好半天才把目光从戒指上移开，抬头望向我。

“这是……”

“对你说过的话，我没有忘记过……戒指是我三年前就买好的，分开之后，我有一段时间，很拼命在赚钱，不管是什么活，只要能赚钱我都干，确实也赚到了一些，我都存起来，最后买了这颗钻戒……”

我苦笑道：“买完了才觉得自己傻了，就算有了大戒指，也没有可以戴上它的人……那天，我去浮萍居，喝了一夜的酒，后来，这枚戒指我就一直留在手上……”

“你一直……留着这个戒指……”金雪愣了一下，急切道，“那你为什么不来找……”

“去找你吗？怎么可能？”我耸耸肩，道，“我走的时候，就已经想得很清楚了，你没有错，是我自己无能，保护不了心爱的女人，让她整天为我去赔笑哈腰；也是我自己没有用，当一个歌星，居然混到让助理比自己还红……”

“那是误会！”金雪道，“我一直想向你道歉，是我那时被冲昏了头，身边有人捧，就忘了自己是谁，没有考虑过你的感受……”

“你不用道歉啊，我承认，最开始有段时间我很受打击，整天自艾自怨的，觉得整个世界都对不起我，但看你演出的作品多了以后，我发现……心态不对的人是我，你的确有那实力，把你放到这个位置上，这才是真正为你好的做法。”

“我从来没有想过……”

“我听了老爷子的劝，改当经纪人，想把自己磨炼一下，看看能不能把脾气改改，脸皮也磨厚一点，干出点成绩之后，再看看有没有机会来当你的经纪人，这样也算是为你尽点心。”

“那为什么……”

“因为意外很多啊，工作中不小心出了点意外，在医院住了三个多月……等我再出来时，你已经大红大紫，连奖杯都拿了几座，那时看你在电视上领奖，我就想……我们之间，真的结束了。”

我摇摇头，随手点了一支烟，看着病床上的金雪，道：“你有你的未来，我只属于你的过去，在你的未来蓝图里，没有我对你会比较好。可能当初真是我不懂得珍惜你，但……我们之间，在那年我走出去的时候，就彻底结束了。”

“那你为什么还给我这个戒指？”

“我觉得……这会是你想要的。你想要一个答案、一个解释，我不知道怎么说，也不喜欢向人解释什么，这个钻戒，你可以当成是一个纪念，或是一个证明，证明我是真的爱过你，但……都结束了。”

“所以……你只把戒指放在我手上，不会替我戴上？”

金雪凝视着我，看我没有回答的意思，便道：“你一直躲着我，一直强调我们已经结束了，就是因为我们现在的身份？”

“错了，身份什么的都是浮云，做人应该看的是未来。”我吐了一口烟，表情全被遮蔽在烟雾里，“现在的你，已经是风靡亚洲的天后，未来你只会更红，像我这样的人，靠在你身边，只会是你的负累，你不可能放下现在的成就，而我……也挺喜欢目前这样的生活方式，不打算为了你或任何人改变……你不得不承认，你我都不是当年的小青年和小女生了，我们……早就回不去了。”

“……我明白了。”

金雪点了点头，道：“可以把那个包包拿给我吗？放在那边桌上的那个。”

我依言去拿，金雪接过皮包，却没有急着打开，只是道：“我买了房子，就在三年前……”

“我看过新闻报道了，是间豪宅！一出手就几千万，现在赚了很多吧？”

“还好，那间房子很大，有花园，有泳池，这些年来，我每次出国旅游，都会带很多纪念品回来，如果房子不大一点，那真是装不下呢。”

“哦，是去国外拍片吧？除了工作，你还有时间旅游吗？”

“有啊，不管多忙，每年我一定空出时间，邀请我的亲友和助理，整团人包机去旅游，瑞士啊，日本啊，还有巴厘岛……算算也还真去了不少地方。”

“听起来还……”我说着，忽然表情一变，皱起眉头，“这些怎么都是……你该不会还在巴厘岛看过教堂吧？”

“不是看过，我选了一间最大最漂亮的，每年的十月十七日，就是你离开我的日子……我都会包下那里，祈祷有一天能和你一起走进去……”

金雪幽幽说道：“豪宅、环游世界、浪漫教堂……这些都是我们以前一起的梦想，虽然你离开了，但我不想放弃，只要做着这些事，就好像有一天你还会回来……”

“你是吃饱了没事干？还是真的太无聊啊？你这样根本……”

我说到一半，看金雪从皮包里取出了一个东西——一个饮料拉环，这一下，我不说话了，过去的一幕在脑中闪过——

“你、你干什么啊？有点痛……”

“先量量尺寸，看一下大小……现在我什么都没有，只能拿这个拉环来充个数，但早晚我会用大钻戒套上去的……阿雪，我一定会娶你做老婆的！”

当时，我把这个拉环套放在金雪的指上，如今，许久以前的回忆涌来，记忆中那个少女的清纯身影，与眼前病床上的天后重叠，霎时间，我也不知道该说什么了。

“你……何必那么傻？”

“和买戒指的你一样吧。我买了房子，住进去的那天，我哭了一整个晚上，那时才发现，共同的梦想，如果只剩下我一个人，这个梦再豪华绚烂，也只有悲伤……没有了你，那些什么房子、游艇、环游世界的，都没意义了。”

金雪一面说话，一面把手指套过拉环，并且把钻戒盖上。

“这个戒指，是你的心意，我很谢谢你，但如果这只是一个分手纪念，那请恕我不能接受，我的恋情，还没有死亡，更不需要墓碑。”

金雪抬起头，望向我，眼中闪动的情火，炽烈到像是可以烧起来。面对这样的目光，我心头莫名狂跳。

“你说……我放不下我的工作和成就，你也无意改变，所以我们都回不去了，但……如果我能放下呢？”

这个过于意外的问题，一下子将我问得懵了，我愣愣地看着金雪，半晌也说不出一句话来。

病房外，白芳婷两手空空，震惊地呆立站着。透过门的缝隙，她听到孟衍和金雪的对话，整个人也当场呆住，眼中渐渐有泪光闪现。

忽然间，她很怕听到孟衍的答案，就这样拔足向医院外跑去。

从金雪病房出来之后，我只觉得非常沉重。对我的感情，答案早就已经知道，但是从金雪口里听到之后，依旧让我难以面对。但男人啊，错了就是错了，回头已经是不可能了。

“你现在这算是什么情形？垂头丧气，像只被拔光毛的鸡，我半途折返回来，不是为了看你这衰样的。”

“唉，一言难尽啊，一堆意外，我觉得这比赛已经足够安全，结果出了事，她被牵连进来，送去医院……我很不好受。”

“呵，她恐怕还求之不得呢，要是事情没有那么严重，你会去医院和她见面？你在别的地方很男人，但在情感上，你和乌龟没两样，而且还是总缩起来的那种。”

在冰冰的豪宅内，我和冰冰对坐着，桌上摆了酒杯和酒，但我们谁也没有举杯。

冰冰道：“那……金雪她怎么说？不，是你怎么说？人家女生都已经说到那样了，你总不能装听不见吧？”

“听见了又能怎样？”我无奈地说道，“她现在过得好，万众瞩目，亚洲天后，我就一个小经纪人，难道真让她把一切都抛下改跟我啊？大家早就不是一个层次的人了，她只是……还有点走不出来而已。”

“你这么说太自私了吧！你明明知道她不是这么想的。”冰冰道，“对她而言，天后的宝座、荣耀，全是虚的，只有在你身边，才是她真正的幸福啊！”

“哇……看你说的，我全身鸡皮疙瘩都起来了，你什么时候说话这么恶心了？你该不会最近从化妆师改去当编剧，还专攻那种肉麻兮兮的言情戏吧？”

“孟衍！”

“可以了，别再说了！”

我收起笑脸，不疾不徐说道：“现在她过得很幸福，这份幸福是她拼命挣来的，你我都知道，要爬到那么高的地方，要付出多少！我不想因为我的关系，让她这些血汗白流了……这些年来，没有我，她也一样过得很好。对她而言，我并不是必须的，她早晚会明白这一点的。”

看着我的表情，冰冰沉默了一下：“那……你拒绝她了吗？她会不会想不开？”

“如果我接受了，她以后会更想不开的……”

“这种话，如果你自己真的相信，我是没什么可说的啦。”

冰冰道：“顺便告诉你，DM公司那边，我已经合法收购了他们紧急脱手的地皮和几处物业。我敢百分百肯定，秦守已经涉及掏空公司资产，这两天一把钱打过去，计划就可以收尾，然后一切交给警方……”

“等一等。”我思索了几秒，“先别动，把打款时间压上几天，七天，七天后再打款给他。”

“为什么？夜长梦多，拖着不收尾，万一节外生枝，对你计划可不利啊。”冰冰道，“我需要知道理由，你给我一个理由吧。”

“……芳婷和林红，她们现在全心投入比赛，这比赛对她们有很大意义，如果突然被喊停了……她们肯定很失望，觉得所有的努力只是一场闹剧。”我道，“就算是做梦也好，我想让她们的这个梦，做得久一点……七天后，是女神大赛的十六强赛，那天比赛结束，我们把一切完结吧。”

“你这个男人……”冰冰摇头道，“有些时候你无情、固执到不可理喻，但有些时候，你又温柔得不可思议……”

“没有复杂性，那就不叫‘人’啦！”

我随口回答，这时冰冰的管家来到她身边，向她报告：“少爷，仙度瑞拉小姐回来了。”

“回来了就回来了，我不是说过吗？她可以任意出入这里，这不用特别向我报告吧？”

“不对！”我站了起来，“三更半夜，这时间又不用工作，也不用化妆，她来这里干什么？还有，下午在医院，我半天见不到她出来，打手机又不回，这家伙肯定有事！”

“孟先生说得没错，仙度瑞拉小姐的情绪不太稳定，看样子，好像喝了酒，摇摇晃晃的。”

“喝了酒？”冰冰也站了起来，“那丫头不是不喝酒的吗？怎么？”

我着急地说：“先去看看！”

豪宅之内，冰冰摆满各种道具的化妆间内，白芳婷正在那里，翻找着东西，动作很粗野，把一堆东西扫下桌子、柜子去，最后才在杂物中看到目标，眼前一亮。

“……你在找什么？”

我和冰冰走了进去，顺着白芳婷的目光，看到一个皮包，被埋在一堆杂物里头。

“哦，高级货啊，一看就知道很贵……”我侧头对冰冰道，“这是你家，包包是你的？”

冰冰道：“别闹了，你什么时候看见我像个小女生一样，背包包到处跑？”

“说得也是，那既然不是你的……”我走过去，把包包从杂物堆中拎起来，看了白芳婷一眼，“那就是你的了？这个皮包我记得是两万七还是两万八，不便宜啊，你这么舍得花钱？还是有人送的？”

在我的注视之下，白芳婷承受不住，很困难地说道：“是……是蓝澜送我的，那天除了手机，还有这个皮包。你砸手机的时候，我怕你把包也砸了，就先藏在这里，后来……忘了来拿……刚刚想起，这一定就是……就是……”

没等白芳婷说完，我二话不说，就把包包翻掀开来，里头东西全洒落在地。我左右翻找一阵后，取来小刀，割开衬里，然后从里头撕出一块小板子来。

冰冰一看就认了出来：“是针孔摄像头！新型的，无线传输距离可以很远，就是电池不太给力，现在估计已经没电了。”

我二话不说，把那块电路板往地上一扔，一脚踩下。白芳婷看着电路板粉碎，双眼一红，啜泣起来。

“都、都是我不好……要不是我随便相信人，拿了这什么礼物还沾沾自喜，就不会……就不会惹出那么多事……”

眼泪一滴滴掉下来，白芳婷就站在那里哭了起来。我叹了口气，道：“这不关你的事，别太难过了。”

“这就是我的事！要不是因为我蠢，就不会被人这样揭穿，不会在比赛时被蓝澜吓得心神不宁，更不会……害得金雪老师住院，她……她都是因为我才受伤的！”

“这不关你的事，你别想太多，也别太难过了，早点回家洗洗睡了，明天还要工作呢。”

“你别敷衍我！”

白芳婷一声怒吼，像是一头小母狮，把我和冰冰都吓了一跳，看着在那里猛哭的白芳婷，两人手足无措。

“今天是怎么了？连着有女人在我面前哭？我自己还想哭呢！”

“她不是要你别敷衍她吗？你就正正经经作答啊！”

“我有啊，我不是加了一句，要她洗洗回去睡吗？这样还敷衍？我是带成年艺人，不是带幼儿园的！”

“……这话听起来就很敷衍……”

两人的交谈，更刺激了白芳婷的情绪，她一下上前，扯住我的领口猛拽：“你、你为什么不怪我？你为什么不生我的气？是我害得金雪老师住医院的，你为什么不打我骂我？像你平常那样奚落我？”

我拨开她的手，示意她控制情绪，继而拿捏着说：“那个……虽然你是被人骗了，但我不怪你，因为这不是你的错，善良、阳光、愿意相信人，这些都是你身上的美好，也是我当初选中你的地方，是那些利用你善良的人不对，他们早晚会遭报应的。”

我正色道：“所以，我不怪你，你也别为此伤心，应该坚强起来，别被这种事打击到，让那些坏人如意。来，别哭了，把眼泪擦擦，回家早点洗洗睡了，明天还要上班呢。”

冰冰在旁边点头听着，觉得我说得倒还不错，但一听到最后几句，脸色立变，果然白芳婷听完就炸开了。

“我叫你不要敷衍我！”

白芳婷又是重重一推，但这次我有了准备，没有被她推倒，反而顺势一夹，把白芳婷的手给压住。

“你闹够了没有！”我吼道，“都已经说了，没有人怪你，你一个人在那里发什么神经？蓝澜本来就阴险，你不听我的话，硬要去和她交什么鬼朋友，被坑了是活该，不被坑才是奇怪。我对你本就没抱什么期望，你被人坑了，只能怪我监管不严、事先想得不够周到，所以我不怪你，听明白了吗？”

按着白芳婷的肩，我把这些话一口气吼完，白芳婷像是被吓到，站在那里愣了好半天。当所有人都以为她会就这么安静下去，处于半醉状态的她，一口气爆发了。

“给我站住！”白芳婷抢在前头，拦下本来要离开的我，“你只会要我别和人家交朋友，处处防着别人，你有没有想过，为什么我要去和蓝澜接触？”

“谁知道啊？她也被车撞了？”

“就是因为你！”

白芳婷抹了抹眼泪，认真道：“你一下和这个亲热，一下又和那个打得火热，那天你还在电视上说，她才是你唯一真爱。她被秦守泼了水，样子很可怜，我才过去帮她的……你……你什么都不知道……”

“拜托，我有要你去帮她吗？我有对你说，蓝澜是我深爱的女人，请你有机会多帮我照顾她吗？没有吧？我说的一直都是，只要她靠过来说话，直接就一杯水泼上去，不用废话！”

“哪可能不问情由就这么做啊？人家好好的，又没做什么，我一看到她就泼水，有这样做人的吗？”

“那就活该你被坑！这是你自找的！”我两手一摊，“伟大而善良的仙度瑞拉小姐，恭喜你得偿所望，我是不是该准备块匾额给你？……再说，你帮她就帮了，事后还见面干吗？缺亲情想认干妈啊？”

“因为我想多了解你！”白芳婷道，“我对你的过去什么都不知道，你又什么都不肯说，我想要知道，就只能从她身上来了解。”

“你有病吗？好端端的，了解我的过去干吗？就因为你整天想这些无聊又无谓的事，才会中这种不知所谓的圈套。”

“我想要知道你的事，那是因为我……”白芳婷停顿了一下，最后借着酒意，她还是喊了出口，“因为我喜欢你！”

“什么？”

我愣了一下，看看白芳婷，再看看冰冰，一脸困惑。冰冰无奈地两手一摊，耸了耸肩，而另一边的白芳婷已经不管这许多，抓着我的双臂，把她的心里话全部吼了出去。

“我喜欢你，从一开始我就喜欢你了！我想和你在一起！所以，想多了解你一些，但你总把路都堵着，让人不知道怎么能离你更近一点！你别这样可以吗？我真的好想多陪在你身边！”

说着，白芳婷再次泪崩，稀里哗啦哭个不停，我只觉得脑子涨疼，这种事情为什么每次都发生在一起。但这一次，我没有再安慰她，而是一字一字深刻说道：“我以前曾经告诉过你，不、许、喜、欢、我！你忘了吗？”

“可人家就是喜欢上了嘛！一直跟自己说不行不行，可最后还是喜欢上了，人家也不想的啊！”白芳婷啼泣道，“为什么不行？你好歹也要给一个答案啊，你给了金雪答案，不能就这么拒绝，什么都不说……”

“行！你要答案是吗？我给你！”

我正色道：“我不会喜欢上自己一手塑造出的人偶！你，仙度瑞拉，是一个我亲自打造出来，根本不存在的幻影，难道我会喜欢上一个从头假到脚的人偶吗？别开玩笑了！我是专业的！”

“……我……我是……人偶？是……从头假到脚的……东西？”

白芳婷脸上一下血色尽失，紧紧咬着下唇，接着，她猛地转过头，头也不回地冲了出去。

“喂！你等一下！”

冰冰叫了两声，没能叫住，转过头来望向我：“我觉得，你的话不全对，她的温柔与善良，确实吸引着你，这是你不能否认的，你说她是人偶，这种话连你自己都不信吧，她一路过来的努力……不是假的。”

说完，冰冰追了出去，留下我一个人在地下室里。

Chapter 22 我的舞鞋旋转

公园的溜滑梯底下，散着一堆啤酒瓶，啤酒瓶的中央，是背靠着背、互相枕着对方肩头的冰冰和白芳婷。两人身上酒气熏天，面上醉态可掬。

“冰……冰冰啊……”

“嗯？”

“你看看你的手，有几只手指啊？”

“……四只……六只……嘻嘻嘻，好奇怪……我……眼睛怎么都花了，是不是我也……喝醉了……”

“冰冰啊……为什么……你的人都喊你少爷呢？”

“不谈这个……不谈这个……”

冰冰忙乱地挥着手，靠着她的白芳婷险些被摔倒，急忙道：“我……我刚刚想到了一件事，一件很重要的事……”

“什、什么事啊？”

“只要我还是仙度瑞拉一天，那个人……那个人的眼中，就不可能有我……”

“这、这还用说？……呼噜……呼噜……”

“你、你怎么这么快就睡了？讨厌……人家还有话没说完呢，你醒醒……”

醉得过了头的冰冰，一下睡倒，就只剩下白芳婷，用醉眼望向天上的星空。

林红急匆匆来到医院，到了母亲的病房外，刚好碰到一个护士。

“你是林女士的大女儿吧？好久没见到你了，你现在很红啊，是明星了，要加油，我们都很喜欢你的。”

“谢、谢谢。”

“你妈妈真是好福气，有两个这么好的女儿，一个负责赚钱，一个每天早上都来伺候，从没断过，让人好羡慕。”

“我妹妹……她也来了？”

“一早就到了，每天都是这样，你不知道吗？”

护士说完就笑着离开。林红慢慢推门进去，看到母亲坐在病床上，对面坐着白芳婷，两人好像在说话。林红悄悄走近，仔细一看，真是气不打一处来，妹妹虽然坐在那里，却在打瞌睡，整个人坐在椅背上陷入熟睡，睡得非常死，还有轻微的鼾声。

“喂，芳婷，醒醒，你在干什么？别睡啊。”

“嘘！”

轻轻的一声，林红回过头，看见母亲竖起了手指示意噤声，便放轻动作，慢慢来到床边的另一张椅子上坐下。

“妈。”

“别喊你妹妹了，她今天好像特别累，来没说几句话，就睡着了。”母亲心疼地说，“她最近学校功课可能很忙吧，每天虽然都是一早就来，却都是一副很困的样子，还常常带着黑眼圈……”说到这里，母亲看了林红一眼，“你怎么说也是姐姐，应该多关心一下妹妹，别忘了，她可是你带回来的。”

“妈，你怎么又说这个？都多久以前的事了，别再提了。”

“妈是忘不了啊，那天你跑回来说，在路上看到一个脏兮兮的小东西在发抖，问我可不可以捡回来养，我还以为是什么小猫小狗……”

林妈妈闪过旧时回忆，自己牵着女儿跑出去，在路上看到一个脏兮兮、不知多久没有洗澡的小女孩，彷徨地看着四周。

“我可真没想到，你说的小东西，会是一个人……”

记忆中，林妈妈问着小女孩：“小妹妹，你怎么会在这里？你的父母呢？”

小女孩抽抽噎噎地哭起来：“我……我不知道……爸爸……要卖掉我……呜呜，姐姐已经被卖掉了……呜呜呜……”

病床上，林妈妈道：“她的话，把我吓到了，就让你把她带回家养，那时我们也在躲债，就没敢多声张……唉，现在想想，当初就应该立刻报警的，如果报了警，就可以找到芳婷的家人，说不定，她早就能和自己的亲人相认了。”

“我倒觉得不认还更好，那种家庭一听就知道是不健康的，让她回到那种家里去，今天指不定被卖到哪个山沟里去了，还是在咱们家好点，有我们疼她。”

“但她始终还是会思念自己的父母亲人啊，这孩子，你别看她嘴上什么都不说，我知道她心里还是记挂着的。血缘天性，是怎么都断不了的……”

“妈，你想这干什么啊？生的放一边，养的情分大过天，她早就是我们家的人了。”

“那也是。”林妈妈笑道，“当初为了给这孩子上户口，可真费了不少心。你也很辛苦，什么好的全都分给她一份，连你那时候最喜欢吃的烤肉，都主动分她一半，很有当姐姐的样子……那时家里环境很差，你们两个最喜欢吃的就是烤肉了，一听说有烤肉吃，做梦都会醒过来。”

这边刚说着，睡在那边的白芳婷忽然被惊醒，边嚷边眯着眼睛，还流着口水，直到察觉母亲和姐姐的目光，她才抹着嘴巴，讪讪笑道：“姐，你来啦？”

“看看你什么样子？像话吗？”林红皱着眉头，却从皮包内取出手巾给妹妹，让她擦嘴，“把嘴擦干净，都已经不是小孩子了，这么弄，像话吗？”

看白芳婷用手帕擦嘴，林红看了一下母亲床旁柜上的水瓶：“妈，水空了，我去给你打点水来。”说完就匆匆提起水瓶出去。

白芳婷坐回母亲床旁的椅子，不好意思道：“妈，对不起，我……我睡着了，又睡着了……”

林妈妈道：“你不要在乎这种小事，这次我的病，给你们两姐妹造成很大的负担，我对你们很过意不去……”

“妈，你怎么这么说……”白芳婷慌张道，“你是我妈，怎么样都不会是负担的。妈，你别担心钱，我和姐姐会努力赚很多很多的钱回来，一定会治好你的病，你千万不要那样想……”

“你和阿红都是很好的女儿。”林妈妈握着白芳婷的手，感慨道，“有机会，你不要顾虑我们，去找找你亲生的家人吧。妈知道你一直想着他们，只是怕我们难过，从来不提，不过……你已经长大，不是小女孩了，所有的小鸟，总有一天会离巢，你该有你自己人生的方向……”

“妈。”白芳婷握着林妈妈的手，“不管怎么样，我永远是你的女儿，是这个家的女儿，你放心好了，我……我一定会给你养老送终的。”

“妈很感动，不过，养老就好，手术之前，先别提送终的事好吗？”

白芳婷走出病房时，遇到了拿热水瓶回来的林红。两姐妹遇到，林红皱眉道：“你最近学校在忙什么？脸色那么差？自己注意身体。好了，快点去学校上课吧，这边有我。”

“那个……今早没课，姐，我想说……”白芳婷迟疑道，“手术费你不用烦了，我拿我……不，孟衍那边说能帮我借到钱，剩下的尾款，他说他会处理，这两天会来把账结掉。所以你不用那么累了，我们不缺钱的。”

“多此一举，钱我早就……呃，没有，让他不用来了，借钱也是压力……等等，你为什么会找他借钱？他是不是对你怎么样了？”

“没有，你想哪去了，是我昨天向他告白了……”

“什么？”林红一下气炸了，“你对他告白，他就说借钱给你……这渣男，太龌龊了，你千万当心，别被他骗财骗色了。”

“不是你想的那样，你别那么生气好吗？昨天我喝了点酒，胆子比较大，就、就向他告白了……”白芳婷黯然道，“但被他拒绝了。”

“这渣男……倒还有点良心，没有想要通吃……”

“姐，你说什么啊？”

“没、没什么……我应该早说过了，你是纯情少女，他是花心大野狼，你们根本不是一个世界的，他不适合你。”

“他也这样说，所以我打算再过些时候，等我有点不一样了，再继续向他第二次告白。”

“你这笨丫头怎么就是说不听呢？”林红叫了一声，随即道，“算了，随便吧，你硬要去碰个头破血流，我也阻不了你，就再等一些时候，你毕业了，想法不同了，就会觉得自己现在的眼光可笑了。”

“我觉得……你和我对一些东西的定义，大概不太一样。”白芳婷点点头，道，“不过我不会放弃的，我相信坚持到底，就是胜利！”

七天的时间转眼即过，十六名参赛者手中，都接到这样的通知。

“十六强赛的进行，采用化妆舞会的形式，所有的观众、宾客，都是舞会的一员，十六名佳丽分别上台献艺，唱歌与起舞，最后再由评审与全场宾客共同投票，选出能够晋级的前八强。”

比赛开始，会场之内，受邀参加舞会的宾客，三三两两，喝着鸡尾酒，观看、聆听台上参赛者的献艺，彼此交谈。身为这次大赛的主办人，秦守自然也是焦点，在他身边也围了一群人，争着与他说话。

“比赛的大热门本来是前三强，但金雪上一轮因伤退赛后，就只剩下蓝澜与仙度瑞拉两个了。这一轮比赛不管如何，最后应该是她们两个争夺后座。”

“金雪退赛的时候，号召她所有的粉丝，把票全部投给仙度瑞拉，现在灰姑娘的总分，比蓝澜多一倍，胜负根本毫无悬念吧？”

“真正王者不在场的后冠，得了有意义吗？更何况，事情不一定会这么顺利。秦总经理，你说是吗？”

面对这个问题，秦守维持着风度，微笑道：“没到最后，都还有变数，说不定这两个里头的谁，还不到决赛就被刷出去了呢。”

这话引得旁边一阵哄笑。人人都觉得这是不可能发生的事。

“秦总经理说笑吧？比赛虽然还没完，但谁都看得出来，女神就是这两位的囊中物，要是她们被淘汰了，那还看什么？”

“话也不能这样说……”

秦守笑得有点僵硬，旁边一个女人插嘴问道：“刚刚仙度瑞拉一进来就说今天会给大家惊喜，不知道是什么惊喜表演？好期待啊。”

晚上“仙度瑞拉”白芳婷一入场，就表示今晚将为大家带来一份大礼、一份惊喜，有效炒热了气氛。此刻人人都在讨论，灰姑娘会带来怎样的惊喜。只有秦守觉得有些不妙，不知道孟衍、白芳婷又在耍什么花招。这给他很不好的感觉……

一名宾客道：“灰姑娘是所有参赛者中，最懂得造势的一个，她说了有惊喜，等一下一定很有看头，不知道另一个大热门有什么准备？”

说着，这个人举目四望，寻找蓝澜的踪影，但却没看见这位大美女。

“奇怪，蓝小姐总不可能缺席吧？秦总经理？”

“……可能是有点什么事忙去了吧。”

秦守笑了一笑，同样也不清楚蓝澜在哪里，事实上，如果他知道那个答案，肯定没心情在这里和人说话。

“你找我来干什么？”

会场后面的一个小休息室里，林红正与蓝澜面对面：“你让人找我过来，还用我妹妹的名字，你有什么企图？我警告你，这里怎么说也是比赛会场，外面有几百人在，你如果想乱来的话……小心随时吃牢饭。”

“……像你一样吗？”

“什么？”

一句话，把正在留神退路的林红惊住，她强自镇定，道：“我不明白你在说什么？”

“有必要这样装吗？去倒水下药的人就是你，这件事你我心里清楚，现在只有我们两个人，何必装不知道？”

“我不知道你在说什么，无聊！有话说就拿证据出来！”

上次被偷拍的事，弄得林红一朝被蛇咬，十年怕井绳，现在一面说话，一面四下张望，寻找着可能存在的摄像头，生怕是蓝澜设局来套自己的话。

“我会是那么无聊的人吗？当然有证据。”

蓝澜拿出了一个小录放机，按下播放钮，画面中，赫然就是林红当初倒水下药的一幕幕。看着那理应不存在的影像，林红的脸整个煞白了。

“你……为什么会有……”

“呵，你说呢？这种事情……重要吗？”

蓝澜随口回答，可听在林红耳里，这些话却有不同的意味。

“……难、难道……是孟衍给你的……不，这不可能！他明明说已经销毁了，怎么可能还会……”

林红的反应，给了蓝澜一个提醒，她眼珠一转，立即打蛇随棍上，接着道：“自然是从他手上拿的，否则我怎么还会有？他告诉你已经销毁了？真可笑，这种话你也信？看不出来，你是那么天真的一个人啊。”

看着蓝澜妖媚的笑，还有她手中播放的证据，林红一下慌了，而蓝澜更接着道：“警察眼下还在猛找黄丽背后的那个真凶，如果让他们看到这个，不知会有什么想法呢？”

“你想威胁我？”

“呵，说不上，如果真是威胁，我又怎么会把这影片拿来给你呢？”

“你到底想干什么？”

林红被弄糊涂了，蓝澜也有一瞬间的慌乱，本来她真是想胁迫林红的，可现在她觉得，似乎有一个更好的办法。

“别紧张，原本我真是想来威胁你的，但现在不用了，因为我发现你什么也不知道……林红，你真可怜，从头到尾，你不但是个被人耍在掌上玩的傀儡，还将是一个用玩就丢的工具，呵呵呵。”

蓝澜的笑声，笑得林红遍体生寒，林红颤声道：“你……什么意思？什么工具？我听不懂。”

“不懂吗？那就给你看看吧。”蓝澜一笑，操作录放机，放出的另一段画面，是对白芳婷的监控，包括冰冰为她梳妆、改扮，一点一点从平凡女孩化身成灰姑娘的改变，

“我相信你可以做得很好，因为这段时间以来，你已经很成功地扮演了仙度瑞拉……孟衍的眼光倒是没错，他第一次把你带到我面前时，我也没想到，你居然这么有潜力……”

这些画面播放着，揭开了灰姑娘的所有秘密。林红脸色苍白如雪，身体止不住地颤抖着。

“这……这不可能……仙度瑞拉……我常常看见的，她居然是……我的妹妹？”压抑不住激动心情，林红指着蓝澜，厉吼道，“我不相信！这一定是你伪造的！这是谎言！你……你这骗子！”

“唉，林红，我真是可怜你啊，证据都摆在你面前了，你还乐意自己骗自己，难怪孟衍和你妹妹都当你是个傻瓜，在背后笑你了。”

蓝澜摇着头，冷笑道：“灰姑娘计划，是孟衍一早计划好的，利用你这傻瓜来当烟雾，瞒天过海，掩护你那看似纯洁的妹妹。真亏你一直浑然不觉，当了个睁眼瞎。”

林红思绪混乱，只冒出一句：“为什么要告诉我？”

“实话说吧，孟衍和我翻脸了，他喜新厌旧，和你妹妹打得火热，要把我这个一直在幕后帮他完成计划的功臣一脚踢开。我还知道他打算报警，把你出卖给警察，扫除后患……”

蓝澜道：“我本来想威胁你，和我一起去揭发他们的真面目，但没想到你什么也不知道。现在……我正式邀请你，和我一起揭发这对虚伪的狗男女，你动作要快，否则，警察说不定快来了。”

林红瞪了蓝澜一眼，后退数步，摇头道：“我不信……我不信……我要去问清楚！”

转过头，林红一下飞奔跑走。蓝澜暗暗顿足，气恨自己引诱失败，顾不得形象，直追着林红出去。

“我不信……我不信……不可能有这种事……她一定是骗我的！”

没命地狂奔，林红心里在滴血哭喊，脑中闪过一幕幕画面：

……约在酒吧时，孟衍说已将影片处理掉，让她放心。

……那一晚，她和孟衍在宝石山顶相拥取暖，换来却是不负责任的混账对白。

……蓝澜说，她就是个从头到尾被利用的傻瓜……

诸多画面闪过，最后停留下来的，是白芳婷看似纯真的表情。

“姐，是不是因为你也喜欢上他了，听到我说喜欢，你才生气的！”

林红回想前事，只觉得那时的亲切问话，似乎都另有深意。

如果仙度瑞拉就是白芳婷，那这句问话无疑就是最恶毒的嘲弄了……

“我不信……我不信……不可能有这种事……她一定是骗我的！”

Chapter 23　如果你是假的

仙度瑞拉

性别：女

职业：孟衍旗下签约艺人

经历：凭空创生的奇迹美少女，据说有外国皇室血统，不仅外表惊艳、情商极高，而且拥有一颗善良纯净的心。通过女神大赛，仙度瑞拉已成为粉丝万千的都市传奇。

技能：自带公主圣光，以传递爱与和平的治愈系魔法对抗一切邪灵。

属性：无邪/公主殿下/圣洁天使

林红跑得飞快，穿过几处走廊与人群后，陡然看到了孟衍的背影。他在一个僻静角落，背对着人，并不知道林红看到自己。这个时候他正忙着和冰冰通电话。而对林红来说，孟衍的出现让她仿佛看见了救命稻草，她飞奔过去，脸上露出放松的笑脸。

“渣……”

呼唤被打住，林红听见了他在那里打电话传过来的一句，让她呆若木鸡。

“……行了，已经没有必要再继续了，照我们之前说的那样，把证据交上去，让警察来收拾他吧……”

这句话入耳，林红一下子愣住，蓝澜刚才说的话，在她脑中掠过。她捂着嘴巴，踉跄后跌，在孟衍还没察觉之前，往后退了出去。这种误会可惜孟衍并没有第一时间发现，不过即使发现了，他也无力解释什么。但正是这样的误会，让整个计划突然之间开始失控。

在舞池里，林红失魂落魄地走着，觉得整个世界都在自己脚下崩碎。忽然，一串响亮的乐声，震醒了林红。

在这代表欢迎的乐声中，盛装的灰姑娘走到台上，灯光打在她的身上，在这一刻，光鲜亮丽的她，迎接着群众的掌声，无疑就是这个舞会、这场比赛的女王，所有人在她面前，全都黯然失色。

看着这一刻的仙度瑞拉，林红如梦初醒，一下咬牙，直直朝着前方走去，无视沿途有人阻拦，就这么一路直行，上了舞池，站在舞台上，与仙度瑞拉对着。

突来惊变，台下群众为之哗然。台上林红直看着仙度瑞拉，试图从这张脸、这双眼睛中找出什么，最后，她伸起手，直直指向仙度瑞拉，用自己几乎不敢相信的声音，大声喊道：

“灰姑娘根本不存在，她从头到尾就是个骗局，是人伪装的，伪装灰姑娘的这个人，就是我的………”

当林红冲出房间，蓝澜就为之顿足："糟糕……脱离控制了……"

看着林红像没头苍蝇一样急奔，蓝澜也只得追在后面，生怕弄巧成拙，惹出什么祸事来。但因为穿着礼服长裙，又不能像林红那样没形象地掀着跑，蓝澜只得落在后面，一路赔笑，不断和沿途经过的人致意，紧紧地追着林红。

当看到林红奔向孟衍，蓝澜为之扼腕。

"可惜，这下子计划不成功了……没关系，让林红去闹一阵，添点乱也好，但要提防之后孟衍的反击了……"

这么盘算着，蓝澜忽然发现林红没有和孟衍说话，隔着两米，林红好像被什么东西给吓着，呆立片刻后，转身就走。模样失魂落魄，明显遭了重大打击。

"怎么回事？她听见了什么？孟衍在说电话？电话里说什么？"

蓝澜错愕不解，当下有些犹豫，是该来找孟衍探探口风？还是跟着林红？这时，响亮音乐奏起，礼服盛装的仙度瑞拉，以众星拱月的女王之姿，出现在舞池之中，全场的粉丝疯狂鼓掌，气势之盛，远远把其他人抛开。虽然这还只是十六强赛，可没有人会怀疑，仙度瑞拉拿不下那顶女神后冠！

"你跑到哪去了？"

蓝澜正恼火，秦守冒了出来，对着她就骂："你搞什么？现在是最重要的时候，我本来要安排你和仙度瑞拉一起上台，结果她来了，你却跑得没人影，只好让她一个人上去，变成她独霸全场，稳成女神了，你、你丢了自己的机会……"

听秦守这么说，蓝澜真是一点力气也没有了，勉强挤出一个笑容："不用急，没到最后一刻，谁输谁赢还很难说……"

正说着话，台上的仙度瑞拉已经开口了，透过麦克风，她清脆的声音一下传遍全场。

"各位，我是大家的灰姑娘，仙度瑞拉，非常高兴能在这里，和各位共同度过又一个美好的夜晚……"

仙度瑞拉开口说话，底下又爆出连串掌声与欢呼，气势之盛，直比天高，却也打断了她的话，让她等了几秒，才又接着说："为了纪念今天这个有特殊意义的日子，我准备了一点小惊喜，希望大家会喜欢，这是我……很认真要送给大家的一份礼物。"

这个宣告，再一次令全场期待。这时，台下人群中出现杂音，一个穿着晚礼服的美女，从人群外围向内挤来。人们认出这是和仙度瑞拉同一公司的林红，纷纷让路，觉得这应该是惊喜的一部分。

蓝澜远远望向孟衍，想从孟衍的表情中看出些什么，却只看到他眉头深锁，非常忧虑的模样。她不知道，此时的孟衍正开始头疼，因为他发现了白芳婷已经完全没有按照计划，而是在做莫名其妙的事情。同时孟衍也注意到林红正失魂落魄地走向白芳婷，在她的眼神之中分明写着：我知道你是谁！

林红缓缓走过人群，上了舞池，站在台上，与仙度瑞拉对看，一时间，双方都陷入沉默。就这么看了十几秒后，林红一下伸手，遥遥指着仙度瑞拉，朗声对群众说话。

"灰姑娘根本不存在，她从头到尾就是个骗局，是人伪装的……"

林红一面说话，一面看着仙度瑞拉的眼神，发觉对方的眼神镇定，一点也不慌张，甚至是好整以暇地看着自己，不由得越说越是紧张，暗道："没理由的，如果她就是芳婷，为什么可以这么镇定？她不怕我揭露真相吗？"

但在此刻，想这些已经没用，台下因为她的这句话而哗声四起，林红一鼓作气，把话说了下去。

"……伪装灰姑娘的这个人，就是我的……"

话说到这里，忽然被一阵手机铃声打断。林红皱起眉头，寻找这声音的源头，最后发现源于自己腰间，那个放在宽大腰带下的手机。

这不是一个适合接手机的时候，但铃声实在吵得厉害，林红迫于无奈，把手机从腰带中拿出，打算要立刻挂掉，却在看到来电人名的瞬间，大吃一惊。她把电话接起来，放到耳边，听见里头的声音，整个人如遭雷击，瞬间傻掉。

一瞬间，林红与仙度瑞拉遥遥相对，彼此目光交接，周围所有的声音寂灭下来，时间……仿佛就停顿在这一刻。

时间倒回开赛数日前。

我急冲冲地跑到冰冰家里，在那豪华的客厅里，把一只手机放到冰冰的桌上。

“……这啥？我不缺手机。”

“不是给你用的，这是蓝澜的手机，刚好落在我手上，你马上找人，帮我做点手脚。”

“……这种事，你也找我做？我不是哆啦A梦！你真当我万能的啊？”

“所以才让你找人啊，要快，别说你找不到啊……”

“行行行……不过，在女生的手机里做手脚，很像变态佬，你不觉得下流吗？”

“相信我，如果给那女人机会，她也会做同样的事，我不过是先发制人而已。”

“……其实你们两个还挺配的……”

隔日一大早。

我来到DM公司柜台，把装着手机的纸袋放在柜台，对着柜台小姐道：“打电话叫蓝澜下来拿，这里头有重要的东西。”

给完东西，我马上离开。不久之后，蓝澜急匆匆地下来，如释重负地拿起手机，刚巧接起了电话，却全然没察觉到，手机之内，已经多了一块不起眼的小芯片，并且很快派上了用场。

“谢谢你帮我解围，这是一点小礼物，我也不知道你喜欢些什么，只能靠自己来猜猜……希望你会喜欢，也希望，这两件礼物，能成为我们真挚友谊的开端。”

在自己的车上，我带着耳机，听着蓝澜说出这句话，表情扭曲，握紧拳头，一下砸在方向盘上。

“见鬼的友谊！毒蛇和人有真挚友谊可言吗？我要砸了那个小礼物……不过，小礼物是什么？那女人不会和我一样，在手机里做了手脚吧？”

在关键的这点上没能弄清楚，着实让我扼腕，却也因此令我提高警觉，注意每一个可能出问题的细节。

在舞会开始前的两天，我皱着眉头，一个人跑到医院去，在医院柜台办事，嘴里骂骂咧咧，非常不耐烦。

“啧，事情那么多，居然把这个给忘了，趁着刚刚收了钱，先替她们把医药费给结了。以后就算出了什么事，也不会太恨我吧？”

嘴里牢骚着，我掏皮夹准备刷卡付钱，却被柜台的护士回道：“6308号病床的患者已经结清费用，目前账面上没有欠款。”

“结清了？没搞错？”

“当然没有，这上面显示得很清楚，不但交清了，还留了两万元在账上扣付。”

“什么时候的事？不，那个不重要，是谁来结清的？”

“我看一下……是病患的女儿，林红。”

“原来如此……那，谢谢了。”

匆匆忙忙走出医院，我马上拨通了冰冰的电话。

“喂，冰冰吗？我在医院，刚才我想把住院费交清，但发现林红已经先把钱付了。”

“这有什么值得吃惊的吗？你为了这事打越洋电话给我？”

我有些着急道：“林红的钱，肯定来自秦守那边，秦守出手这么大方，很可能要孤注一掷。我是想，这一次的舞会，也是秦守最后一次机会，不排除他们会在舞会上狗急跳墙。”

“你是说……他们可能会利用林红？”

“不一定，什么可能性都有，我的意思是，在这上头，不能掉以轻心，舞会开始之前，各种准备都要做好。之前我委托你找的两个人，都已经有着落了？”

“你还好意思说，委托我找，然后就不管不理了……口技专家已经随时待命，系铃人也有眉目了，不过，找出详细位置还要点时间。”

“那就够了，你听我说，我有一个计划……”

对冰冰讲述整个计划，并没有花我多少时间，但对另一个核心人物说起此事，就麻烦得多。我一直找不到机会，直到舞会开始前的三小时。

在特别包下的化妆间里，仙度瑞拉、林红都在准备着。里头的一台电视，正好播出了在机场对金雪的即时采访。

“……这次应公司的要求，退出比赛，对我也是一件遗憾事，从这场比赛中我学到不少，也交到很好的朋友，在此我希望所有支持我的人，改把你们的祝福，送给我的仙度瑞拉，像支持我一样支持她。”

林红摇摇头，道：“金雪很够意思啊，只要她的支持者都转过来，你稳赢的了。”

白芳婷看着屏幕，有些黯然：“金雪老师，为什么走了呢？”

“她是经纪公司的摇钱树，听说还是大股东，公司怕她出事，不让她继续参赛也可以理解。但一退赛就急着出国，这怎么像是失恋了的味道？”

为最后的比赛做准备，我已经打算好了完备的计策。

“喂，你们两个，不要干无聊事，过来试礼服。”我拿了两件礼服过来，一红一白，分别交给两人。

“哇，好漂亮……”林红摸着礼服，一脸感慨，“我这辈子，还没有接触过这么高等的礼服……这一套要上万，不，好几万吧？”

“比你想得更夸张，是十几万。”

我看林红倒吸了一口凉气，摇头道：“别搞错了，虽然这两套礼服是照你们的尺码订制的，不过不是免费送给你们，是冰冰拉来的美国赞助商，给你们穿着作展示的。”

林红咋舌道："十多万……这衣服到底有什么特别的？要这么多钱？"

我点头道："问得好，像这种名牌的东西，你是不懂的，除了高贵的材质、超凡的设计，能够充分展现女性的美感，最最最特殊的一点……你绝对想不到。"

林红道："是什么？"

我指着礼服的腰部："就是这里的腰带有暗格，可以放手机，完全考虑到现代女性出席宴会时，没地方放手机的苦恼问题。"

林红怒道："这算什么设计？为了这个要十多万？"

我耸肩道："谁知道设计师在想什么？不过你们记着，等会儿赴宴，都给我带着手机上去啊，这礼服的设计就是那点特别，你们要是不表现出这一点，赞助商事后求偿，搞不好要赔几十万啊。"

林红愕然道："那我们是不是要时时从腰带拿手机出来玩？你这是打礼服广告还是手机广告？"

"总之就是这么回事，顶多我下次再拉个手机赞助，弥补损失，时间剩不多了，你们快点把衣服换上，别浪费时间了。"

我催促着，林红匆匆离去，找地方换衣服，一直若有所思。没怎么说话的白芳婷也起身要去，却被我挡下。

"等一下！"

我看了外面一眼，确认林红已走远，关上了门，对白芳婷道："废话就不多说了，有一点，你要做好心理准备。"

"做……做什么准备？今天好像只是十六强赛，不是准决赛啊。"

"未必会有准决赛了，本来我不想和你说这个的，但我担心，对方恐怕已经没有耐心，会在今晚狗急跳墙，所以……有些事情，要让你先有准备。"

"什么事？"

白芳婷看出这个嘱咐的分量，表情也变得认真。我点点头，道："别的伎俩我们都不怕，唯一的软肋，就是她们拿你的身份来攻击，这点我们之前已经商量过了，但这一次，我怕他们会出狠手，站在你面前的……可能是个你料想不到的人……现在，把你的手机给我，如果那个预测成真，你什么都不要管，只管微笑，我有办法收拾善后。"

白芳婷交出手机，担心问道："真的行吗？别说得你好像哆啦A梦一样，真的什么都能解决？"

"你是灰姑娘，我是点出灰姑娘的神仙教母嘛。"我笑道，"神仙教母当然什么都能解决的。"

"……我没有当你是神仙……"

"那我的角色是什么？老鼠车夫？不会是那辆南瓜马车吧？玻璃鞋都比这还好一点。"

"不是……"白芳婷凝视着我，腼腆道，"我觉得，王子这个角色，还挺适合你的。"

我的表情瞬间僵硬，退了两步才道，"我才发现，老鼠车夫这个角色也不错，蛮好的！"

说完，我转身就走。

白芳婷看着孟衍的背影，这才像是想到了什么，脸色一变。

"喂，等等啊，你说什么意想不到的人，难道是……"

没有回答，他已经离开了。

仙度瑞拉上台前的十五分钟。

我手机响起，接到冰冰的电话，走到僻静处接起。

"喂？"

"出事了，刚刚收到消息，毒蛇向红苹果伸出獠牙，内容不清楚，有太多杂音……怎么办？"

听到这通知，我遗憾不已，一拳捶在旁边墙上。

“有什么打算？你要去阻止吗？”

“不，应该来不及了，就趁这机会，把一切结束掉，启用方案十四。”

“另外那个人呢？”

“……行了，已经没有必要再继续了，照我们之前说的那样，把证据交上去，让警察来收拾他吧……”

背对着所有人说电话，孟衍没有看到林红曾一度向他走来。

“……伪装灰姑娘的这个人，就是我的………”

林红正说着话，忽然手机响起，她从腰间拿出手机，预备关掉，却一下瞪大眼睛，看着手机上显示的名字——妹妹！

林红看了一眼仙度瑞拉，人真实地站在那里，再看一眼手机，确实是白芳婷的号码。最后，林红怔怔地接起手机，听着手机中传来的熟悉话语。

“姐！是我，我在医院，你、你在哪里啊？你快回来好不好？医生说，医生说……”

清清楚楚，是白芳婷的声音，而且还是哭音，听得出里头的焦急惊惶。相较之下，对面的仙度瑞拉一直微笑着，像根本不知道发生了什么事。林红一时间仿佛身在梦中，不知道什么才是真实，好像脚下出现了一个大洞，让她不断往底下坠落。

同一时间，在距此不远的一辆箱型车里。冰冰坐在车中，旁边除了管家、保安，另外还坐着一个男人，拿着白芳婷的手机，用口技惟妙惟肖地模仿出白芳婷的声音。

“姐，你快回来好不好？医生说要我签字，我好怕，我不知道该怎么办，姐！”

一声一声，带着哭音，仿佛真是白芳婷在痛哭失声，说得还是最紧急

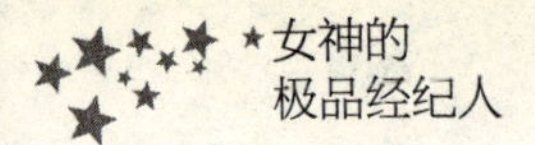

的事。当这声音传入耳里，台上的林红心烦意乱，再也无心纠缠下去。

“对、对不起，我好像搞错了什么，抱歉……我弄错人了，真对不起！”

林红脚下踉跄，摇摇欲倒，找着台阶下去。这时台下哗然一片，群众搞不清楚这是什么状况，连秦守都忍不住怒骂一声。

“这是在干什么？”

秦守瞪向蓝澜，蓝澜连忙摇手，表示清白：“这与我无关吧？我哪知道她们两个在搞什么？要是你舍得，现在可以直接宣布捣乱的人丧失资格……”

情况的混乱有增无减，台上林红神不守舍，脚下摇摇晃晃，看着台阶想往下走，却一下心急，脚部虚浮，一跤险些跌倒。紧要时刻，一只手从旁伸来，将她稳稳扶住。

“谢……”

本能想要说谢，侧过头去，看到的却是仙度瑞拉。这不是两人第一次近距离相看，但这一回，林红忽然觉得，这张已经看熟的脸，生出了变化，很像自己同样熟悉的另一张脸……不用别人说，是真的有这感觉……

“你……”

林红瞪大眼睛，看着仙度瑞拉，却听到对面传来轻轻的一声。

“姐，别紧张，没事的。”

一句话，差点让林红的心跳停止，还来不及说什么，仙度瑞拉已经放开了手，往前踏了一步。

“大家……”

仙度瑞拉开了口，底下群众最初还很嘈杂，但为了听清楚她的声音，渐渐安静下来，反而成了一片死寂的压力。

迎着这份压力，白芳婷听见自己的剧烈心跳，心脏跳得像随时会跃出胸口，脚下也发软，她真想立刻转身逃跑。

“不过……不能退，如果在这里退缩的话，我这一辈子，就只是仙度瑞拉，只有跨过这道坎，才能摆脱人偶去真正接近你……对吧？”白芳婷在心里说。

视线移动，白芳婷在人群中，找到了孟衍。一向成竹在胸的孟衍，这时眼中也全是困惑，正皱着眉头，朝她看过去。隐隐约约，孟衍已经清楚这个丫头要做什么，她要在台上证明自己。孟衍的目光中有些不赞成的否定意味，还轻轻地摇着头，但她似乎……已经明白了什么。

也许就是孟衍目光中的这一份否定，给了白芳婷勇气，让她能够果断地开口。

“……今天，我说过要给各位一份惊喜，希望不会把大家雷得太厉害……其实，除了仙度瑞拉，我还有另一个名字，叫白芳婷，林红是我的姐姐。”

白芳婷一口气把话说到这，台下群众大多没能反应过来，全部傻傻愣在底下，不敢置信地瞪着她。

“我姐姐刚刚说得没错，仙度瑞拉从头到尾就不存在，是一个虚构出来的人物，之前没有让各位知道，相当抱歉。今天我选择将真相对大家公开，希望……大家也会喜欢真正的我。”

说完这句话，白芳婷就开始动作，先是摘除了假睫毛，从腰间拿出卸妆棉抹去脸上的其他彩妆，去除伪容物，再摘去假发。每少掉一件东西，台下就是一阵哗然，鼓噪之声，不绝于耳，连会场外的警卫都被惊动，以为里头发生了什么事。

卸除了伪装后，灯光之下，仙度瑞拉变回了白芳婷，两者之间的差距非常大，底下的人群鼓噪声，渐渐增添了怒意。

这情况更通过直播，传送到网络上的每个角落。

接着，有人开始抛投东西上去。

白芳婷目睹着这一切，感受着底下群众的怒意。令她自己也奇怪的是，心里却没有太多的慌张感觉……

……十二点的钟声响了，这是灰姑娘变回普

通人的时候，这是……真正属于她的时候！

“她为什么这么做？”箱型车之内，冰冰看着屏幕上的网络直播，脸上变色，“现场的气氛已经失控，她不知道自己这样做很危险吗？明明可以全身而退了，为什么还要这样节外生枝？”

舞会之内，孟衍手捂着脸，用力抹了一下，叹了口气，非常疲惫的样子，跟着，他耸了耸肩：“算了，既然你有自己的想法，已经不需要我，那就随你的便吧……各人造业各人担，这就是成长的第一步吧。”

手插在口袋里，孟衍调头就要走，刚走出几步，又停了下来。

箱型车中，冰冰皱着眉头。看着网络直播的页面，旁边的管家惊呼一声。

“好夸张，留言区被刷爆了，一下子涌入几千……不，上万条留言，全部都是……骂人的……”

“骂就骂吧，反正比赛已经进行不下去了，明天以后，灰姑娘再也不会出现。”冰冰担忧道，“就怕不只是骂……都闹成这样，想要平安无事离开，真需要奇迹了……”

在鼓噪的宾客中，秦守怒不可遏，狂喷道：“她在胡说什么？她在胡说些什么？这地方全都是疯子，男的疯了，女的也是疯的，快上去把她给我拉下来，蓝澜你……”

气急败坏中，秦守发现蓝澜不知何时已经溜掉，反倒出现另一个声音。

“嘿，兄弟，你急什么呢？”

一个声音，让秦守转过头，只见孟衍来到身边，好整以暇地抽着烟，神情一派淡然。

“你、你干的好事，弄个假货来……”

“嘿，与我无关好吗？她今晚的惊喜，不是我策划的，我现在就一个路过打酱油的。”

孟衍抽了口烟，一派潇洒，缓缓道：“该变现的东西你都变现了，晚点你和人把合约签了，钱打进你日本户头，你直接上飞机就能溜掉，就算明天公司股价崩盘，也伤不到你什么了。”

“你……你怎么会知道……”

秦守瞪着孟衍，像是瞪着一个来自深夜的噩梦，遍体生寒，什么话都说不出来。

“还说什么？看戏吧，事情现在已经不是你我所能左右的了。”

秦守这边被稳住，情况同样落在白芳婷的眼里。她看着这一幕，在心中说声感谢，开口对着底下的群众说话。

“很对不住之前用另一个形象出现在大家面前，带给了大家好梦，现在又必须亲手把这个梦打破。不过，我不道歉，因为仙度瑞拉虽是虚构，却也真实，那同样是我，是活在我体内的另一个灵魂。”

白芳婷朗声道：“我没有什么别的东西好做，唯一能带给大家的，就只有这一支舞。”

原本仙度瑞拉今晚就预备献舞，音乐什么的也都一早准备好，现在前面的场面虽然乱，可一听说她要跳舞，后台的工作人员仍照着预定，开始播放乐曲。

站在舞台上，白芳婷开始跳起舞来，她的动作很轻快，曼妙匀称的青春身体，在舞蹈动作中，诠释着惊心动魄的美。但对于她的舞姿，台下愤怒的群众并不领情，他们无心细看，甚至气得捡起东西往台上丢。

“还装什么？你从头到脚都是假的！”

“不道歉还跳什么舞？恶心！”

“不要再装样子了！你根本就比黄丽还龌龊！”

底下骂声不断，白芳婷只专心在舞步上，充耳不闻。当初在浮萍居酒吧，她在满是杯盘杂物的桌子上起舞，都能分毫不乱，什么也不碰到，现在那么大的舞台，自然更是游刃有余。她顺着音乐节拍，一面闪躲抛上来的杂物，一面摆动玲珑有致的身体，舞姿美妙而动人。

不过，时间一长，扔上来的东西多了，闪躲就不那么容易了。脚下虽然没有出现停顿，可身体高高低低的，不再那么从容自若。而且，底下的人气昏了头，扔上来的东西越来越危险。

林红站在一旁怔怔看着，过大的冲击，让她有很长一段时间浑浑噩噩，站在舞台一角，像是个没有灵魂的木偶。直到看着那熟悉的面孔，偶然闪过一丝惊慌，看着自己的妹妹露出窘态，她才如梦初醒，意识到这是怎么样的一个状况。

这时，白芳婷为了闪避一个玻璃瓶，脚下高跟鞋不慎踩到一个障碍物，一下踉跄，动作出现停顿，而一个瓷杯就在此时扔上来，不偏不倚砸中她的额头。白芳婷娇躯一晃，倒了下去，台下响起一片惊呼，音乐顿止。

“糟了！”箱型车中，冰冰急忙开门下车，“跟着我去救人！”

会场之中，孟衍神色淡定，像什么都没看到一样，只有眼中闪过一丝紧张，目光敏锐地在人群中盯着某个目标。他看见蓝澜在出手后，躲回人群里，迅速移向出口。

“你们够了没有！”

台上传来一声撕心裂肺的叫喊，林红冲了出来，大张着双手，像母鸡保护小鸡一样，拦挡在妹妹的身前。时间仿佛回到很久之前，小时候，每次碰到年长的孩子来欺负妹妹，自己都是这样立刻跳出来，挡在妹妹的前面，拼命保护她，哪怕……自己也很怕。

“你们这些人是怎么回事？都疯了不成？她是做了什么，要被你们这样侮辱伤害？不、不就是化妆吗？哪个女人上街不化妆的？你们、还有你们的老婆姐妹，平常都不化妆，都素着脸上街的？”

哪怕自知强词夺理，林红仍声嘶力竭地叫喊：“带妆的时候，你们捧她作女神，卸了妆就把她踩得不是人，你们有良心吗？做人不是这样子的！不漂亮了就不是女神？人不美就连做人的资格都没有？这种比赛……烂透了！”

说得好！

林红用尽一切力量叫喊，仿佛把灵魂也吼了出去。在林红这样带泪叫喊过后，底下一片寂然，所有人都不说话了，面面相觑。

林红等着底下有人打破沉默，可一只手却从后伸过来，搭上她的肩头。

“姐，谢谢你，我没事了。”

林红一回头，看见白芳婷额头的血顺着脸淌下，大吃一惊：“你这哪像没事？什么都别说了，先离开这里吧。”

“不……”白芳婷的声音虚弱，但却坚定，或者说固执，“让我把这支舞跳完，有些事……不把最后一步走完，就全都没有意义了。”

“可是你的伤……”

“我一定要跳完这支舞，这是……灰姑娘的最后一幕。”

白芳婷说着，林红看了看她的眼神，知道无可违拗，点了点头：“好，我帮你！”

“谢谢姐。”

林红没再说话，只是叫喊着：“音乐！音乐！”她往后冲到幕后去，没过几秒，音乐就重新响起来。

底下群众看着白芳婷，一时无声。白芳婷用袖子擦去额上流至脸颊的血，弯下腰来，伸手一撕，把那已经被弄脏、弄皱的礼服下摆，一下子撕去，露出底下一双修长的美腿。

意外的动作，使台下群众又一次哗然。白芳婷没再说什么，直接跳了起来，在轻快的乐声中，不仅摆动腰肢、表情更不停变幻，仿佛沉浸在一出戏剧里头。

台下的人们，看着她神采奕奕的舞蹈，看着她一度被绊倒、被击倒，又重新站起来的姿态……不知不觉，也不知是谁先开始，人群中开始有了掌声，一下一下，越来越多。最后，全场的人都配合着音乐，打起了拍子。

冰冰与手下人这时才进入会场，看着眼前的状况，她愣了一下，跟着笑了。

“虽然没有道歉，但……那女孩的诚意，大家还是感受到了。”

几分钟后，当白芳婷的舞停下，全场一片掌声雷动，让她几次都找不到机会开口说话。

“谢谢，谢谢大家！”

白芳婷抹了一把脸上泪水，激动地说：“谢谢大家肯接受我，这一面平凡的我。在今天以前，我曾经非常不喜欢自己，胆小、普通、害怕改变，碰到什么事情，都只想等着别人来解决。因为不敢站出来，所以才有了仙度瑞拉……”

底下的群众聆听着这些话，掌声稀稀落落，很多人都若有所思。

“我本来以为我做不到的，但在成为仙度瑞拉的过程中，我发现了另一个自己。是你们让我明白，原来我也可以改变，可以变得很不一样。我……真的很感谢你们！”

难掩激动，白芳婷哭得稀里哗啦，一点形象都没有，却还是强撑着说话。

“女神，是大家梦想的投射，而我从这些梦想中，看见了真实的自我，我想要谢谢大家，原来，女神是真实存在的！只要肯努力，每个平凡的女孩子，都可以变成女神！”

说完，白芳婷又一次弯腰鞠躬，台下疯狂的掌声与欢呼，瞬间将她给淹没。

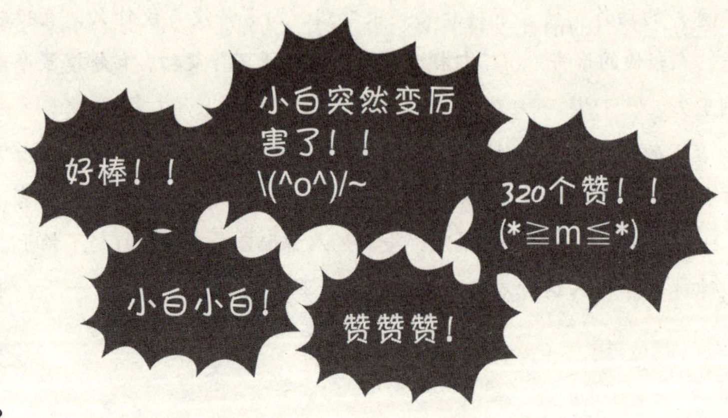

Chapter 24 假如我是真的

蓝 澜

性别：女

职业：DM公司首席美女艺人

经历：孟衍的前任女友，在任期间曾多次向孟衍要房要车要结婚。家世神秘，童年凄苦，常年聘用私家侦探搜寻失散多年的妹妹未果。老董事长中风后，果断叛变，并开出举办“一场能够为我垫足，让我成为女神的比赛”的条件，自此倒向秦守怀抱，从而开启了孟衍狼狈不堪的命运大转折……

技能：见风使舵，口是心非，城府修炼至满级。

属性：美貌无良气质佳/心机深重笑藏刀/演技派/暗黑吟唱者

在台下，孟衍看着这一幕。身为女神推手的他，耸了耸肩，喃喃道：“肯努力就行？说得好像不用花钱一样……”

渣男是动心了吗？(″￣□￣)

渣男突然变高深了……好不习惯。(;¬_¬)

停了一停，孟衍抓抓头发，望向台上，笑了起来：“这一次，小女孩是真的长大了啊！生命的有趣，就在于怎样周详的算计，都不可能完整掌握……”

另外一边，一群手下围着秦守。

“总、总经理，现在该怎么办？那几个评审让我们来问您，是不是该直接宣判仙度瑞拉……不，白芳婷丧失资格？她还可能涉及伪造文书……”

“这种事情自己决定就好，不要烦我！”

“总经理……”

秦守匆匆从后门离场，身后追着DM公司的两名职员，神色慌张地请他定夺。秦守的表情很不耐烦，急匆匆地赶着上自己的座车，就在拉开车门的一瞬间，旁边一只手伸过来挡住了他。

“秦守先生吗？”几个身穿制服的人，面无表情地站在旁边，“我们是公安局，稍早时接获举报，你涉嫌盗卖公司资产、掏空公司，请和我们回去配合调查。”

秦守的表情非常难看，只得跟着一起离去。

这天晚上所发生的事，迅速在网上、网外造成轰动，更理所当然登上报纸头条，女神大赛虽然才只举行到一半，却已经没什么人认为还有必要继续下去。

隔天一早，在公司的会议室之内——我曾和秦守立下赌约的地方，所有主管又一次到齐。缓缓走进会议室，一身名牌西装的我，神采奕奕，容光焕发，梳了一个整齐的发型，看起来非常有老板的派头。我大步走入会议室，看得底下的主管都傻了眼。

“咳，基于很多很多理由，这间公司目前由我说了算，前总经理离职以后，他的位子由我来坐，他捅的娄子由我来收拾，各位的薪资由我负责发放……有没有人想说什么的？”

我看了看众人，耸耸肩：“如果没有，你们可以鼓掌了。”

掌声雷动，作为对DM公司新任总经理的迎接。

坐在飞机上，冰冰拿着电话：“……计划还算成功，秦守掏空公司、逃跑被捕的消息一出来，他那些联合炒作的同伙为了怕损失太重，都抢着把股票脱手，我用很低的价钱成功购入，再加上你名下那百分之五，现在我们是DM公司的最大股东……新任总经理，你要好好加油，别让我损失惨重啊。”

“损失惨重？你在说笑吧，今天开盘就奔了涨停，估计明后天也不会差到哪去，你这一下应该是大赚吧？那些低价出手的人，肯定后悔到想枪杀你。”

“说得是，我现在觉得，炒股炒成股东，好像也不错，果然正正经经投资才能赚得到钱啊。”

冰冰笑道：“芳婷和林红怎么样了？”

“应该过得很爽吧。秦守给林红钱，当然要承担法律责任。林红多拿的部分，不排除要退还。但她参加女神大赛的分红，已足够治疗她母亲康复。”

孟衍走到窗边，看着街景：“至于那个傻妞……我想不到，她自己恐怕也想不到，拿下伪装，回归自我，反而让她的人气登上新高峰。现在媒体上的主流意见，都说女神是公主，灰姑娘本就是普通人，她走下神坛，这才是真正的城市灰姑娘……对了，当初她路上救的那个老人，也跑出来对记者说，有一颗善心才最美……总之昨晚开始，各种指名白芳婷的通告、邀约，快把我手机打爆了。”

“善人自然得天庇佑，这是善有善报啊，我都没想过她真能创造奇迹……”冰冰道，“不过，比赛之后，她没对你说什么吗？没向你再告白？

她对你很认真，你不可能不知道，她是为什么才自揭身份的……”

“咳咳！向我告白的人每天都有，不知道你在说哪个。”我装聋作哑，表现得有些尴尬，“不谈这个，不谈这个……”

说着，我望向电视。电视一直是开着的，现在放出白芳婷的画面，她与林红正接受主持人的专访——

“……是的，我和姐姐将从今天起，一起加入DM公司，继续为了我们的粉丝与梦想而努力。”

白芳婷很干脆地宣布着，旁边的林红点了点头。两人都身穿小西装外套的套装，一白一红，看起来很像一对优雅干练的美女OL。

“那真是要恭喜DM公司了，有幸能迎入你这位梦想女王。今早在你宣布这消息后，他们公司的股价应声大涨，你还没进门，就带给他们好运呢。”

主持人笑问道：“你在台上面对群众的时候，是什么感觉？我看那时的画面，都快暴乱了。你面对这些，不怕吗？”

“当然怕啊，我那时候，真是吓坏了……幸好有我姐姐。”白芳婷握着林红的手，眼中写满感激，“那时候要是没有姐姐跳出来支持我，我也不知道自己还有没有勇气进行下去……”

林红打断道：“什么话，你一定行的，你从小就很坚强啊！”

两姐妹的手，紧紧相握。主持人在旁问道：“但是，你既然那么害怕，又为什么会选择面对呢？我是说，其实本来根本没有人会发现的，当时的仙度瑞拉那么完美……”

面对这问题，白芳婷沉默了几秒，侧头道：“其实，我……有一个单恋的对象……”

“怎么会？不可能吧？”

主持人大吃一惊，却看到林红在旁边猛点头，指着白芳婷道：“确实有，而且我也是一样……”

“啊？”

主持人吃惊到说不出话，白芳婷接着道：“我很喜欢那个人，但他却对我说，仙度瑞拉再美，也只是一个人偶……我觉得他说得很对，我追逐梦想，但不可能一直活在虚构的世界里，所以，我决定跨出这一步，这样……就能更接近他一点。”

“哇，看来你真的很爱他呢，灰姑娘有了王子，你的粉丝们知道，一定会很难过的。”

“没、没有。”白芳婷低着头，腼腆道，“现在还只是我一个人单相思，说不上什么恋爱，还差得很远……”

林红在旁点头道：“确实只是单恋，对方根本没那意思，后面还要很辛苦。”

“姐姐你怎么这么说？”白芳婷像小女孩一样，推着林红撒娇，“你应该要支持我啊！”

男主，放开那对姐妹放着我来啊啊啊啊！！(╯￣Д￣)╯

当经纪人简直太幸福……教练我也要当经纪人~_(:3」∠)_

“我是很支持你啊，但不可能的事就是不可能嘛……”

姐妹俩的幸福笑语，通过电视传播感染给人们。但看在不幸的人们眼中，感觉实在不那么好。

“……你说不找了是什么意思？这一期的调查费，我只是晚几天给，不是不给，你不是说有线索了吗？我妹妹到底……”

蓝澜拿着手机，急切地讲话，忽然听到提示音：“您的手机余额已不足，请尽速充值。”接着，对方就主动挂断了。

“喂！喂！”

对着手机追喊了两句，却是屋漏偏逢连夜雨。

“叮咚！”

蓝澜皱着眉头，看着手机软件发出的警告，苦笑道："下手真快，才上任，就把我所有信用卡与户头冻结，赶尽杀绝……男人啊，才是最心狠的生物！"

在浮萍居酒吧里，蓝澜形容憔悴，喝着吧台上的那杯苦酒，表情无助而彷徨。电视里白芳婷的笑声，更显得刺耳。

"……我想对那个人说，现在的我，不再是人偶了，你能转过头来，认认真真看我吗？"

白芳婷的话才出口，林红马上拉着她："你不要在电视上说这种话，女孩子要注意矜持，矜持啊！"

"可是，有些话就是要当众说，效果才会好啊……"

白芳婷的率直，引得酒吧内正在看电视的观众一阵骚动与欢笑。蓝澜看着电视上的甜美笑容，嘲弄道："死了这条心吧，孟衍不会喜欢你的，那个男人的心啊……太难掌握了。"

电视上，专访也到了尾声，主持人问道："受采访前，你对节目组说，希望能借着这个机会，寻找你失散的亲人，是真的吗？"

"嗯，是这样的，我很小就和我家人失散了，这些年来，我一直想找回她。我记得，我亲生母亲过世了，我亲生父亲……嗯，我记不太起来，好像欠人很多钱，还常常打我。但我的亲生姐姐，她很疼我的，每次没东西吃，她就把她的饭给我吃，自己饿肚子……"

白芳婷的话传出来，落在蓝澜耳中。正看着杯中酒的她，忍不住自嘲："这个世界啊，幸福人有各自的幸福，不幸人却都有一样的不幸，居然又是一个有亲人失散的，要我介绍侦探给你吗？保证，包找不到……"

电视上，主持人道："那么，我们祝福你了！不过，时间都那么久了，你觉得还能找到吗？"

"我相信可以，因为我不会放弃！"

白芳婷的笑靥，灿烂如花。

"我亲姐姐总对我说，希望就像爸爸借的高利贷，只要你别放弃它，紧紧握住，就会越来越大……”

一句话说出，引起酒吧内哄笑，却还有一下清脆的玻璃砸碎声。本来沉浸在自己愁苦情绪中的蓝澜，像是被针刺到，一下跳了起来，无视旁人怪异的目光，怔怔地看着屏幕，不可置信地喃喃自语。

“是你……怎么会……是你……”

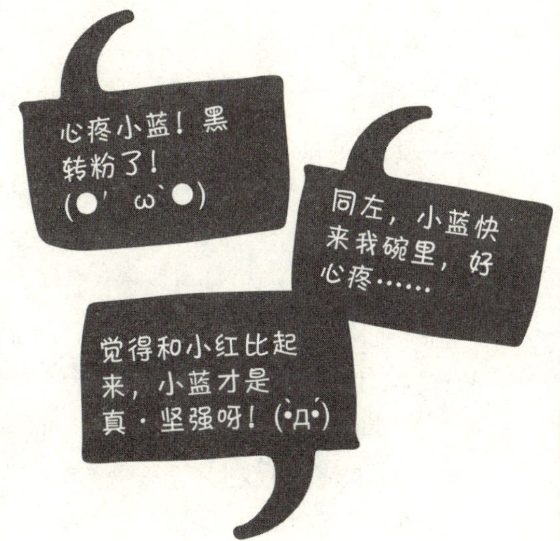

静静深深，入夜时分，一间医院的高等病房内，枯瘦的老人形容憔悴，如沉睡的石像般，昏迷在床上不醒。

高档的病房内，没有别的人，只有一个刚刚进来，默默站在床边的男人。他看着床上昏迷的老人，静立半晌，望向病房内仍开启的电视。

“……老爷子，我让他们一直开着娱乐新闻。你昏迷前，最关心的就是娱乐界大小事，现在为你一直开着电视，希望能对你的病情有帮助。早点醒来，我会把公司好好交还给你，不会让你毕生的梦想变样。”

穿着昂贵的高级西装，我的表情和平常不太一样，没有笑意，异常认真。在说完这些之后，我摇了摇头：“老爷子，这一回，你真整得我够呛啊……我想躲的人情债，全被你逼到面前来，还加欠了新的……”

电视上在重播白芳婷和林红的专访，白芳婷认真地呼唤着：

“……我想对那个人说，现在的我，不再是人偶了，你能转过头来，认认真真看我吗？”

话音在室内回荡，我喃喃道：“这小鬼，才不过是长大一点而已，还真以为自己……不过，是该承认，确实已经是个有魅力的女人了。”

“叮咚！”

手机短信声响起，我接起一看，是林红发过来的信息，再一看内容，我差点吐出一口血来。

“负心渣男！别忘了宝石山上你答应过我的话！我要你负责！”

这么大的信息量，吓得我掉了手机，我手忙脚乱，爬到床底捡回，拿在手上，反复看了几次，思考着怎么回她。

正待回信，忽然又是一声“叮咚”，有新的短信进来。我接起一看，没有署名，但那号码是自己熟记在心的。

“芳婷的奋斗，让我学到很多。我的幸福，不需要别人来帮我判断，只有我自己最清楚，我也不会再傻傻等待。这一次，我会主动争取，希望能早日与你携手回到我们的家。”

看完这封信，我再次苦笑了，表情非常不知所措。眼前仿佛有三条路，每一条都通向一道门，自己手上有着三把钥匙，却不知该开哪一道门才好……

“老爷子啊老爷子，我这个人一辈子，最不擅长的……就是谈恋爱啊……”

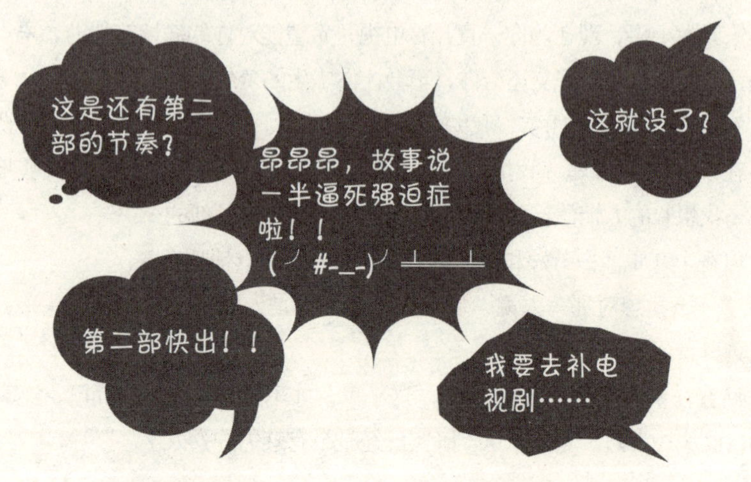